CLAUDIA PUHLFÜRST /
PETRA STEPS (Hrsg.)

Mords-Sachsen 1

DIE DUNKLEN SEITEN SACHSENS Wer an Sachsen denkt, der denkt an faszinierende Geschichte, reizvolle Landschaften und einen zupackenden Menschenschlag, dessen Ideen und Erfindungen seit Jahrhunderten die Welt bewegen. Kaum vorstellbar, dass dieses schöne Land auch seine »dunklen Seiten« haben soll. Doch genau so ist es! Ob im Leipziger Opernhaus, im Bergbaustädtchen Annaberg oder im Vogtland beim jährlichen Flößertreffen – überall wird gemordet. Berühmte, historische Schauplätze wie die Semperoper oder die Frauenkirche bieten eine eindrucksvolle Kulisse für Geschichten ganz unterschiedlicher Art. Neunzehn ebenso spannende wie furchterregende Kriminalgeschichten aus dem Osten Deutschlands – erzählt von namhaften »Wiederholungstätern« und vielversprechenden Nachwuchstalenten der deutschen Krimiszene!

CLAUDIA PUHLFÜRST /
PETRA STEPS (Hrsg.)

Mords-Sachsen 1

Die 19 besten Kurzkrimis aus Sachsen

GMEINER SPANNUNG

Personen und Handlung sind frei erfunden.
Ähnlichkeiten mit lebenden oder toten Personen
sind rein zufällig und nicht beabsichtigt.

Im Ehnried 5, 88605 Meßkirch
Telefon 07575/2095-0
info@gmeiner-verlag.de

1. Auflage 2019

Lektorat: Claudia Senghaas, Kirchardt
Herstellung: Julia Franze
Umschlaggestaltung: U.O.R.G. Lutz Eberle, Stuttgart
unter Verwendung eines Fotos von: © TTstudio / shutterstock.com
Druck: CPI books GmbH, Leck
Printed in Germany
ISBN 978-3-8392-2512-7

INHALTSVERZEICHNIS

Vorwort 7

Maren Schwarz
Erichs allerletzte Rache 13

Uwe Schimunek
Kleine Morde unter Künstlern 24

Beate Baum
Bunt, rot, tot 36

Frank Dörfelt
Spuren hinter Schlossmauern 58

Claudia Puhlfürst
Ein Silberstreif am Horizont 80

Franziska Steinhauer
Wahre Liebe 94

Angelika Schröder
Lösegeld für die Frauenkirche 108

Nessa Altura
Der Schneekönig von Oberwiesenthal 115

Ethel Scheffler
Phantom der Oper 133

Monika Detering
Schuld zu Schuld 150

Mario Ulbrich
Knöllchenkrieg 162

Sylke Tannhäuser
Mattheis Plan 182

Edi Graf
Der Schatz im Hausteinsee 193
Ralf Alex Fichtner
Ohne Spur 211
Stefanie Barthel / Algis Schuhknecht / Jochen Dietel
Mord unterm Portikus 217
Wolfgang Kemmer
Der Besorger 246
Florian Scheibe
Das elfte Gebot 259
Monika Buttler
Der Besuch des alten Herrn 282
Anne Grießer
Männertour 294

Autoren 306

VORWORT

Vor Ihnen liegt eine überarbeitete Neuauflage der 2007 erschienenen ersten Anthologie der Reihe »Mords-Sachsen« mit insgesamt fünf Bänden. Viel Zeit ist vergangen, seit wir den Wettbewerb für das Buch ausgeschrieben, jede Geschichte mit Spannung erwartet und nach der Juryentscheidung gemeinsam mit den Autoren an der literarischen Darstellung gefeilt haben. Mittlerweile hat sich viel bewegt im südöstlichsten der neuen Bundesländer, die nach 30 Jahren nicht mehr ganz neu und dennoch ein bisschen anders sind.

Spannungsliteratur wird in den Buchhandlungen landauf, landab nach wie vor am meisten verkauft. Und das, obwohl Kriminalromanen und Psychothrillern oft völlig zu Unrecht das Image von »Trivialliteratur« anhaftet. Allen Unkenrufen zum Trotz erfreuen sich Regionalkrimis großer Beliebtheit, auch bei speziell darauf abgestimmten Veranstaltungen. Diese spezifische Art der Krimiliteratur bietet vielfältige Möglichkeiten, um Autoren und Leser zusammenzuführen. Die spannenden Geschichten über den eigenen Wohn- oder Geburtsort, die Gegend, wo man seine Freizeit verbringt, oder das geliebte Urlaubsland – all das lockt Menschen an die unterschiedlichsten Plätze, die auch für phantasievolle Lesungen, Krimitage und -nächte geeignet sind oder dazu gemacht werden. Veranstalter springen auf den fahrenden Zug auf, um den Trend nicht zu verpassen. Kurzkrimi-Anthologien mit Regionalbezug waren zum Erscheinungstermin des Buches noch absolute Mangelware, vor allem in den östlichen Bundesländern. Wir sind froh darüber, dass wir den Schritt damals gewagt haben und der Gmeiner-Verlag das Projekt mit uns verwirklicht hat. Andere Herausgeber, Autoren und Verlage haben nachgezogen. Die sächsische Krimilandschaft ist kein weißer Fleck mehr auf der Deutschlandkarte.

2007 konnten wir noch mit Jürgen Harts in schönstem Sächsisch gesungenen Lied »Sing, mei Sachse, sing« punkten. An dem von ihm gepriesenen Sachsen als braven Erdenbürger mit hohem Bekanntheitsgrad in der Welt gibt es berechtigte Zweifel. Das Bravsein der Sachsen klappt nicht immer, egal welchen Bereich des Lebens wir eingehender betrachten. Und das nicht erst seit heute. Da ist August der Starke, dem man ein fideles Leben bescheinigt. Seine in Ungnade gefallene Mätresse wurde 49 Jahre lang auf Burg Stolpen festgesetzt – länger als jeder Schwerverbrecher, der lebenslänglich bekommt und nicht in Sicherheitsverwahrung muss. Ob die ihm nachgesagten 354 unehelichen Kinder tatsächlich existierten, ist ungewiss. Ob sie immer »einvernehmlich« entstanden, wie das die Juristen heute bezeichnen würden, genauso. Auch vor Entführungen schreckte der Monarch nicht zurück, wie Johann Friedrich Böttger feststellen musste. Er sollte auf der Festung Königstein unedles Metall in blankes Gold verwandeln. Immerhin kam mit Porzellan weißes Gold heraus. Der bekannte Abenteuerschriftsteller Karl May war ein Kleinkrimineller, der einen Teil seiner Bestseller im Knast schrieb.

Immer wieder sind es Kapitalverbrechen, durch die Sachsen in die Schlagzeilen gerät. Die »Eisbabys von Mühltroff« geisterten jahrelang durch die Schlagzeilen. Die Mutter wurde wegen dreifachen Totschlags verurteilt. Spektakuläre Kindesentführungen und Kindermorde lenkten die Augen auf den Freistaat. Stephanie aus Dresden, Ayla und Mehmet aus Zwickau, Corinna aus Eilenburg – die Liste ist lang. Ein Vogtländer erschoss an einem Tag im Dezember 2005 die Exfreundin, den ehemaligen Chef und seinen Schwager. In jüngster Zeit waren die grausame Zerstückelung eines Geschäftsmannes im Gimmlitztal oder das NSU-Trio mit Beate Tschäpe der Dauerbrenner.

Mit diesen realen Verbrechen hat die hier vorliegende Anthologie »Mords-Sachsen« wenig zu tun. Sie gibt auch keine Antwort auf die Frage, ob Sachsen anders morden. Die Kurzkrimis, so verschieden sie sind, entspringen alle der Feder von »Tätern im Geiste«, die im wirklichen Leben keiner Fliege etwas zuleide tun können.

Die Ausschreibung brachte 71 Einsendungen hervor. Eine Jury unter der Leitung von Claudia Senghaas hat 19 Kurzkrimis von 21 Autoren aus ganz Deutschland ausgewählt. Zu ihnen gehören gestandene Krimiautoren wie die Mitherausgeberin Claudia Puhlfürst, Nessa Altura, Monika Detering, Wolfgang Kemmer und Monika Buttler oder die vogtländische Lokalmatadorin Maren Schwarz. Andere Wettbewerbsteilnehmer standen am Anfang ihrer kriminellen Karriere. Florian Scheibe ist heute freiberuflicher Autor und Drehbuchberater. Mit »Das elfte Gebot« hat er sein Krimidebüt vorgelegt. Frank Dörfelt begleitet oft Gerichtsprozesse und berichtet darüber in der Freien

Presse. Er schrieb mit »Spuren hinter Schlossmauern« seine erste kriminelle Kurzgeschichte.

Mehr als die Hälfte der Autoren hat ihren Lebensmittelpunkt in Sachsen, denn für Außenstehende ist es oft schwierig, sich in das Denken und Fühlen von Menschen in einer ihnen unbekannten Region zu versetzen, die nötigen fehlerfreien Informationen zu beschaffen oder Fakten so zu interpretieren, dass der Einheimische diese als richtig wiedererkennt. Anne Grießer aus Freiburg verarbeitete in ihrer »Männertour« zwei Schülerreisen in die DDR, an denen sie teilnahm.

Einer der Hauptorte des mörderischen Geschehens in der Anthologie ist die Landeshauptstadt, deren historische Bauten wie die Semperoper oder die Frauenkirche die Phantasie der Autoren beflügelten. Etwas von Sachsens sprichwörtlichem Glanz spiegelt sich in der mehr als 110-jährigen Automobilgeschichte wider, die im Zwickauer Horch-Museum dokumentiert ist. Das Phantom geistert statt durch Paris ausnahmsweise durch das Leipziger Opernhaus, während andere Autoren weltberühmte Schauplätze wie die Leipziger Messe oder das Völkerschlachtdenkmal bevorzugten. Im Bergbaustädtchen Annaberg wird genauso gemordet wie im erzgebirgischen Oberwiesenthal. Die vogtländischen Flößer mit ihrer uralten Tradition können gewiss nichts dafür, dass es am Rande ihres alljährlichen Flößertreffens ganz fürchterlich menschelt. Das damals noch verfallene und inzwischen wiederaufgebaute Zwickauer Schloss Osterstein bietet eine bühnenreife Kulisse, während für den Knöllchenkrieg in Chemnitz weniger Staffage notwendig erscheint. Interessant ist auch, dass gerade Nicht-Sachsen auf völlig unspektakuläre Orte wie das kleine Städtchen Roßwein oder den Hausteinsee bei Steina in der Lausitz kamen. Mord ist keine »Pflicht« in einem Krimi, wie gleich mehrere Geschichten beweisen.

Bei den beliebtesten Dialekten der Deutschen nimmt Sachsen nach wie vor keinen vorderen Platz ein, auch wenn es den sächsischen Dialekt überhaupt nicht gibt. In Dresden wird völlig anders gesprochen als in Leipzig, in den Kammlagen des Erzgebirges anders als im vogtländischen Markneukirchen. Und weil das Buch in ganz Deutschland gelesen werden soll, haben wir längere Passagen in breitem Sächsisch vermieden. Einige Autoren versuchen sich dennoch am Dialekt. Sollte ein Wort nicht so geschrieben worden sein, wie es in diesem oder jenem Ort gesprochen wird, so liegt das in der künstlerischen Freiheit begründet. Das betrifft auch die Darstellung von Orten und Plätzen, die in der Bearbeitung nicht immer penibel genau abgebildet werden.

Die Herausgeberinnen wünschen Ihnen viel Spaß mit dem vorliegenden Buch, bei dem Einheimische ihre Heimat neu entdecken und Auswärtige Lust auf einen Besuch in Sachsen bekommen sollen.

Die Herausgeberinnen
Claudia Puhlfürst & Petra Steps

MAREN SCHWARZ
ERICHS ALLERLETZTE RACHE

Ein Vatertagskrimi

Voller Stolz glitt Benno Rauchs Blick über den in der Morgensonne liegenden Floßplatz. Kaum vorstellbar, was sich aus der einstigen Waldarbeiter- und Flößersiedlung Mulde im Laufe der Zeit entwickelt hatte. Dort, wo sich einst unwegsame Sümpfe durch dichten Urwald zogen, befanden sich heute buntblühende Wiesen und saftiggrünes Weideland. In den im Quellgebiet der Zwickauer Mulde liegenden Wäldern hatte sich vor über 400 Jahren ein Handwerk entwickelt, das den nahe der deutsch-tschechischen Grenze gelegenen Ort Muldenberg weit über die Grenzen Sachsens hinaus bekannt gemacht hatte.

Ganz in Gedanken inspizierte Benno nach einem Rundgang durch das menschenleere Festzelt den Floßgraben. Plötzlich stutzte er und rieb sich die Augen.

Was auf den ersten Blick an ein Stück Scheitholz erinnerte, entpuppte sich bei näherer Betrachtung als ein leblos auf der Wasseroberfläche treibender Mensch. Benno sah gleich, dass hier jede Hilfe zu spät kam. Verzweifelt raufte er sich die Haare. So etwas hatte er in all den Jahren noch nie erlebt. Ein Toter in seinem Floßgraben. Auch wenn er keinen blassen Schimmer hatte, wie dieser dort hingelangt war, sah er schon jetzt die Schlagzeile vor sich: *Leiche aus der Mulde gefischt!* Gestern war schließlich Himmelfahrt gewesen. Da lag ein solcher Gedanke nahe. Benno seufzte. Ein schlechteres Image konnte es für ihn und seinen Verein kaum geben. Dabei hatte alles so harmonisch begonnen: Die Sonne hatte von einem fast wolkenlosen Himmel gestrahlt. Halb Muldenberg samt umliegender Gemeinden schien den Tag am Floßplatz zu verbringen, um an einem Spektakel teilzunehmen, das in der Vergangenheit harte Alltagsarbeit bedeutete: Mit Pferdegespannen brachten Fuhrleute das aus den heimischen Wäldern stammende Holz zu den Floßplätzen, wo es mit dem Schälmesser entrindet, mit der Schrotsäge zu Feuer- oder Baumholz geschnitten, gespalten, aufgeschichtet und anschließend nach Halle und Leipzig geflößt wurde. Damit dieses Brauchtum nicht in Vergessenheit gerät, gründete sich vor zehn Jahren der Vogtländische Flößerverein, dessen Vorsitzender Benno Rauch war.

Obwohl der unter seiner Federführung erfolgte Startschuss für das alljährlich zu Himmelfahrt beginnende Schauflößen erst am Nachmittag fiel, konnte man sich schon ab zehn Uhr im Festzelt und auf dem angrenzenden Handwerkermarkt die Zeit vertreiben. Neben mit Kind und Kegel angereisten Ausflüglern wurde der Platz hauptsächlich von Vertretern des starken Geschlechts belagert. Das war schließlich ihr Tag – der, an dem sie sich und aller Welt wieder einmal demonstrieren konnten, wie unersetzlich sie waren. Meist stellten die Männer sich dazu mit einem an den Hut gehefteten Sträußchen Birkengrün und einem mit Bierflaschen beladenen Handwagen zur Schau. Schien dazu die Sonne, steigerte das natürlich den Durst. Auch im Festzelt war der Gerstensaft in Strömen geflossen.

War der Verstand erst einmal dem im Blut kreisenden Alkohol zum Opfer gefallen, wurde Man(n) schnell leichtsinnig. Da konnte es schon mal vorkommen, dass der eine oder andere im kühlen Nass landete. Allerdings nicht als Wasserleiche, sondern zur Belustigung der Umstehenden als Badegast nach einem missglückten Flößersprung. Denn was bei den Mitgliedern des Flößervereins mit ihren weißen Schürzen, den braunen Westen und dem kecken Hütchen auf dem Kopf so einfach aussah, erforderte neben Tapferkeit und Geschick auch einen klaren Kopf. Weil Letzterer den meisten Anwärtern für diese Mutprobe im Laufe des Tages jedoch abhanden gekommen war, gingen sie stattdessen baden. Auch wenn die meisten danach wie ein begossener Pudel ausgesehen hatten, waren sie doch bisher alle wieder an sicheren Ufern gelandet. Dies wiederum brachte Benno zum Ausgangspunkt seiner Betrachtungen zurück und ließ ihn die Polizei verständigen.

Das Bild, das sich den am Unfallort eintreffenden Beamten bot, ließ diese zunächst zu derselben Schlussfolgerung wie Benno Rauch kommen. »Sieht ganz danach aus, als hätten wir es hier mit Ertrinken zu tun«, stellte Kommissar Hütchen fest. Auch wenn er angesichts der Umstände das von ›Suff‹ abgeleitete Ersaufen passender gefunden hätte, hütete er sich davor, das auszusprechen.

Man konnte schließlich nie wissen. Fest stand bisher lediglich, dass der an dieser Stelle des Floßgrabens gemessene Wasserstand nicht einmal dem einer halb gefüllten Badewanne entsprach. Diese Tatsache hatte das spätere Opfer nicht davon hatte abhalten können, ein Bad mit tödlichen Folgen zu nehmen. Das legte die Vermutung nahe, Alkohol sei im Spiel gewesen. Obwohl dem Kommissar ein Blick in die Gesichter seiner Kollegen bewies, dass sie genauso dachten wie er, zog er es vor, erst einmal die mit der Obduktion einhergehende Blutalkoholanalyse abzuwarten.

Trotz des weiträumig abgesperrten Fundortes und der von der Polizei verhängten Nachrichtensperre hatte sich schon bald herumgesprochen, dass es sich bei dem Ertrunkenen um den 26-jährigen Rocco Leid handelte.

Mehreren übereinstimmenden Zeugenaussagen zufolge war der aus Muldenberg stammende Tote am gestrigen Himmelfahrtstag mit seinem Kumpel Erich Kummer in der Nähe des Festzeltes gesichtet worden. »Die Zwei waren voll wie die Strandhaubitzen«, gab einer der Zeugen zu Protokoll.

Als sich Kommissar Hütchen daraufhin entschloss, Roccos Freund einen Besuch abzustatten, wurde ihm auf sein Klingeln von einer schmächtigen jungen Frau geöffnet. Ihren vom Weinen geröteten Augen und ihrer ungesunden Gesichtsfarbe nach zu urteilen, wusste sie bereits darüber Bescheid, was geschehen war. Eine entsprechende Frage bestätigte seine Vermutung. Eigentlich hätte er es sich auch denken können, dass in einer nur 194 Seelen zählenden Gemeinde ein solches Ereignis in Windeseile die Runde machen würde. Noch bevor er dazu kam, weitere Fragen zu stellen, tauchte hinter der um Fassung ringenden Ehefrau ein zerwuselter Rotschopf auf. Ein Blick in seine zerknitterten und vom reichlichen Alkoholgenuss gezeichneten Züge ließ Fredo Hütchen davon ausgehen, den Freund des Toten vor sich zu haben. Während Erichs Frau die Kaffeemaschine anwarf, zogen sich die Männer ins angrenzende Wohnzimmer zurück. Wie sich im Laufe des dort geführten Verhörs herausstellte, kannten sich Kummer und Leid schon seit ihrer Kindheit. Auch wenn sich ihre Wege nach der Schulzeit getrennt hatten, und Rocco in dem zweifelhaften Ruf stand, ein Schürzenjäger zu sein, hatte das ihrer Freundschaft keinen Abbruch tun können. Selbst dann nicht, als aufflog, dass sich des verkappten Casanovas Verführungskünste auch auf Erichs Freundinnen erstreckten. Man hatte sich Rocco nur ansehen müssen, um zu verstehen, was die Frauen an ihm fanden. Verglichen mit ihm, war Erich eine eher farblose Erscheinung. Sah man einmal von seinem flammend roten Haarschopf ab, wirkte er genauso fad wie sein käsiger, mit Sommersprossen übersäter Teint. Andererseits gab es fast niemanden, der nicht neben Roccos südländischem Aussehen und dessen tintenschwarzer Mähne verblasst wäre. Möglich, dass genau diese Gegensätze die beiden seit frühester Jugend aneinander geschweißt hatten. Erich, der mehr fürs Praktische veranlagte Duckmäuser, und Rocco, der für seinen Charme bekannte Draufgänger. Auch dass Erich fleißig – zum Leidwesen seiner Frau bislang jedoch erfolglos – am Grundstock für eine kleine Familie zu basteln begonnen hatte, war für die beiden kein Hinderungsgrund, auf alte Gewohnheiten zu verzichten: Liebgewordene Bräuche, zu denen neben dem wöchentlichen Stammtisch in der Flößerstube auch der gemeinsam verbrachte Himmelfahrtstag zählte.

Während die nächste Frage des Kommissars den Freund des Toten unsanft aus seinen Erinnerungen riss, lief der gestrige Tag noch einmal im Zeitlupentempo vor seinem geistigen Auge ab: Zunächst hatten sie sich, einen Kasten Bier und einen Rucksack voller Rachenputzer im Gepäck, unter die Schaulustigen am Floßgraben gemischt. Nach dem dritten Bier hatte Erich dann die Bombe platzen und Rocco wissen lassen, dass er demnächst Vater werde. Auch wenn die Nachricht noch nicht offiziell war, sondern vielmehr auf einer durch Zufall gemachten Entdeckung – einem im Abfalleimer gefundenen Schwangerschaftsteststreifen – beruhte, konnte ihn das nicht davon abhalten, kräftig darauf anzustoßen. Um dem freudigen Anlass gerecht zu werden, spendierte er neben einer Flasche Doppelkorn ein Dutzend Spaßmacher der Marke: ›Erichs letzte Rache‹. Besagter Schnaps war ein hochprozentiger Kräuterlikör, dessen Etikett das Konterfei des letzten Staatsratsvorsitzenden der DDR zierte. Auch wenn die dahinter verborgene Anspielung ein breites Feld für Spekulationen bot, ließ Rocco sich das wie Balsam durch seine Kehle rinnende Gebräu schmecken. Schließlich war Schnaps noch immer das beste Mittel, um ein schlechtes Gewissen zum Schweigen zu bringen. Dementsprechend war die Wirkung. Statt wie ursprünglich geplant mit der Vogtlandbahn nach Rodewisch zu fahren und von dort über den Steinberg zum Wernesgrüner Brauereigutshof zu wandern, landeten sie für den Rest des Tages im Schatten einer Baumgruppe, um dort ihren Rausch auszuschlafen. Quälte sie zwischendurch der Durst, stillten sie ihn mit einem weiteren Bierchen. Erst als die Nacht schon längst hereingebrochen war und von den Flussniederungen her eine unangenehme Kälte in ihre Knochen zu kriechen begann, traten sie schwankend den Heimweg an. An diesem Punkt angelangt, konnte Erich sich an rein gar nichts mehr erinnern. Weder an das, was mit Rocco geschehen war, noch daran, wie er selbst nach Hause gefunden hatte.

Auch wenn die durch Erichs Verhör zutage getretenen Auskünfte wenig aufschlussreich waren, bestätigten sie Kommissar Hütchens anfängliche Vermutung. Eine Annahme, die mit Vorliegen des Obduktionsberichtes zur Gewissheit wurde. Gemessene 3,8 Promille Restalkohol im Blut des Toten sprachen schließlich ihre eigene Sprache. Andere waren bei einem solchen Wert schon klinisch tot. Kein Wunder, dass Rocco in seinem Vollrausch im Floßgraben statt in seinem Bett gelandet war. Da kein Fremdverschulden erkennbar war, ging die Polizei von einem Unfall aus und legte den Fall zu den Akten.

Seither waren zwei Jahre vergangen und auf Roccos Grab begann Gras über die Ereignisse jener Nacht zu wachsen. Und noch etwas anderes wuchs und gedieh: Erichs Sohn. Schon ein Blick reichte, um in ihm das naturgetreue Abbild seines Vaters zu erkennen. Dass die Leute im Dorf sich deshalb die Mäuler hinter seinem Rücken zerrissen, schien Erich nicht zu stören. Zumal er sich von Anfang an darüber im Klaren gewesen war, dass Gene sich nicht verleugnen ließen. Und solange seine Frau damit leben konnte, hatte auch er keine Probleme damit. Die Zeit würde ein Übriges tun, um irgendwann auch das letzte Lästermaul verstummen zu lassen.

Wie hätte er auch wissen sollen, dass das von ihm heraufbeschworene Schicksal schon zu einem ganz anderen Schlag gegen ihn ausholte: einer Katastrophe, die ihm in Form eines Briefes ins Haus flatterte. Bereits der auf dem Kuvert stehende Absender hätte eigentlich seinen

Argwohn erregen müssen. Dennoch dachte sich Erich zunächst nichts Schlimmes dabei. Weshalb auch. Es war schließlich nicht ungewöhnlich, Post von seinem Arzt zu bekommen. Betrachtete man dies allerdings unter dem Aspekt, dass er bei besagtem Mediziner schon seit Jahren nicht mehr in Behandlung war, dann mutete es schon seltsam an. Dieser Meinung musste wohl auch der Absender gewesen sein. Dass er sich dennoch an ihn gewandt hatte, ließ darauf schließen, dass er sich nicht darüber im Klaren war, welche schwerwiegenden Folgen sein Schreiben haben würde.

Die Erste, die sich mit den Auswirkungen konfrontiert sah, war Erichs Ehefrau. War sie doch diejenige, die seine durch einen hässlichen Kopfschuss entstellte Leiche fand. Ihrer Auffassung, dass der Revolver in seiner rechten Hand auf Selbstmord deutete, war auch seitens der von ihr alarmierten Polizei nichts hinzuzufügen.

Im Nachhinein fragte sich Kommissar Hütchen oft, ob es Fügung gewesen sein mochte, ihn den Notruf entgegennehmen zu lassen. Was auch immer es war, es hatte seinen Zweck jedenfalls erfüllt, und ihn gelehrt, sich in Zukunft nicht mehr nur blind auf das zu verlassen, was er sah, sondern sein Augenmerk verstärkt auf die Dinge zu richten, deren Bedeutung sich oft erst im Nachhinein erschloss.

Allerdings wurde ihm das erst in dem Moment klar, als er vor Ort auf Erichs weinende Witwe und deren fast zweijährigen Sohn traf. Auch wenn er sich anfangs weigerte, der in seinem Hinterkopf schrillenden Alarmglocke die Bedeutung beizumessen, die ihr zukam, wusste er doch, dass sie durch den Anblick des Kindes ausgelöst worden war.

Als wenn es noch einer Bestätigung bedurft hätte, bewies ihm wenig später der Inhalt von drei fein säuberlich aneinandergereihten Briefen, dass ihm sein Instinkt keinen Streich gespielt hatte. Auch wenn das Begreifen erst beim Lesen des zweiten Schreibens einsetzte. Die erste Nachricht war von Erich verfasst und an die Adresse seiner Frau gerichtet. Sie enthielt die Bitte, ihm zu verzeihen, was die anderen Schriftstücke ihr offenbaren würden. Eines der beiden war mit dem Absender einer urologischen Praxis versehen und enthielt folgenden Wortlaut:

Sehr geehrter Herr Kummer,

wie Ihnen vielleicht bekannt sein dürfte, hat Doktor Blase bereits vor einiger Zeit seine Praxis aus Altersgründen an mich abgegeben. Bei der Durchsicht der von ihm übernommenen Akten musste ich leider feststellen, dass ihm in Ihrem Fall ein bedauerlicher Fehler unterlaufen war. In der Annahme, dass dieser Irrtum auch für Sie von Bedeutung sein dürfte, entschloss ich mich, Sie auf diesem Weg davon in Kenntnis zu setzen. Eigentlich hätte ich Sie des Datenschutzes wegen persönlich vorladen müssen. Dass ich dennoch eine Ausnahme mache, resultiert daraus, dass es sich hierbei lediglich um eine Richtigstellung handelt: Eine Richtigstellung, die sich auf einen vom 18.3.2003 datierten Befund bezieht, der Ihnen Unfruchtbarkeit attestierte. Wie sich leider erst jetzt herausstellte, beruhte diese Diagnose auf einer Verwechslung. Bei nochmaliger Prüfung zeigte sich, dass Sie zu keiner Zeit zeugungsunfähig waren …

Trotz des bereits an dieser Stelle in Kommissar Hütchen aufkeimenden Verdachts bedurfte es noch des dritten

Schreibens, um seine Vermutung zur Gewissheit werden zu lassen.

Als er den Brief entfaltete, konnte er sein Herz bis in den Hals schlagen hören.

Schon das erste Wort des nun folgenden Textes bestätigte seine schlimmsten Befürchtungen.

Geständnis

Hiermit gestehe ich, Erich Kummer, meinen Freund Rocco Leid auf dem Gewissen zu haben. Auch wenn ich seinen Tod schon seit Längerem geplant hatte, war es letztlich kein Mord, sondern ein Unfall. Wahrscheinlich bringt es unterlassene Hilfeleistung am ehesten auf den Punkt. Unterlassen deshalb, weil ich zusah, wie er ertrank, anstatt ihm zu Hilfe zu kommen. Was wiederum wohl auch rechtfertigen würde, auf Totschlag zu plädieren. Zumal die von mir mitgeführten Schnapsvorräte gezielt dazu dienten, ihn in jenen hilflosen Zustand zu befördern, der es ihm am Ende unmöglich machte, sich aus eigener Kraft aus jener tödlichen Falle zu befreien. Wie auch immer: Ich bekenne mich schuldig. Schuldig, Rocco für meine perfiden Pläne missbraucht zu haben. Warum? Weil er sich aufgrund seiner Veranlagung bestens dazu eignete. Schließlich kannte ich niemanden, der so perfekt die Kunst der Verführung beherrschte wie er. Es war nur eine Frage der Zeit, bis auch meine Frau ihr erlag. Ihm unterlag, um das von ihm zu bekommen, was ich ihr nicht geben konnte. Als der Nachweis erbracht war, dass mein Plan funktioniert hatte, musste ich Rocco nur noch loswerden: Ihn für immer zum Schweigen bringen, damit er mein Eheidyll nicht zerstören konnte.

Und obwohl mir das gelang, bin ich trotzdem auf ganzer Linie gescheitert. Beiliegender Brief ist der Beweis dafür, dass alles umsonst war.

Erneut streifte des Kommissars Blick Erichs Sohn. Und da endlich fiel es ihm wie Schuppen von den Augen, erkannte er, dass es stimmte, wenn die Leute sich hinter vorgehaltener Hand zuraunten, der Junge sei das naturgetreue Abbild seines Vaters.

UWE SCHIMUNEK

KLEINE MORDE UNTER KÜNSTLERN

Max Tevidtke mochte keine Kleinkunst. Aber in der Kasse seiner kleinen Detektei herrschte gerade ziemliche Ebbe. Sein Kumpel Jo Torau war mit ein paar erfolgreichen Programmen auf der Bühne und konnte ihn zu vielen Partys am Einlass vorbeischleusen. Ein paar Gratisbiere sprangen auch immer noch ab. Lauter gute Gründe, an diesem Abend neben Jo in der Moritzbastei zu sitzen – bei der ersten Verleihung des Unabhängigen Leipziger Kleinkunstpreises, den ein paar Wortspielhöllen-Kandidaten ›ULK‹ getauft hatten.

Das Publikum im Saal wartete auf den Auftritt des Preisträgers. Der Moritzbastei-Kleinkunst-Chef Martin Mecher hatte ihn gerade als einen ganz Großen der Szene angekündigt. Und gesagt, dass er stolz sei, Henning Eichel nun endlich auch in seinem Hause auftreten zu sehen. Tevidtke hatte Jo während der Rede beim Gähnen ertappt und ebenso gelangweilt einen Schluck von seinem Bier genommen.

Die Bühne wurde in gelbes Licht getaucht und aus einer Seitentür kam ein Endvierziger im grauen Anzug, der ein bisschen wie George Clooney für Arme aussah. Henning Eichel strich sich durch die graue Tolle und begann ein paar müde Witze zu reißen. Die Moritzbastei sei zwischen ’74 und ’79 von 30.000 Studenten aufgebaut worden. Zum Glück habe es da noch kein BAföG gegeben, sonst wären die alle noch eingeschrieben. Ein paar Blondinen gackerten, als hätte sie ein Gockel gezwickt. Tevidtke sah, wie Jo sich unter Schmerzen die Glatze massierte.

»Bei solchen Scherzen merke ich immer, wer von uns kommt«, schäkerte Eichel in Richtung der Blondinen. Max Tevidtke fragte sich, ob der Clown da oben mit ›von uns‹ eine geschlossene Anstalt meinte. Hoffentlich war das alles bald vorbei. Immerhin kündigte Henning Eichel an, nicht mehr so viel zu reden. Man solle doch lieber sein neues Programm in der Pfeffermühle besuchen.

Anderthalb Bier später wartete der Saal wieder – auf die Laudatio. Eichels langjähriger Partner Rex Napert sollte sie halten. Hier jagte ein Highlight das nächste. Im Augenblick war es dunkel in dem Gewölbe. Vielleicht wollten die Leute von der MB, wie der Studentenklub von Machern und Besuchern liebevoll abgekürzt wurde, nicht, dass die 300 Gäste in der ausverkauften Veranstaltungstonne in den Pausen zu den Bars strömten. Kein Problem, Jo hatte einen Vorrat von Bierflaschen unter dem Tisch deponiert.

So konnte Max Tevidtke einen kalten Schluck nehmen, als das Licht wieder anging. Henning Eichel kam wieder aus der Seitentür und blieb ein paar Meter neben einem Tisch stehen. Dahinter saß – ein Weihnachtsmann. Mitten im August. Tevidtke konnte seinen Blick gar nicht von dieser Peinlichkeit wenden, Jo würde bestimmt die Augen verdrehen.

»Überrrrraschung«, krächzte der Weihnachtsmann hinter seiner Maske. Offenbar wollte Rex Napert hinter dem albernen Knautschgummi mit Bart klingen wie ein

Conférencier in einem 20er-Jahre-Musical-Schinken. Der Weihnachtsmann näselte Plattitüden von den Pfeilen aus Spott, die Eichel verschießen würde. Und dass der Künstler auch selbst zur Zielscheibe werden könnte. Aus dem roten Umhang kam eine Pistole zum Vorschein.

Das Gekicher im Saal nahm nicht ab. Erst als der Schuss wie Donner in einem Tunnel durch das Gewölbe krachte, kam die Ruhe. Auf der Bühne zuckten Eichels Beine, nachdem dieser über einen Meter rücklings geflogen war. Das sah nicht aus wie Kleinkunst. Das Röcheln auf der Bühne klang auch nicht so.

Frauen fingen an, zu schreien. Die Blondinen? Tische schepperten beim Fallen. Glas splitterte.

Sekunden später ging das Saallicht an. Massen drängten sich am Ausgang. Ein paar Mann standen vor der Bühne, auf der jetzt einsam Eichel lag – kein Weihnachtsmann mehr da. Tevidtke schaute neben sich, Jo war weg. Er konnte seinen Kumpel weder vor der Bühne noch in den Massen entdecken. Aber Jo war höchstens 1,70 groß. Da konnte er zwischen toupierten Dauerwellen leicht verschwinden. Und außerdem hatte er jetzt bestimmt andere Sorgen, unter den Kleinkünstlern hier in der MB waren schließlich viele seiner Freunde.

Tevidtke brauchte zu Hause einen richtigen Drink. Die Biergelage in der Moritzbastei mit Jo nahmen ihn ziemlich mit. Und nach der Aufregung eben würde ein Wodka-Lemon noch besser schmecken. Im Kühlschrank langweilte sich eine Flasche Stolitschnaja mit ein paar Kartons Limonensaft. Er schüttete sich einen Doppelten ins Glas und startete die Stereoanlage. Die neue Dirty-Pretty-Things-

Platte lief und als der Sänger ›Bang, Bang you're dead‹ zu den schrägen Gitarren trällerte, klingelte es an der Tür.

Tevidtke öffnete und draußen stand Rex Napert – ohne Maske und offenkundig auch ohne Fassung. Der Kabarettist war ohnehin kein Riese. Jetzt aber schien er auf Größe eines Stehtisches in einer runtergekommenen Imbissbude geschrumpft. Auch die Gesichtsfarbe unter seinen grauen Haarsträhnen passte ins Bild.

»Komm rein. Du siehst aus, als könntest du 'nen Drink gebrauchen.«

»Jo schickt mich her. Wenn mir einer helfen kann, dann du. Sagt er.«

»Ich bin kein Staranwalt. Aber komm trotzdem erstmal rein.«

Max Tevidtke ging in die Wohnküche, goss Wodka in ein Saftglas und gab es Napert. Der saß inzwischen am Tisch wie ein Steuersünder beim Finanzamt.

»Ich hab doch verschlafen. Ich weiß doch gar nicht, was los war. Und dann sagt Jo, ich hätte Eichel erschossen. Aber ich hab doch verschlafen.«

»Halt. Eh du daraus 'nen Refrain dichtest, trinkst du erstmal was. Und dann erzählst du von vorn.« Tevidtke wartete, bis Napert einen großen Schluck genommen hatte, und schüttete nach. Noch ein Schluck. Jetzt schien alles etwas ruhiger zu gehen.

»Also, ich kam zu spät in die MB. Weil ich verschlafen ...«

»Stopp. Das hatten wir schon. Wir machen das jetzt mal mit System. Ich frage, du antwortest. Wann bist du eingeschlafen?«

»Heute Nachmittag.«

»Genauer.«

»Gegen sechs.«

»Bisschen spät für 'n Mittagsschläfchen.«

»Ich habe Probleme mit dem Blutzucker. Ich wollte nur ein paar Minuten rumliegen. Normalerweise komme ich nach 'ner Viertelstunde wieder hoch. Aber dann war's plötzlich schon halb zehn.«

»Ja, ja – verschlafen. Was war vorher?«

»Ich hab Kaffee getrunken mit Jo und Martin und ein bisschen Diätkuchen gefuttert. Jo und ich sollen ein neues Stück in der MB machen und wir wollten die erste Version durchgehen. Aber dann haben wir uns die Ohren vollgeheult, wie ungerecht die Welt ist. Da kriegt der Eichel den Preis. Dieser Arsch. Probt mit mir in der MB ein Stück. Bootet mich aus und geht mit 'nem Solo zur Pfeffermühle.«

»Klingt nicht nett.«

»Nicht nett. Das ist kein Spaß. Das ist mein Job. Ich hab noch ein paar Jahre bis zur Rente. Seit den Achtzigern hab ich mit Eichel Programme gemacht. Das heißt, *ich* habe gemacht. Eichel hat seine schöne Nase ins Licht gehalten und die Frauen abgeschleppt. Und nach den ganzen Jahren lässt der mich hängen.«

»Und die anderen hatten Mitleid mit dir.«

»Mitleid, nee. Die waren auch angepisst. Jo hat für uns Texte geschrieben. Das Duo Eichel/Napert brachte ihm einen Batzen Tantiemen. Und Martin musste jahrelang kämpfen, dass wir in die MB kommen. Das Stück sollte das ganz große Ding werden. Martin hat sich voll reingehängt, massenweise Sponsoren angeschleppt und Projektmittel frei geeist. Er war sogar in der ULK-Jury. Was denkst du, wie Eichel zu dem Preis gekommen ist. Alles promotion. Aber natürlich bin ich von uns dreien am meisten im Arsch.«

»Das würde ich bei den Dienstmützen vorsichtiger formulieren.«

»Aber ich hab doch verschlafen.«

»Richtig – da hätte ich doch beinahe den Kehrreim vergessen.«

»Und was mach ich jetzt?«

»Hast du ’n Handy dabei?«

»He?«

»’ne Funkschatulle, ein tragbares Kommunikationsendgerät, ein Mobiltelefon …«

»Ja, ja.«

»Okay. Dann überweist du mir jetzt 300 per Fonbanking. Drei Tage je ein Hunni im Voraus. Halber Preis. Für dich. Weil du von Jo kommst. Dann gehst du zur Staatsmacht. Hier ist die Nummer von meinem Lieblingsanwalt. Du sagst nur, was der dir vorflüstert. Ich kümmere mich um den Rest.«

Als ein Nachmittagslüftchen die Bruthitze aus der Leipziger Innenstadt wehte, ließ auch das Brummen in Tevidtkes Kopf langsam nach. Er hatte den Tag über ein paar Leipzigseiten im Web durchgeschaut, die Journaille hatte sich auf Rex Napert als Killer festgelegt.

Jetzt ging der Detektiv die Burgstraße in Richtung Thomaskirche. Daneben befand sich die Pfeffermühle, wo Henning Eichel demnächst Premiere gehabt hätte. Außerdem gabs da ab sechs sächsische Küche zu erträglichen Preisen.

Im Hof der Pfeffermühle zeigte sich Leipzig von seiner romantischen Seite. Ein Leipziger Kaufmann hatte das Ensemble Anfang des 18. Jahrhunderts umbauen lassen und Johann Sebastian Bach einen Saal fürs Sommerfiedeln hingestellt. Tevidtke konnte mit Bach und dem ganzen Touristenkram, der um den Komponisten gemacht wurde, nicht viel anfangen, musste aber eingestehen, dass es sich hier gut sitzen ließ. Bis gegen halb acht die Gäste zum Sommertheater kommen würden, war das ein ruhiges Biergärtchen mit Stil.

Er bestellte sich eine Sülze mit Bratkartoffeln und las beim Essen im Programmheft. Henning Eichel war angekündigt als Kultkabarettist. In seinem Einmannstück sollte er den Chef einer ostdeutschen Widerstandsgruppe spielen, der in Verhören bei den Besatzern vom ›belächelten Beklagten‹ zum ›spitzzüngigen Kläger‹ werden würde. Irgendwoher kannte Tevidtke das. Klar, Jo hatte ihm diese Story vor Jahren mal erzählt. Verbunden mit einem abendfüllenden Vortrag über die Eignung von Verhören für Einmannstücke. Darüber musste er Genaueres erfahren.

Er angelte gerade das Handy aus der Tasche, als Martin Mecher aus dem Kassenbereich auf den Hof trat. Mecher stellte sich neben seinen Tisch.

»Mann, dein Anwalt muss ja echt 'ne Kanone sein. Rex ist schon wieder auf Kaution draußen.« Martin Mecher war ein hagerer Mann von 1,90 Länge mit dichten schwarzen Locken, in die sich erste graue Strähnchen wagten. Mecher hatte viele gute und eine Menge falscher Freunde in der Szene, weil er für die MB die Kleinkunsttermine machte. Immer wenn Tevidtke ihn sah, schien er in Eile. Auch jetzt beugte er sich lieber wie ein Fragezeichen über den Tisch, als sich hinzusetzen.

»Rex war's also nicht?«

»Weiß noch nicht so genau. Wie ist Napert eigentlich als Schauspieler?«

»Er ist seit über 30 Jahren im Geschäft. Nicht so ’ne Wucht wie Eichel. Aber er beherrscht sein Handwerk, klar. Glaubst du, er war’s doch?«

»Glaubensfragen … Die sind nicht so mein Ding. Ich weiß es nicht. Noch nicht.«

»Aber du hast es bald. Ich würde gerne wissen, ob ich mit ihm planen kann.«

»Keine Sorge. Ich bin knapp davor.«

»Na dann viel Glück. Ich muss in die MB. Wir sehen uns.«

Mit großen Schritten lief Mecher vom Hof. Tevidtke rief Jo an. Der hatte am Abend Zeit.

Schon wieder Bier. Inzwischen war Nacht und Tevidtke saß mit Jo Torau alleine im Haupthof der Moritzbastei, die haushohe Mauer im Rücken. Eine der sechs Mollen musste schlecht gewesen sein. Noch tat sein Kopf nicht weh, aber seine Schädeldecke fühlte sich an, als wäre sie die Polsterung eines Motorradhelms.

Jo war immer noch mitten in seiner Schimpfkanonade auf Eichel und überhaupt nicht zu bremsen: »… der Typ war nicht besonders helle. Niemals hätte der solche Texte hingekriegt. Der hat überhaupt nix geschrieben. Überhaupt nix gemacht außer gut aussehen. Fatzke. Blindschleiche …«

So ging das seit Stunden. Die Biergläser kamen und leerten sich, die Sätze liefen in Schleife. Jo hatte immerhin von Eichel Geld kassiert, aber anscheinend nicht genug, um seinen Frieden mit der Sache zu finden.

»Nun ist er tot«, Tevidtke versuchte, dem Gespräch eine Wendung oder ein Ende zu geben.

»Und wer war's?«

»Ich hab so 'ne Ahnung, dass wir das bald alle wissen.«

»Oh, der Detektiv spricht in Rätseln. Ich geh aufs Klo. Vielleicht hast du's dann ja rausgekriegt.«

Jo verschwand durch die Glastür im Gemäuer. Tevidtke versuchte, sich eine Zigarette zu drehen. Der Filter wollte nicht passen, das Papier riss – Scheißbier. Nach gefühlten 50 Versuchen hatte er eine krumme Kippe in der Hand und zündete sie an. Schon der erste Zug war scheußlich, Rauchen musste jetzt nicht sein. Tevidtke legte die glimmende Zigarette in den Aschenbecher und stand auf. An der Wand zu lehnen, tat gut. Zu viel gesessen diesen Abend.

Tevidtke hörte von oben ein Geräusch, als würde eine schwere Plastikkiste auf einer Schiene geschoben. Er sah hoch und beobachtete einen Bierkasten auf dem Stahlgeländer, das die schmale Treppe zum Hof der MB begrenzte. Der Kasten war nach vorn geneigt – rutschte ein Stück vor, ein Stück zurück. Dann sauste er runter.

Es schepperte, als würde ein Kellerregal mit der Einweckglas-Sammlung einer dörflichen Großfamilie umkippen. Einen Wimpernschlag später hörte Tevidtke nur noch den Aschenbecher über das Pflaster rollen.

Tevidtke schaute nach oben. Dort schimmerten ein paar Sterne am Spätsommerhimmel. Kein Mensch zu sehen. Er ging zu dem Blechhaufen, der einmal ein Tisch gewesen war. Der war genauso eingeknickt wie sein Stuhl. In der Mitte lag der Bierkasten auf der Seite. Auf dem Pflaster hatten sich Flaschen und Gläser in zart schimmernde Splitterfelder verwandelt. Gerade jetzt wäre jeder Alkohol recht gewesen. Wo war eigentlich die Kellnerin? Unmöglich konnte die diesen Lärm an der Bar überhört haben.

Tevidtke schwenkte hinter der Glastür nach links in die Bar der MB. Niemand da. Kehrtwende, vorbei an den Ständern mit den Flyern und kostenlosen Magazinen zum Klo. Auch hier Stille. Wieder zurück. Tevidtke ging durch das Café, in dem in einer Ecke ein Internetrechner einsam vor sich hinsurrte. Nach dem Café bog er nach links. Dort folgten kleine Bars mit romantischen Namen wie Schwalbennest und Fuchsbau. Im Schwalbennest war eine Plauderei im Gange. Er sah, wie sich Jo Torau und Rex Napert unterhielten.

»… echt – du hast die ganze Zeit gepennt. Das glaubt dir doch keine Sau.«

»Ich schon. Habt ihr noch irgendwas zu trinken?« Tevidtke ging zu den beiden an den Tisch.

Napert zauberte eine kleine Flasche Bier aus einem Kasten unterm Tisch hervor. Diese Sorte gab's in der MB für auftretende Kleinkünstler als Freibier. Offenbar hatte jemand die Quelle gefunden.

»Du siehst ein bisschen mitgenommen aus. Hast du den Mörder getroffen?« Jo nahm einen Schluck aus seiner Flasche.

»Gesehen hab ich ihn nicht. Obwohl er mich mit Kieselsteinen beworfen hat. Er muss also ganz in der Nähe sein.«

»Vielleicht gar hier am Tisch?« Jos Sarkasmus klang nicht echt.

Tevidtke sah, wie vier Augen ihn anstarrten. Er hatte keine Eile, nahm sich eine Zigarette aus einer Schachtel auf dem Tisch und ein Feuerzeug. Langsam führte er die

Flamme zur Kippe, sog den Rauch ein und atmete wieder aus. Jo Torau und Rex Napert schienen Synchrontrinken zu üben. Nachdem die Flaschen wieder auf dem Tisch standen, fand Tevidtke, dass er die beiden nicht weiter schmoren lassen musste: »Nö.«

Bevor einer der beiden anderen die Augen verleiern konnte, sagte er: »Es waren einmal drei Mann mit Wut auf Eichel. Die saßen bei Kaffee und Kuchen. Zwei wussten, dass einer mit 'nem Schuss Zucker pennen gehen würde. Also gab's getunten Diätkuchen. Da waren's nur noch zwei. Die gingen zu einer Preisverleihung. Einer war groß und einer klein. Und nun die Preisfrage: Welcher von beiden muss beim Schießen sitzen, damit er genauso wirkt wie der schlafende Zwerg zu Hause in seinem Bettchen?«

»Was für ein lustiges Rätselmärchen.« Mechers Stimme kam von der Tür. Tevidtke drehte sich um und sah in einen Pistolenlauf.

Am Rande seines Tunnelblicks sprang Rex Napert auf. Zerdrosch seine Bierflasche an der Tischkante. Lief auf Mecher zu. Fluchte dabei was von Bullen, Knast und Klingen, über die er hätte springen sollen. Er hechtete auf Mecher. Den Flaschenstumpen voran. Ein Schrei. Ein Schuss. Eine Dissonanz von Schreien. Die beiden fielen auf den Tisch in der Ecke neben der Tür, als wären sie ein ineinander verschlungenes Liebespaar. Nachdem das Scheppern fallender Aschenbecher und Pistolen verklungen war, verwandelten sich auch die Schreie in Wimmern.

»Was ist denn hier los?« Die Kellnerin stand mit einem Schlüsselbund, aber ohne Gesichtsfarbe, in der Tür: »Ich wollte euch nur noch rausschmeißen.«

»Vielleicht rufst du erstmal ’nen Arzt. Und ’nen Wagen mit Ordnungshütern … Husch, husch.« Tevidtke hatte seine Fassung beinahe wiedergefunden, als die Kellnerin wegtrabte.

Der Detektiv betrachtete den liegenden Mecher, dessen Jackett unter der rechten Achsel in roten Fetzen hing, und Napert, der sich seinen blutigen Oberschenkel rieb.

»Ich bring die beiden in stabile Seitenlage«, rief er über die Schulter. »Mach mal noch zwei Bier auf, Jo. Der Abend kann noch eine Weile dauern.«

BEATE BAUM
BUNT, ROT, TOT

Das war der ›Point of no return‹. Vor uns versuchten einige trotz der Hitze in schwarzes Leder gewandete Punks noch voranzukommen, das alte Paar mit Strohhüten auf der linken Seite stand still, die drei jungen Mädchen in kurzen Röcken und knappen T-Shirts rechts alberten herum. Ich seufzte und verschaffte mir genügend Armfreiheit, um einen Schluck Bier zu trinken. Gerade hatten wir den ›Lustgarten‹, wo eine Sängerin echten Gänsehaut-Soul auf die Bühne gebracht hatte, verlassen und steuerten den Martin-Luther-Platz an. Nur 200 Meter Böhmische Straße und doch in weiter Ferne.

»Tja, auch das ist die ›Bunte Republik‹«, sagte ich zu Karla.

»Aber es ist doch toll, alle bleiben ganz gelassen, keiner dreht durch«, entgegnete sie.

»Habt ihr euch eigentlich über Nacht ausquartiert?«, fragte Tom und schaute über die Schulter in Richtung unserer Wohnung.

»Quatsch. Kommt doch gar nicht in Frage«, antwortete Andy gut gelaunt. »So können wir Karla schließlich das totale Neustadt-Feeling bieten.«

Als unsere ehemalige Kollegin aus Erfurt für das dritte Juniwochenende ihren Besuch in Dresden ankündigte, hatte ich sie vorgewarnt, dass dann in unserem Viertel der Ausnahmezustand herrschen würde. Sie war schon bei der Ankündigung begeistert gewesen: Ein Stadtteilfest ohne festgeschriebenes Programm, bei dem drei Tage lang an jeder Ecke Bands spielten, Gaukler, Tänzer und Pantomimen auftraten, alte Omas selbst gebackenen Kuchen und junge Kerle selbst gebrautes Bier verkauften – das wollte sie sich nicht entgehen lassen.

»Nadia war gut, oder?«, fragte Tom mit unüberhörbarem Stolz in der Stimme, während wir einige Meter in Richtung einer akustischen Gitarre mit alten Dylan-Songs vorrückten.

Die Soulsängerin war eine entfernte Bekannte von ihm, die er anscheinend sehr gerne näher kennenlernen wollte. Ich stimmte zu, dass ihr Gesang niemanden kaltlassen konnte, Andreas grinste seinen Freund an: »Ja, aber da musst du schon was unternehmen; mit der wollen heute bestimmt noch viele ein Gläschen trinken. Apropos …« Wir hatten gerade einen Bierstand erreicht, und Andy bestellte ohne zu fragen noch eine Runde.

»Nur drei«, rief Tom der jungen Bedienung zu und fügte in für ihn ungewöhnlichem, fast triumphierendem Tonfall an: »Ich habe ihre Handynummer. Und mit mir will sie sich heute noch treffen!«

Bevor Andy mir das frisch gezapfte Bier in die Hand drücken konnte, signalisierte ich Tom ein: »Toi, toi, toi«. Ich mochte den ruhigen, schmalen Kerl, der seinen Lebensunterhalt als Kellner in einer Szenekneipe verdiente, und hätte es ihm gegönnt, bei der mädchenhaften Blondine mit der tollen Stimme zu landen.

*

›It's been a hard days night‹, grölten drei höchstens 17-Jährige auf einem unbebauten Eckgrundstück an der Alaunstraße, während sie auf Gitarre, Bass und Schlagzeug eindroschen. Karla hakte mich links und Andy rechts unter und sang lautstark mit. Es war nach Mitternacht, Tom hatte sich längst von uns getrennt, vermutlich, um mit der schönen Nadia weiterzufeiern. Der Menschenandrang auf den Straßen erreichte seinen Höhepunkt, die Stimmung ebenfalls. Ein Trupp Rastafaris kam uns entgegen und lachte:

»Hey, Sergeant Pepper!«

Karla grinste zurück und tippte sich salutierend an den quietschbunten Pappzylinder, den sie an einem Stand gekauft hatte, und der ihre kleine Gestalt um gut 20 Zentimeter wachsen ließ. Ich war froh, dass sie sich so gut amüsierte. In Erfurt waren wir enge Freundinnen gewesen – während sie sich mit Andy oft in den Haaren gelegen hatte, in den vergangenen Jahren war unser Kontakt jedoch sehr lose geworden. Nun schienen wir alle drei neu anzuknüpfen.

»Herr Redaktionsleiter, wie wäre es mit noch einem Bier?«, fragte Karla Andreas, und schob übergangslos: »Schreibt ihr eigentlich hierüber?«, hinterher.

»Ja und nein. Das ist der Vorteil des Chefseins. Man kann auch mal nur feiern. Und sogar seiner untergebenen Freundin frei geben.«

Als hätten wir uns abgesprochen, stieß Karla Andy ihren Ellenbogen in die Seite, während ich über sie hinweglangte und ihm mit der flachen Hand einen Schlag auf den Hinterkopf versetzte.

»Du kriegst kein Bier mehr. Du hast eindeutig genug«, befand Karla.

»Gut, dann bringe ich euch aber auch keine Bratwurst mit.« Andy machte einen Schritt in Richtung des nächsten Grillstands, von dem kräftige Fleischdüfte herüberzogen.

»Er hat ganz schön zugelegt seit Erfurt, was?«, fragte Karla mich, extra laut, so dass Andreas es hören musste.

»Psscht!«, machte ich, ebenfalls übertrieben deutlich. »Ganz heikles Thema!«

»Wahrscheinlich fehlt mir der Stress, mit dir zusammenzuarbeiten«, parierte Andy, nachdem er mir eine Grimasse gezogen hatte, und schon überboten Karla und er sich wie früher mit ihren Sticheleien. Ich ließ den Blick schweifen, während wir uns langsam dem Alaunpark näherten. Das Gros der Menschen wirkte angetrunken, aber noch immer kam keine Aggressivität auf. In den Vorjahren hatten Auseinandersetzungen zwischen meist zugereisten Chaoten und einer äußerst unvernünftig agierenden Polizei ebenso zu den ›Bunte-Republik-Nächten‹ gehört wie die schöne Stimmung zuvor. Vielleicht würde es dieses Mal ohne abgehen.

Wir überquerten den Bischofsweg. Vom hinteren Rand des Alaunparks dröhnte lauter Punk herüber, vorn hatte sich eine Hundertschaft Polizisten in Position gebracht. Ging es doch gleich wieder los? Etwas unsicher, ob ich in meinem alkoholisierten Zustand die Situation richtig einschätzte, verlangsamte ich meinen Schritt, während Karla und Andreas weiter voller Vergnügen aufeinander einhackten und dabei zielstrebig den nächsten Bierstand ansteuerten. Ich signalisierte den beiden, dass ich zunächst eine der Dixi-Toiletten ein Stück weiter hinten aufsuchen müsse und ging in das Dunkel des Parks hinein.

»Anarchy in Saxony«, forderte der Sänger in ultimativer Lautstärke; so viel ich sehen konnte, standen die Polizisten nach wie vor an der gleichen Stelle.

Ob ich anstatt der Baustellen-Aborte lieber den Schutz eines Strauches nutzen sollte? Hygienischer wäre es vermutlich. Unentschlossen umrundete ich die blauen Häuschen und nahm auf einmal einige Meter vor mir auf der Wiese etwas wahr. Es war so dunkel, dass ich einen Augenblick brauchte, um zu erkennen, dass es ein Mensch war, nein, zwei Menschen. Einer lag ausgestreckt, der andere kauerte dahinter. Opfer des Alkohols? Langsam ging ich weiter, starrte in die Nacht.

»Kirsten«, hörte ich ganz leise. Die Stimme kannte ich. »Kirsten.« Jetzt hatte ich die beiden fast erreicht. Ich blinzelte, als könnte ich so die Dunkelheit besser durchdringen.

Es war Tom, der dort kniete. Und Nadia, die dort lag. Ihr sonnengelbes Top wies einen riesigen roten Fleck auf.

Ich hob die rechte Hand, um mir die Augen zu reiben. Tom sagte noch etwas, was aber nicht mehr bei mir ankam, da ein ohrenbetäubender Schrei durch den Park gellte, die Punks übertönte, alles andere auslöschte.

*

»Trink das, komm.« Andreas schob mir ein Glas Cognac hin.

»Bist du verrückt? Alkohol nach einem Schock, das ist doch aus der Mottenkiste. Hier, nimm das.« Karla goss mir Mineralwasser ein.

Wir saßen in unserer Küche; ich hatte keine Ahnung, wie ich hierher gekommen war. Offenbar hatte ich so lange geschrien, bis Andy mich von der blutenden Nadia und

Tom mit dem verschmierten Messer in der Hand weggezogen hatte. Da standen schon etliche Bereitschaftspolizisten, die Punkband und ihre Zuhörer um die beiden herum, ein Stillleben in meiner Erinnerung, keiner rührte sich, keiner tat etwas, keiner sagte etwas.

»Warum hat denn keiner was gemacht?« Meine Stimme klang heiser. Langsam trank ich das Wasser. »Warum …?« Ich begann zu schluchzen.

»Man konnte nichts mehr machen«, sagte Karla.

Andreas nahm den Cognac und kippte ihn selbst hinunter. Der Sanitäter, der mich im Alaunpark kurz untersuchte, nachdem er Nadias Tod festgestellt hatte, wollte mich eigentlich zur Beobachtung ins Krankenhaus einweisen; Andy und Karla hatten jedoch beteuert, dass sie sich um mich kümmern würden. Ich schaute die beiden mit leerem Blick an.

»Tom. Ausgerechnet Tom.«

»Quatsch!« Andreas sprang vom Tisch auf. »Die Bullen mussten ihn mitnehmen, aber er war es doch nicht. Niemals!«

Durch das weit offene Fenster hörte man Stimmen. Menschen auf dem Nachhauseweg. Ob sich die Nachricht vom Tod der schönen Sängerin schon herumgesprochen hatte? Die ›Bunte Republik‹ war für dieses Jahr beendet, auch wenn das wahrscheinlich noch keiner realisierte.

»Tom könnte keiner Fliege etwas zuleide tun.« Andy schaute auf die Straße hinunter, drehte sich wieder um, lehnte sich gegen die Fensterbank. »Alleine das Messer: Das war doch so eine Art Jagdmesser. Wo soll er das herhaben?«

»Es kann ein Fischermesser gewesen sein. Und Tom ist Angler. Ich glaube, du weißt überhaupt nichts über deinen Freund!« Mir wurde übel. »Hast du mitbekommen, wie verknallt er in die Frau war? Wie stolz, dass sie sich mit ihm treffen wollte? Und dann …«

»Was: Und dann?!« Andy trat wieder an den Tisch, stemmte beide Arme auf die Platte, starrte mich zornig an: »Was?!«

Ich begann zu zittern. »Ich weiß es doch auch nicht.« Endlich bahnten sich die Tränen ihren Weg, und ich heulte wie ein Schlosshund. »Ich weiß nicht.«

»Jetzt macht mal Schluss, ihr beide.« Karla klang weniger burschikos als sonst. »Warum versucht ihr nicht, ein paar Stunden zu schlafen? Auf jeden Fall«, das war sehr ernst an Andreas gerichtet, »solltest du deinem Freund morgen einen guten Anwalt besorgen.«

*

Ich schlief erst ein, als bereits der Morgen dämmerte, und selbst dann verfolgte mich das Bild von Nadia und Tom noch. Nach zehn erwachte ich verschwitzt, mit Kopfschmerzen und fürchterlichem Durst. Ich lag allein im Bett.

In der Küche saß Karla am gedeckten Frühstückstisch und las Zeitung. Andreas sei schon weg gewesen, als sie aufstand, sagte sie. Ich nickte bloß und goss mir Kaffee ein; dann saßen wir uns in ziemlich gedrückter Stimmung gegenüber.

»Glaubst du wirklich, dass es Tom war?«, fragte Karla schließlich vorsichtig.

»Keine Ahnung. Wie er da saß, gestern Nacht, mit dem Messer in der Hand, habe ich es gedacht. Und dann hat er noch gesagt: ›Ich bin schuld‹.« Die Worte, die ich im Park zuerst nicht verstanden hatte, hatten schon kurz darauf begonnen, in meinem Kopf widerzuhallen.

»Aber das muss doch nicht heißen, dass er sie ermordet hat.«

Ich nickte, entschlossen, an Toms Unschuld zu glauben. Trotz dieses Messers, seines Blicks, des Klangs seiner Stimme, seiner ganzen Ausstrahlung in der vergangenen Nacht.

Langsam bestrich ich einen Toast mit Erdbeermarmelade. »Ich glaube, ich versuche gleich mal, etwas über die Band herauszubekommen. Und du? Willst du heute trotz allem ein bisschen Sightseeing machen?«

»Bist du verrückt? Ich helfe dir natürlich. Die alten Bauten laufen mir schon nicht weg!«

Ich hatte gerade mein Telefonat mit dem Saxofonisten und Chef der ›Soulisten‹ beendet, als die Wohnungstür geöffnet wurde. Kurz darauf kam Andreas ins Arbeitszimmer. Er sah niedergeschlagen aus.

»Morgen«, begrüßte ich ihn. »Hast du mit Tom gesprochen?«

»Er wollte nicht.« Andy ließ sich auf seinen Schreibtischstuhl fallen. »Bislang hat er kein Wort gesagt, nur, dass er niemanden sehen will. Auch keinen Anwalt. Behaupten die Bullen jedenfalls.« Sein Tonfall passte nicht zu den Worten. »Der Haftbefehl ist gestellt.«

Ich ging zu ihm und legte ihm die Hand auf die Schulter. »Heute Nachmittag treffen wir uns mit der Band. Vielleicht erfahren wir ja da etwas.«

Sein Blick, als er zu mir hochschaute, war so überrascht und erfreut, dass ich mich fast ein wenig schämte. Ich gab ihm einen Kuss. »Natürlich hat Tom sie nicht getötet«, sagte ich mit fester Stimme.

*

»Nadia war der geborene Star.« Matthias zupfte, während er sprach, ständig einzelne Töne auf seiner nicht verstärkten E-Gitarre. Wir saßen im Probenraum der ›Soulisten‹ auf der Katharinenstraße. »Nicht immer einfach, aber wenn sie wollte …« Er blickte auf den rot glänzenden Hals und griff einen komplizierten Akkord über drei Bünde.

»Dann konnte sie jeden um den Finger wickeln«, beendete Bassistin Jana, eine zierliche, junge Frau von etwa 25, den Satz nüchtern. Ihre rot geränderten Augen verrieten jedoch, dass sie die halbe Nacht geweint haben musste.

Der Souterrainraum war klein und stickig; durch die beiden hoch liegenden, gekippten Fenster kam zu wenig Luft, um den schalen Geruch nach kaltem Rauch und Schweiß zu vertreiben. Die Wände waren mit Dämmplatten beklebt, in der Ecke stand ein leerer Kasten Bier.

Marko, der Chef, berichtete, dass sie sich die besten Aussichten beim F6-Nachwuchswettbewerb ausgerechnet hatten und erst vor wenigen Tagen ein begeisterter Kommentar zu ihrer Demo-CD von einem kleinen Platten-Label gekommen war.

»Aber ohne Nadia …«, er erschrak offensichtlich über seine eigenen Gedanken. »So meine ich das nicht«, stotterte er und holte eine Packung Tabak hervor, begann umständlich eine Zigarette zu drehen, wobei er erzählte, dass die Band seit einem Jahr bestand, und sie alle für den Erfolg hart gearbeitet hatten.

»Ich verstehe schon«, beruhigte ich ihn. »Aber warum seid ihr dann noch auf der ›Bunten Republik‹ aufgetreten?« Soviel ich wusste, gab es dort keinerlei Honorar, höchstens Freibier.

»Einfach aus Spaß, und weil wir hier so viele Fans haben.«

Trotz der fehlenden Resonanz erkannte ich in Matthias' Tönen die Melodie von ›When the Saints Go Marching In‹ – allerdings in einer so abgrundtief traurigen Version, wie ich es noch nie gehört hatte.

»Das wird auch auf Begräbnissen in New Orleans gespielt«, erklärte der Gitarrist, als er meinen Blick bemerkte.

Am Abend sollte es ein Gedenkkonzert für Nadia geben, von ihnen und befreundeten Musikern. Im Alaunpark, auf der Bühne, neben der sie zu Tode gekommen war. Matthias schien Trost in dem Gedanken zu finden.

»Hatte Nadia eigentlich einen festen Freund?«, brachte Andreas uns auf die tote Sängerin zurück.

Matthias schaute Marko an, der zögerte. Schließlich ergriff Jana das Wort: »Nein, eigentlich nicht.«

*

»Soll wohl heißen, sie hat es ziemlich bunt getrieben«, mutmaßte Andy, als wir wieder auf der Straße standen und in Richtung Alaunstraße zurückschlenderten.

»Ist euch aufgefallen, dass der Drummer kein Wort gesagt hat?«, fragte Karla.

Ich nickte. »Er sah auch am betroffensten aus. Wahrscheinlich hat er was mit ihr gehabt.«

So wenig wie es für die ›Bunte Republik‹ ein niedergeschriebenes Veranstaltungsprogramm gab, so wenig war eine Order von oben erteilt worden, dass das Fest nach dem schrecklichen Ausgang der vergangenen Nacht beendet werden sollte. Es würden jedoch keine Auftritte mehr stattfinden – bis auf das Konzert für Nadia. Nun sahen wir auch die sichtlich eilig hergestellten und aufgehängten DIN-A4-Kopien, die dazu einluden. Es wurde um bunte Kleidung gebeten, weil Nadia ›es so gewollt hätte‹, und jeder Musiker sei auf der Bühne willkommen.

Die Straßen waren noch für den Verkehr gesperrt, und es liefen sehr viele Menschen herum; die Stimmung war aber das genaue Gegenteil der ausgelassenen des Vorabends. Da schon etliche Stände abgebaut worden waren, scharten die Besucher sich in dichten Trauben um die wenigen verbliebenen. Wir stoppten an einem ausgezogenen Küchentisch mit frisch gebackenen Waffeln, holten uns Kaffee dazu und fanden einen Platz in der liebevoll auf dem Bürgersteig aufgebauten Sitzecke.

»Also, Andreas, deine Meinung als Mann: Fandest du Nadia auch so unwiderstehlich?« Karla lächelte hintersinnig, biss dann genussvoll in die Waffel.

Ich blickte von ihr zu Andy, gespannt auf die Antwort. Die Sängerin hatte kindlich und zugleich sehr weiblich gewirkt, zart, sanft und rundlich an den richtigen Stellen – wo bei mir einiges fehlte; das Gesicht sehr jugendlich und ebenmäßig. Mein Kinn stach zu weit nach vorn, und manchmal sahen meine Wangen regelrecht eingefallen aus.

»Tja«, antwortete Andreas gedehnt. »Also wenn sie auf meiner Bettkante gesessen hätte …« Ich trat nach ihm, er grinste. »Ich vermute mal, dass sie vor allem als Sängerin so eine tolle Ausstrahlung hatte«, überlegte er laut. »So wie Mick Jagger im Supermarkt wahrscheinlich auch nicht besonders auffällt.«

»Och«, machte Karla, und ich sagte: »Jetzt vielleicht nicht mehr, aber vor 20 Jahren war er schon knackig.«

»Wenn ihr meint.« Andy widmete sich seiner Waffel.

»Er soll ja auch heute noch sehr auf seine Figur achten«, stichelte Karla, dann versuchten wir weiter, uns aus dem, was wir wussten, ein Bild von Nadia zu machen.

*

»Sie war ein Luder«, sagte Falk. Der Chef des ›Blue Note‹ hatte gerade das Gedenkkonzert eröffnet und von der Bühne herab noch einmal das erzählt, was wir nachmittags schon von den Musikern erfahren hatten: Dass die Band sich in seinem Club an einem Sessionabend gefunden hatte und in der Formation eine große Zukunft gehabt hätte. »Ein verdammtes Luder.«

Er grinste Andreas so vieldeutig an, dass ich darauf gewettet hätte, dass sein Kontakt mit Nadia ebenfalls nicht nur rein beruflicher Natur gewesen war.

Wir hatten ihn abgefangen, sobald er das Podest verließ. Ich kannte Falk kaum, Andy war jedoch einmal nach einem Konzert bis fünf Uhr früh im ›Blue Note‹ versumpft und verstand sich seitdem gut mit dem Jazzkenner, der es schaffte, stets erstklassige Musiker auf seiner kleinen Bühne zu haben.

Der Alaunpark war übervoll. Mindestens tausend Menschen – dem Wunsch auf der Ankündigung entsprechend zumeist bunt gekleidet – standen auf der Wiese, die Musiker unter ihnen in einem Pulk an der Seite der Bühne, auf der die ›Soulisten‹ sich gerade aufstellten. Matthias stimmte noch einmal nach, Jana ließ einige unverbundene Töne durch die warme Abendluft bubbern, Marko hielt sein Saxofon lose in der Hand und Lutz, der Drummer, rückte an seinem Hocker herum. Er sah auf den Boden, schien völlig abgekapselt in seinem Kummer.

»Nein, im Ernst: Nadia war eine tolle Frau, eine, die wusste, was sie wollte.« Falk ließ seinen Blick über die Menschenmenge schweifen. »Und wenn sie einen Mann wollte, hat sie ihn auch bekommen.« Jetzt war sein Grinsen eindeutig.

Auf der Bühne blies Marko die ersten kraftvollen Töne, die Drums kamen dazu, dann setzten Gitarre und Bass ein und ein starker Blues erklang.

Die Zahl der potenziellen Verdächtigen musste also gigantisch sein, dachte ich. Verlassene, gekränkte Männer, eifersüchtige Frauen, vielleicht sogar irgendwelche selbst ernannten Moralapostel. Unwillkürlich seufzte ich auf.

»›Tell Mama‹«, sagte Falk. »Einer ihrer Lieblingssongs. Stellt sie euch mal dabei vor. Klasse!« Verbarg er seine Trauer hinter den professionellen Bemerkungen oder empfand er wirklich nichts? Gerade, vor der großen Zuhörerschaft, hatte er betroffen gewirkt, vielleicht war das aber auch Nervosität gewesen.

Wir hatten uns langsam aus der dichten Menge herausbewegt, auf Karla zu, die an einem Bierstand auf uns wartete. Falk nickte, als Andreas fragte, ob er ein Glas mit uns trinken würde. Wenige Meter weiter hatten drei Frauen eine Gulaschkanone mit einem lecker duftenden Südstaateneintopf aufgebaut, der regen Zuspruch fand. Die ganze Stimmung im Park erinnerte an das, was ich von Beerdigungen in New Orleans wusste, und ich fand sie tröstlicher als die auf anderen Trauerfeiern. Sogar Lutz schien durch die Musik etwas Frieden zu finden. Er war vollkommen auf seine Drums konzentriert und trieb den Song mit ungeheurer Energie voran.

Was war eigentlich mit Jana? Neben solch einer attraktiven Kollegin in einer Band zu sein, für die Männer wahrscheinlich immer die Nummer zwei …

»Dabei war Nadia weniger talentiert, als sie selbst dachte«, stellte Falk in meine Gedanken hinein fest. »Zum einen sind die Musiker auch einfach klasse – der Bandname ist schon gut gewählt, jeder ist auf seinem Gebiet besser als der Durchschnitt – und zum anderen hatte sie diese großartige Ausstrahlung, das Aussehen, dazu ihr Selbstbewusstsein. Das hat eigentlich ihren Erfolg ausgemacht. Ihre Stimme war gut, keine Frage, aber sie hatte keine Ausbildung, und das hat man auch durchaus gemerkt.« Sein Blick schweifte über die Bühne, auf der sich jetzt weitere Musiker einrichteten.

Ich fragte mich, warum er das erzählte. War er vielleicht selbst in Streit mit ihr geraten? Oder hatte es Rivalitäten innerhalb der Band gegeben? Ich fragte eher vage nach Nadias Ansehen in der Musikszene Dresdens. Der Clubchef zögerte einen Moment.

»Ich glaube, ihr Status als kommender Star war unangefochten«, meinte er schließlich. »Manchen gefiel dabei bestimmt ihre Selbstsicherheit nicht, sie war auch oft zickig und konnte ziemlich gemein sein. Insgesamt aber ...« Er zuckte die Achseln, winkte dann jemandem weiter hinten zu und verabschiedete sich von uns.

Auf dem Podest stimmten die Musiker gerade ›When the Saints Go Marching In‹ an, wie Matthias' Akkorde am Nachmittag klang es tieftraurig. Wir gaben Karla eine kurze Zusammenfassung von Falks Informationen. Dann standen wir ratlos nebeneinander, überließen uns den ergreifenden Klängen und betrachteten die Musiker.

Zwei Stunden später neigte sich die Veranstaltung dem Ende zu; wir hatten von dem würzigen Gumbo gegessen, schon wieder viel zu viel Bier getrunken und waren nicht schlauer als zuvor. Ich stand im Gewühl vor dem Getränkestand, um einen letzten Absacker zu holen, als ich eine Männerstimme hörte, die mir eine Gänsehaut über den Rücken jagte. Sparsame Gitarrentöne bildeten das Gerüst einer Ballade, die Zeilen ›the way you were, such kind of queen, all dead and gone‹, vermittelten eine atemberaubende Intensität. Außer der Gitarre hörte ich nur Drums, trotzdem fehlte nichts, im Gegenteil.

Ich bezahlte die Biere und kämpfte mich, die drei Gläser zwischen beiden Handflächen eingeklemmt, aus der Menge heraus, neugierig, die Musiker zu sehen. Es waren tatsächlich nur zwei: Lutz, der Drummer der ›Soulisten‹, und ein großer, dicker Kerl, dessen Erscheinung so gar nicht zu der wunderbaren Stimme passen wollte. Das Gesicht wirkte sogar auf diese Entfernung teigig und aufgedunsen, es schien nahtlos in einen schwammigen Körper überzugehen. Er stand an der Rampe, als schäme er sich, dort zu sein, die massigen Schultern vornüber gesackt, der ganze Körper ohne Haltung. Seine Mimik konnte ich nicht genau wahrnehmen, deutlich wurde jedoch, dass sie nichts außer einem diffusen Unwohlsein, Unbehagen ausstrahlte.

Ich reichte Karla und Andy ihre Gläser. »Da hätten wir wohl den Gegenpol zu Nadia.«

Karla nickte. »Irgendwoher kenne ich den«, sagte sie langsam und nachdenklich.

Wir prosteten uns zu und tranken. Von der Bühne erklang ein schnelleres Stück, sehr soulig. Marko hatte sich zu den beiden gesellt, und sein Saxofon unterstrich die Wirkung der Melodie. »You didn't see me – you danced your soul away – looking so free«, erinnerte sich der Dicke. Ein verschmähter Anbeter Nadias, dachte ich.

»Er kommt aus Erfurt«, sagte Karla in meine Überlegungen hinein. »Und der Saxofonist auch. Der kam mir heute gleich irgendwie bekannt vor. Aber jetzt mit dem Sänger zusammen bin ich mir sicher: Ich hab die beiden mal bei einem Auftritt in der Engelsburg gesehen. Die Musik war großartig, aber – na ja: So wie der Sänger aussieht …«

»Du bist eine Sexistin!« Andys Grinsen zeigte, dass er zufrieden mit dieser Feststellung war, die Karla ungerührt mit: »Na klar, du weißt doch: Mick Jagger und die gute Figur«, quittierte.

Sie hatte recht, dachte ich. Zumindest live konnte der arme Kerl nicht überzeugen.

»Erinnerst du dich noch an den Rest der Band von diesem Auftritt?«, fragte Andreas, während er gespannt auf die Bühne schaute.

Lutz wirkte, obwohl seine Schläge passgenau kamen, wieder sehr angespannt, Marko schien völlig in seinen

Parts aufzugehen, der Sänger setzte zu einem herzzerreißenden Refrain an: »Aching, hesitating.«

Karla schüttelte den Kopf. »Nein. Ich weiß nur, dass ich alle sehr gut fand. Es ist auch bestimmt schon drei Jahre her.«

Andy suchte die sich bereits lichtende Menge mit seinen Blicken ab: »Da vorne steht Falk, ich frage ihn mal, ob er etwas über die Vorgeschichte der ›Soulisten‹ weiß.«

Er verschwand in Richtung Bischofsweg. Als er zurückkam, nickte er: »Marko und Lutz kommen aus Erfurt und haben da schon zusammen Musik gemacht. Ob mit diesem Sänger, weiß er nicht, er kann es sich aber gut vorstellen, so wie sie aufeinander eingespielt sind.« Grübelnd schaute er mich an, zwischen seinen grünen Augen bildete sich eine tiefe Falte. »Ich will noch mal mit ihnen sprechen.«

Das Stück war mit einem packenden Gitarrensolo ausgeklungen, und der Sänger verkündete, dass sie nur noch ein Stück spielen könnten, da das Konzert beendet werden müsse.

»Also, für ein letztes Gedenken an Nadia, ein Stück von den Rolling Stones: ›Shine a Light‹.«

Im Gegensatz zum Gesang verriet die Stimme beim Sprechen seine Unsicherheit, zum Schluss des Satzes brach sie fast. Dafür wirkte das Lied umso intensiver.

»Saw you stretched out in room 1009«, da sah ich Nadia förmlich vor mir, ausgestreckt in all ihrer Schönheit, ohne das Blut der vorigen Nacht. Und zum Schluss der Wunsch: »May the good Lord shine a light on you«. Passend. Ich schluckte.

Die drei ließen den Song ausklingen, traten an die Rampe und verneigten sich. Während Marko offensichtlich den Applaus noch auskosten wollte, wirkte Lutz ohne den Schutz seiner Trommeln vor sich komplett haltlos. Er schaute wieder nur zu Boden, die Hände um die Sticks gekrampft. Der Erfurter Sänger nickte nur einmal knapp, drehte sich um und steuerte auf die Treppe an der Seite zu.

Schnell und entschieden machte Andy sich auf den Weg zur Bühne. Ich ging ihm nach, Karla an meiner Seite.

Während Marko damit begann, Kabelverbindungen zu trennen, folgte Lutz dem Sänger. Marko rief ihm noch etwas zu, was ohne Mikrofon für uns nicht zu verstehen war. Dann schüttelte er den Kopf und nickte den anderen Musikern zu, die an Lutz vorbei auf das Podest kamen, um bei den Abbauarbeiten zu helfen.

Als wir die Bühne erreicht hatten, stand Andreas an der Seite und spähte unschlüssig abwechselnd hoch und ins Dunkel des Parks.

»Komm!« Ich zog leicht am Ärmel seines T-Shirts. »Die hier oben laufen uns nicht weg.«

Unsicher, ob wir überhaupt in die richtige Richtung gingen, machten wir ein paar Schritte vom Geschehen weg. Plötzlich kam die Erinnerung an die gestrige Nacht wieder über mich und ich musste mich zusammenreißen, um das Bild zu verdrängen.

»Da sind sie«, sagte Karla und wies nach links, in die entgegengesetzte Richtung vom Tatort, und ich war regelrecht dankbar dafür.

So schnell wie möglich steuerten wir die beiden Musiker an, ohne uns bislang abgesprochen zu haben, was wir sie fragen wollten. Als wir näher kamen, hörten wir eine laute Stimme.

»Klar, trink einfach noch ein Bier, es ist ja alles paletti, richtig?!« Das musste der Drummer sein.

»Nein, natürlich nicht, aber du hast doch selbst gesagt ...«

Wir waren leise sehr nah an die beiden herangekommen, duckten uns hinter einen Strauch. Die Männer waren so mit sich beschäftigt, dass sie gar nicht darauf achteten, was um sie herum geschah.

»Scheint doch alles gut für dich zu laufen: Marko will bloß um jeden Preis spielen, am besten deine Songs. Wenn Nadia nicht mehr ist, dann muss eben Meatloaf wieder her. Und der will ja auch immer noch, dem ist ja alles andere egal.«

Irritiert blickte ich Andy an. Ging es hier bloß um irgendwelche Besetzungs-Eifersüchteleien? Von hinten drangen einzelne Rufe der anderen Musiker heran.

»Meine Songs wollt ihr doch alle!« Nun schien auch der Sänger wütend zu sein. »Deshalb habt ihr mich doch hergelotst. Gesagt hat Marko, wir würden wieder zusammen auftreten, aber als ich dann hier war, wurde klar, dass es euch bloß um die Rechte ging, weil eure Tussi keine Lieder schreiben konnte.«

Lutz lachte bitter auf: »Na, nun haben wir doch wieder zusammen gespielt. Und? Hat's dir gefallen?! Dass du das gemacht hast – auf ihrer Trauerfeier!«

Karla kniff mich aufgeregt in den Unterarm. Ich hielt den Atem an.

»Marko hatte mich gefragt.« Das klang wie ein kleiner Junge, und auch körperlich schien der große, schwere Mann in den letzten Minuten geschrumpft zu sein.

»Ja natürlich, wenn Marko fragt ... Du warst doch froh!

Gib's doch zu. Wie in alten Zeiten, bloß dass du dafür Nadia umbringen musstest!«

Karla schrie spitz auf. Die beiden drehten sich nach uns um.

»Ich«, das war in unsere Richtung gegangen, dann sackte der Sänger komplett zusammen, ließ sich auf den Rasen fallen und begann zu schluchzen.

Lutz stand wie zur Salzsäule erstarrt da. Wir traten zu den Männern.

»Er hat sie erstochen gestern Nacht. Ich habe es von Weitem gesehen. Hinterher sagte er, sie habe ihn verhöhnt.« Die Stimme des Drummers hörte sich tonlos an.

»Du hast ja recht, René«, fuhr er weicher fort. »Wir hatten gehofft, du würdest uns die Rechte an den Songs überlassen. Irgendwie haben wir uns wohl eingeredet, dass es dir gefällt, wie Nadia sie singt. Dass du stattdessen völlig sauer bist …«

René begann, Grasbüschel auszurupfen. Er sah nicht auf. »Ich hab sie da drüben auf der Wiese getroffen, zufällig, und sie ist sofort auf mich losgegangen. Ich sollte froh sein, dass meine Songs mit ihr zur Geltung kämen. Wie ich auf die Idee gekommen wäre, dass die anderen wieder mit mir auftreten würden. Kein Mensch wolle so einen widerlichen Fettkloß auf der Bühne sehen. Da bin ich durchgedreht …«

*

»Du kannst gerne heute Nacht hier schlafen«, bot ich Tom an, der beängstigend teilnahmslos an unserem Küchentisch saß.

Es war fast drei Uhr früh; nachdem die Polizei René festgenommen hatte, war es ein unglaublicher Kampf gewesen, Tom vor dem regulären Dienstbeginn am Morgen frei zu bekommen. Wir hatten es schließlich geschafft und waren zu viert im Taxi zu uns gefahren. Bislang hatte der schmale Kellner kaum etwas gesagt. Ich vermutete, dass er einen ernsthaften Schock erlitten hatte.

»Bist du von einem Arzt untersucht worden?«, fragte ich.

Tom schüttelte den Kopf, sagte noch immer nichts. Andreas stand vor dem Kühlschrank und holte vier Bierflaschen heraus. Ich dachte daran, was Karla gesagt hatte und fragte Tom, ob er lieber einen Tee wolle. Wieder schüttelte er den Kopf und griff nach einer der Flaschen.

»Ich hatte sie zum Teufel geschickt«, begann er auf einmal unvermittelt. Seine Stimme klang gebrochen. »Sie hat mich den ganzen Abend hingehalten. Immer wieder haben wir telefoniert, uns natürlich auch zigmal gesehen, aber sie musste immer noch jemand anderes treffen und irgendwohin was abklären.« Er blickte auf, drehte die Bierflasche in seinen Händen. »Endlich, um Mitternacht, hatte sie Zeit für mich. Und dann wurde auch schnell klar, dass ich ihr Auserwählter für die Nacht war. Mir«, er stockte, grinste schief und verlegen Andreas an, »mir ging das einfach zu schnell. Ich meine, ich hatte mich wirklich in sie verguckt.«

Ein Schluchzen machte die letzten Worte fast unverständlich. Ich stand auf und holte Papiertaschentücher, blieb danach am offenen Fenster stehen. Karla schob ihren Stuhl ein Stück nach hinten, aus Toms direktem Blickfeld heraus. Andy strich seinem Freund unbeholfen über den

Arm. Nach einigen Minuten schluckte Tom seine Tränen hinunter, trank einen Schluck Bier und fuhr fort.

»Aber als ich versucht habe, ihr das klarzumachen, hat sie mich nur ausgelacht. Was ich denn für einer wäre. Süß fand sie das und hat mir ihre Hand unter das T-Shirt geschoben. Am liebsten wollte sie wohl direkt da auf der Wiese mit mir schlafen. Ich hab sie weggestoßen und bin gegangen.« Seine Grimasse, als er aufschaute, sah zum Steinerweichen aus. »Nachdem ich schon fast zu Hause war, tat es mir leid, und ich hab versucht, sie auf ihrem Handy zu erreichen. Als sie nicht dran ging, bin ich zurückgekommen. Und da hab ich sie gefunden.« Er krampfte die Hände umeinander. »Ich hätte sie niemals alleine dort zurücklassen dürfen.«

FRANK DÖRFELT
SPUREN HINTER SCHLOSSMAUERN

Stefan Bartmann hasste Schloss Osterstein, wo er als Kind eher unfreiwillig Teile seiner Freizeit verbringen musste. Noch vor Stunden war es undenkbar gewesen, dass er jemals seinen Schwur brechen und das verwilderte Gelände am Rande der Zwickauer Innenstadt noch einmal betreten würde. Ein Anruf seines Bruders Bert hatte die Situation verändert. Der ruhige Abend, den er sich nach einem langen Arbeitstag in der Klinik erhofft hatte, war vergessen. Stattdessen brach er in seine Zwickauer Heimat auf. Bert, dessen Anrufe in den letzten Monaten seltener geworden waren, hatte aufgeregt erzählt, dass er nun endlich den rätselhaften Tod der Eltern aufklären könne. Seit 16 Jahren, genau, seitdem Vater und Mutter in ihrem Haus am Stadtrand bei einem Brand ums Leben gekommen waren, war das sein Lieblingsthema. Details verriet er am Telefon allerdings nicht, nur dass er Stefan noch in dieser Nacht am Schloss erwarte. Dass zwischen ihren Wohnorten eine Entfernung von 100 Kilometern lag, interessierte ihn gar nicht erst. Auch die Frage, warum das Treffen sofort stattfinden müsse, blieb unbeantwortet, weil Bert schon wieder aufgelegt hatte. Einige Sekunden hatte Stefan entgeistert den Telefonhörer angestarrt und sich dann doch entschlossen, dem Drängen nachzugeben.

Trotz allem Misstrauen gegenüber seinem Bruder, der es gelegentlich vorzog, Probleme auf unkonventionelle Art zu klären, wischte Stefan aufkommende Zweifel beiseite. Bert war ein Chaot, aber Stefan kannte seinen älteren Bruder gut genug, um zu wissen, wann er es ernst meinte. Nur selten hatte Stefan diese Entschlossenheit bei seinem Bruder bemerkt. Unterwegs griff er zum Telefon, um Werner Sattmann in Zwickau anzurufen. Der enge Freund seiner Eltern hatte sich auch nach deren Tod um die beiden Brüder gekümmert.

Sattmann konnte den plötzlichen Eifer der Bartmann-Brüder nicht verstehen, warnte vor den Gefahren, die in der Ruine lauern könnten, und versprach Stefan dennoch, das Gästezimmer für die Übernachtung herzurichten. Stefan grinste und stellte sich vor, wie Sattmann, den Telefonhörer in der Hand haltend, den Kopf über den nächtlichen Aktionismus schüttelte. Die Zweifel kamen erst wieder, als Stefan die Autobahn verlassen hatte und von der Mauritiusbrücke kommend den ersten Blick auf das Renaissanceschloss Osterstein werfen konnte. Seit seinem letzten Besuch vor sieben Jahren war das Schlossensemble sichtlich verfallen. Dächer waren eingestürzt und die Wind und Wetter ausgesetzten Sparren zeigten irgendwie ziellos gen Himmel. An den meisten Wänden fehlte der Putz, Ziegelsteine brachen einfach aus dem Mauerwerk heraus und lagen aufgetürmt inmitten von grauen Putzstücken lose am Boden. Offenbar räumte sie niemand weg. Die Fenster nahm Stefan nur als schwarze Löcher wahr. Viele Scheiben waren schon vor Jahren zersprungen. Vor Kurzem hatte er gelesen, dass die Ruine wieder aufgebaut und in ein Seniorenheim verwandelt werden sollte. »Das wird aber höchste Zeit«, brummte er vor sich hin. Was würde das wohl wieder kosten? Die Stadt war pleite. Er hatte etwas von einem Privatinvestor aus den alten Bundesländern gehört. Stefan bog rechts ab, fuhr ein Stück am Nordflügel entlang, wo hohe Bäume den direkten Blick auf Schloss und Kornhaus versperrten. Schließlich wollte er in die Katharinenstraße einbiegen, doch eine rote Ampel zwang ihn zum Anhalten, obwohl weit und breit kein anderes Fahrzeug zu sehen war. Schließlich gelangte er zur Rückseite des Schlosses. In der Dunkelheit wirkte alles noch bedrohlicher. Der Mond ließ einen Turm lange Schatten auf eine Brachfläche werfen.

Hier hatte früher das Zellenhaus gestanden, als Osterstein noch ein Gefängnis gewesen war. Karl May und August Bebel hatten hier Haftstrafen abgesessen. Und ausgerechnet hier sollte er Aufklärung über längst Vergangenes erfahren?

Stefan fuhr langsam am Schloss vorüber. So wenig er es mochte, jetzt tat es ihm doch etwas weh, wenn er die maroden Gebäude sah. Ganz kann man seine Herkunft als Sohn eines Restaurators wohl doch nicht verleugnen, dachte er und erinnerte sich an die vielen Ferientage, an denen er im Schlosshof in einem kleinen Sandkasten Burgen baute, während sein Vater unter dem Putz der Jahrhunderte nach versteckten Wandbildern suchte. Gefunden hatte er nichts. Doch je weniger Erfolg er hatte, umso verbissener suchte er. So wie Bert jetzt nach den Hintergründen des Geschehens vom Sommer 1990 suchte.

Aufmerksam musterte Stefan die brüchige Fassade und freute sich plötzlich darauf, seinen Bruder wiederzusehen. Wie lange war das her? Fast vier Jahre hatten sie sich nicht gesehen. Ruckartig stoppte Stefan seinen VW Passat. Hatte er in einem der Fenster nahe dem Turm für einen kurzen Augenblick einen Lichtschein gesehen? »Jetzt habe ich schon Halluzinationen«, murmelte er, schüttelte kurz den Kopf und vermutete Bert hinter dem Lichtschein, der das Treffen wahrscheinlich nicht abwarten konnte, die Ruine allein erkundete und dabei zum Schlossgespenst mutierte. Das wäre typisch für ihn. Stefan musste unwillkürlich lächeln.

Das Parkplatzproblem im Stadtinneren war noch immer nicht gelöst. Stefan brauchte eine Weile, bevor er seinen Wagen in einer kleinen Seitenstraße abstellen konnte, weitab vom Schloss. Zu Fuß machte er sich auf den Weg, vorbei an der Katharinenkirche, die er als Kind wegen ihres hohen und spitzen Turmes immer bewundert hatte. Eine halbe Stunde blieb ihm noch bis zur vereinbarten Zeit. Stefan grübelte. Ostflügel, Nordflügel. Er hätte eine Karte mitnehmen sollen.

Seine Gedanken gingen zurück zu jenen Ereignissen im August 1990, als das Elternhaus plötzlich in Flammen stand und er die Eltern verlor. Während Stefan, damals gerade 16 Jahre alt, mit dem Geschehen einfach nur abschließen wollte und zwei Jahre in einem Heim zubrachte, begann der fünf Jahre ältere Bert auf eigene Faust nachzuforschen. Freilich stellte er sich dilettantisch an und brachte folglich auch keine Ergebnisse zustande. Die Menschen in seiner Umgebung, die sein Treiben zunächst amüsiert verfolgt hatten, reagierten im Laufe der Jahre zunehmend verärgert auf seine Aktivitäten und vor allem auf seine wechselnden Anschuldigungen. Immerhin brachte es Bert fertig, fast jeden aus dem Bekanntenkreis in seine Verschwörungstheorie einzubeziehen und ihm ein Motiv unterzujubeln. Nur Werner Sattmann, inzwischen Inhaber der größten Baufirma in der Region, half ihm bei der Suche. Meist bestand seine Hauptaufgabe allerdings darin, die Probleme zu lösen, die sich der Ziehsohn bei seinen Recherchen einhandelte. So richtig hatte sich Stefan nie mit den Hintergründen befasst. Natürlich war es auch ihm merkwürdig vorgekommen, dass es ausgerechnet in einer Nacht brannte, in der im Kelleratelier des Vaters gleich drei wertvolle Gemälde der Dresdner Gemäldegalerie standen, die er begutachten sollte. Angeblich waren später keine Überreste der Bilder gefunden worden. Dass der Verdacht laut wurde, sein Vater habe die Bilder über die gerade erst geöffnete Grenze in Richtung Westen verkauft, interessierte ihn nicht sonderlich. Er hatte andere Sorgen und sein Vater war kein Krimineller.

Jetzt stand Stefan vor dem Sicherungszaun, der ihn noch vom Schloss trennte. Er schlenderte an dem Metallgitter entlang, bis er eine Lücke entdeckte. Jemand hatte ein Zaunfeld einfach aus der Verankerung gehoben und damit ein Eingangstor geschaffen. Dahinter zeigte ihm das niedergetretene Gras die Richtung. Offenbar war er nicht der Erste, der diesen Weg nutzte. Mehr stolpernd als laufend kam Stefan voran. Anfangs achtete er mehr auf die Schlossfassade als auf den Trampelpfad, was ihm schließlich einen schmerzenden Knöchel und Schürfwunden an der linken Hand einbrachte. Jetzt stieß er mit einem Fuß gegen die Reste einer Mauer, verlor das Gleichgewicht und landete im Gras. Im Liegen glaubte er erneut, den wandernden Lichtstrahl einer Taschenlampe zu sehen. Diesmal im Westflügel, vorausgesetzt, er konnte die Himmelsrichtungen zuordnen. Eine richtige Orientierung hatte er noch immer nicht. Als er wieder auf seinen Beinen stand und seine Hose vom trockenen Gras befreite, schimpfte er sich selbst einen Esel. Eine Taschenlampe hätte er mitnehmen sollen. Er hatte nicht mal eine im Auto liegen. Ohne weitere Stürze erreichte er die kleine steinerne Brücke, die ihn vom Haupttor trennte. Der Untergrund aus Sand, Steinen und Betonresten knirschte unter seinen Füßen. In der Ruhe der Nacht kam ihm dieses Geräusch unnatürlich laut vor. Unwillkürlich trat er vorsichtiger auf. Die Schlossmauern, die er jetzt mit der ausgestreckten Hand erreichen konnte, wirkten gespenstisch. Irgendwo über ihm rieselte Putz von der Wand. Die kleinen Bruchstücke landeten direkt vor seinen Füßen.

Das Tor war eingeklinkt, aber nicht verschlossen. Trotzdem ließ es sich schwer öffnen, so als wolle die riesige Holztür dem nächtlichen Eindringling den Zutritt verwehren. Er musste sich mit seinem ganzen Körpergewicht dagegenstemmen, bevor sich die alten Scharniere bewegten. Wie in einem Gruselfilm fühlte sich Stefan, als die Tür leise knarrend nach innen zurückwich. Stefan öffnete das Tor gerade so weit, dass er hindurchschlüpfen konnte. Modriger Geruch machte sich unangenehm in seiner Nase breit. Durch das andere Ende des Torbogens sah er den vom Mondlicht erhellten Schlosshof. Erinnerungen kamen wieder hoch. Unter seinen Füßen waren jetzt blank gescheuerte Ziegelsteine. Sein Knöchel schmerzte bei jeder Bewegung auf dem unebenen Grund. Rechts und links befanden sich die Zugänge zu den Gebäuden.

Stefan hatte nicht die Absicht, allein auf die Suche zu gehen. Am Turm des Ostflügels war er mit Bert verabredet und dort würde er auf ihn warten. Die beiden Schlosstürme lagen genau gegenüber, verfehlen konnten sich die Brüder also nicht. Laut rief er nach Bert. Eine Antwort bekam er nicht. Pünktlichkeit war noch nie Berts Stärke gewesen.

Stefan fühlte sich gefangen. Drei Seiten meterhohes Mauerwerk, aus dem ausgewachsene Bäume herauswuchsen, und auf der einzigen offenen Seite ein Sicherungszaun, der den Blick auf den Stadtring und das Ufer der Mulde freigab.

Über ihm klapperte ein Fenster. Unwillkürlich zuckte er zusammen. Unten im Schlosshof war kein Windhauch zu spüren, aber da oben in 20 Metern Höhe war das vielleicht anders. Weiter kam er mit seinen Überlegungen nicht. Erst sah er aus den Augenwinkeln, wie sich ein Schatten entlang des Turmes mit schneller werdender Geschwindigkeit nach unten bewegte, dann hörte er einen dumpfen Aufprall, der ihn zusammenzucken und einige Sekunden nahezu erstarren ließ.

Wieder klapperte das Fenster oben im Turm, irgendetwas quietschte. Instinktiv sah Stefan nach oben. Doch er konnte nichts erkennen und auch das Klirren der Glasscheiben hatte so plötzlich aufgehört, wie es begonnen hatte. Jetzt wagte er sich vorwärts, hin zu jenem Bündel, das vom Schlossturm gefallen war. Erst als Stefan nur noch zwei Schritte entfernt war, erkannte er, dass vor ihm ein Mensch lag. Regungslos, aber scheinbar noch nicht tot. Reflexartig kam der Arzt in ihm zum Vorschein. Der Puls des Mannes war schwach, seine Gliedmaßen seltsam verdreht, da war kaum ein Knochen heil geblieben. Stefan versuchte gar nicht erst, den Mann auf den Rücken zu drehen. Er beugte sich nach vorn, um wenigstens sein Gesicht sehen zu können und erstarrte erneut. Der Mann war kein Fremder. Es war Bert, der da vor ihm lag und um sein Leben kämpfte. Jetzt nahm er offenbar alle verbliebenen Kräfte zusammen. »Plan … in meinem Auto«, sagte er kaum hörbar. Dann verlor er das Bewusstsein. Stefan beugte sich über ihn und zuckte im gleichen Augenblick zurück. Kräftiger Alkoholgeruch wehte ihm entgegen. Mit bloßen Händen konnte er seinen Bruder nicht retten. Der Notarzt musste her.

Stefan griff in seine Hosentasche, doch da war kein Handy. Natürlich, das hatte er im Auto vergessen. Widerstrebend durchsuchte er den Mantel seines Bruders, doch auch hier fand er kein Telefon. Er musste zurück, auch wenn er Bert hier nur ungern allein ließ. »Bleib ruhig«, sagte er und meinte wohl auch sich selbst damit. »Ich hole Hilfe.« Und schon war er wieder an der knarrenden Tür angelangt, die sperrangelweit offen stand. Er dachte nicht darüber nach.

Im Laufschritt trat er den Rückweg an, diesmal übersprang er die meisten Hügel und Löcher, nur einmal kam er ins Straucheln, rappelte sich wieder hoch und erreichte keuchend das offene Zaunfeld. Er brauchte einige Sekunden, um sich zu orientieren und wieder zu Atem zu kommen. Ein Schrei, sagte plötzlich eine innere Stimme, du hast keinen Schrei gehört. Die Beantwortung der Frage musste warten. Stefan lief mitten auf der Straße. Trotz der Anstrengung arbeitete sein Verstand jetzt wieder klarer. Wieso konnte Bert vom Turm fallen? Wieso hat er nicht geschrien? Stefan blieb ruckartig stehen. Wurde er gestoßen? Und wenn ja, von wem? Spontan fielen ihm die vielen Theorien wieder ein, die Bert vom Feuertod der Eltern und dem Verschwinden der Bilder entwickelt hatte. Das alles konnte er nicht so schnell einordnen und rief sich daher zur Disziplin. Das Wichtigste zuerst, hatte er einmal gelernt: Notarzt. Waren es diese merkwürdigen Ideen, die ihn beunruhigten? Jedenfalls hatte er plötzlich das Gefühl beobachtet zu werden. Er schüttelte den Gedanken ab.

Innerlich schimpfte Stefan erneut auf die katastrophale Parksituation in der Innenstadt, die ihn gezwungen hatte, sein Auto weit abseits zu parken. Er winkelte die Arme an und lief weiter, immer in der Hoffnung eine Telefonzelle zu entdecken oder, noch besser, eine Polizeistreife. Beide Hoffnungen erfüllten sich nicht. Er lief auch an einem schwarzen Audi vorbei, aus dem durch die einen Spaltbreit geöffnete Seitenscheibe Zigarrenduft nach außen drang. Das glimmende Ende der Zigarre war das einzig deutlich Sichtbare in dem Wagen. Doch Stefan hatte für Dinge rechts und links seines Weges keinen Nerv. Jetzt hatte er einen alten Opel Kadett entdeckt, den er seinem Bruder zuordnete. Automatisch griff er zum Türgriff. Das Auto ließ sich öffnen. »Auch wieder typisch«, Stefan schüttelte den Kopf und suchte das Handy seines Bruders. Fehlanzeige. Sein Bruder hatte immer ein Handy bei sich. Da war sich Stefan sicher. Dann fielen ihm Berts Worte wieder ein. »Plan … in meinem Auto.« Was mochte er wohl damit gemeint haben? Eine Minute gab er sich für die Suche. Doch die brauchte er nicht. Im Handschuhfach fand er auf Anhieb eine detailgenaue Zeichnung eines der Schlossflügel, auf der irgendwo ein Kreuz eingezeichnet war. Bert war noch nie gut im Verstecken gewesen. Gerade als er den Plan gefaltet hatte und in die Brusttasche seines Hemdes stecken wollte, klopfte ihm jemand kräftig von hinten auf den Rücken. Stefan fuhr hoch, stieß mit dem Kopf schmerzhaft gegen das Dach und fluchte lautstark.

»Habe ich dich jetzt bei einem Einbruch erwischt oder was treibst du hier?« Werner Sattmann leistete sich trotz seiner 65 Jahre noch immer jugendliche Späße. Jetzt stand er breit grinsend vor Stefan, der die schmerzende Kopfwunde abtastete. Werner hatte sich auch optisch kaum verändert. Nur das Haar war etwas grauer geworden, doch sonst wirkte er noch immer sehr sportlich. »Musst du mich so erschrecken?« Stefan hatte sich von der ersten Überraschung erholt und wollte sofort erzählen, was er eben erlebt hatte. Doch der Freund kam ihm mit einer kräftigen Umarmung zuvor. Schon früher hatte Stefan diese Art von Begrüßung nie sonderlich gemocht.

»Wie ich sehe, kann man euch nicht lange aus den Augen lassen«, sagte er, während er Stefan von oben bis unten musterte. »Es klang sehr abenteuerlich, was du mir da am Telefon erzählt hast.« Wie immer, wenn ihn etwas beschäftigte, rieb er sich mit Daumen und Zeigefinger der rechten Hand das Kinn. Details, die Stefan jetzt nach und nach wieder einfielen. Irgendwie hatte Stefan den Eindruck, dass der langjährige Freund ihm nicht so recht glaubte, was er ihm erzählt hatte. Sah er nicht so etwas wie Spott in dessen Augen? Daher erzählte Stefan zunächst nur von der Verletzung seines Bruders.

Werner Sattmann schaute ihn jetzt doch sehr ungläubig an, griff dann sofort zum Handy und wählte den Notruf. »Komm, wir müssen zurück«, sagte er entschlossen, als er aufgelegt hatte.

Bert war noch immer bewusstlos, doch sein Zustand hatte sich offenbar nicht wesentlich verschlechtert, wie Stefan in der Kürze der Zeit feststellen konnte. Jetzt drängte Sattmann darauf, die ganze Geschichte zu erfahren. Während sie auf den Notarzt warteten, lieferte Stefan eine Kurzfassung.

»Das klingt sehr abenteuerlich«, Werner wiegte bedächtig den Kopf. »Du weißt, ich habe Berts Aktivitäten zwar nie für besonders gut gehalten, ihn jedoch zumindest nicht dran gehindert.«

Kunststück, dachte Stefan. Wahrscheinlich warst du der Einzige, der nicht auf seiner Verdächtigenliste stand. Sattmann war einer der Menschen, die man sich als Freund nur wünschen konnte, aber keinesfalls zum Feind haben wollte.

Stefan sah ihn an. Etwas bedrückte ihn, das spürte er. Dann rückte Sattmann mit der Sprache heraus. »Was wir hier treiben ist illegal. Wir dürften gar nicht hier sein, und du weißt, ich bin Stadtrat.« Er blickte zum Tor, als ob von dort Gefahr drohte. »Ich werde versuchen, das unter der Decke zu halten.« Da war er wieder, der Macher Werner Sattmann. Einer, der über alles die Kontrolle behielt und jeder Situation gewachsen war. Stefan verstand zwar nicht ganz, nickte aber.

»Es ist vielleicht die letzte Chance, das Geheimnis zu lüften, wenn es eines gibt«, sagte er und deutete auf die Wände. »Bald wird hier gebaut.«

»Worauf willst du hinaus?« Stefan verstand noch immer nicht, was Werner ihm sagen wollte.

»Du suchst nach den Unterlagen«, erklärte er seinen Plan. »Oder was immer da versteckt sein soll«, fügte er schnell hinzu. Er selbst wolle bei Bert bleiben und den

Notarzt einweisen. Stefan habe dann genug Zeit zum Suchen und danach zu verschwinden. So richtig verstand Stefan noch immer nicht. Doch Werner Sattmann hatte eine unnachahmliche Art, seine Argumente so vorzubringen, dass sein Gesprächspartner gar nicht erst an Gegenwehr dachte. »In zwei Stunden treffen wir uns bei mir«. Stefan hätte zwar noch einige Fragen gehabt, aber er entschied, dass Werners Vorschlag der bessere war und verzichtete auf Diskussionen.

»Wie kann man nur besoffen in einem Schlossturm herumturnen«, brummte Werner, der schließlich noch eine Taschenlampe aus der Jacke zauberte, Stefan diese in die Hand drückte und ihn energisch zum Eingang des Nordflügels schob.

Worauf habe ich mich nur wieder eingelassen.

Stefan verstand kaum noch, was er eigentlich tat, seine Beine bewegten sich mechanisch, und noch viel weniger war ihm klar, welchen Sinn alles haben sollte. Da lag sein Bruder schwer verletzt und er tastete sich an modrigem Mauerwerk entlang einem Versteck entgegen, von dem er noch nicht mal wusste, ob es vorhanden war, geschweige denn, was es enthielt. Den Lichtkegel der Taschenlampe vor sich her schwenkend, erklomm Stefan Stufe um Stufe einer in Jahrhunderten ausgetreten Steintreppe, deren Ränder teilweise nur mit einem Brett gesichert waren. Gelegentlich griff er ins Leere, als er sich daran entlang hangelte. Er wollte gar nicht wissen, wie tief es dort hinabging. Unter sich sah er nur Finsternis. Unwillkürlich musste er daran denken, dass hier schon Schlossherren und Ritter emporgestiegen waren. Wie mögen die nur mit ihren Rüstungen durch die engen Kurven gekommen sein?

Wenn er den Plan richtig gelesen hatte, musste sich das Versteck in der zweiten Etage befinden. Türen gab es in diesem Stockwerk nicht mehr und die Dielenbretter waren teilweise herausgerissen. Einige Bruchstellen wirkten neu. Mitten im Raum waren die Bretter wahllos übereinandergeworfen worden. Fachmännisch sah das alles nicht gerade aus, entschied Stefan, während er vorsichtig, sich immer mit einer Hand an der Wand abstützend, über einen morschen Balken balancierte, von dem er befürchtete, er könne jeden Augenblick unter seinen Füßen nachgeben. Trotz der sommerlichen Temperaturen begann er, zu frösteln. Stefan stieg über Balken und kleine Schutthaufen, trat dabei auf losen Untergrund und rutschte. Sein Knöchel schmerzte bei jeder Bewegung mehr. Ein Flattern über ihm ließ ihn zusammenzucken. Tauben fühlten sich in ihrer Nachtruhe gestört und flüchteten aufgeregt ins Freie. Während er sich, den Blick nicht vom Boden nehmend, mühsam vorantastete, dachte er über die Ereignisse der letzten Stunden nach. Hätte er gewusst, was alles auf ihn zukommen würde, er wäre in Dresden geblieben. So viel stand fest. Er war kein Schatzsucher und ein Held schon gar nicht. Und mit einem Mal war er sich gar nicht mehr so sicher, ob er tatsächlich wissen wollte, was 1990 wirklich passiert war. Nur gut, dass er Werner Sattmann an seiner Seite wusste. Etwas komisch war es ihm schon vorgekommen, als der plötzlich an Berts Auto hinter ihm stand. Aber der väterliche Freund war immer für eine Überraschung gut. Jetzt war er ihm für seinen ausgefallenen Humor sogar dankbar.

Immer wieder lauschte Stefan nach draußen, wartete auf den erlösenden Klang des Martinshorns. Doch alles blieb still. Wie Bert aus einem Fenster fallen konnte, war ihm noch immer unklar. Sein Bruder hatte einige negative Gewohnheiten. Der Genuss von Alkohol gehörte nicht dazu. Schon als Jugendlicher hatte er einen großen Bogen um alles gemacht, was nach Alkohol aussah oder roch. Woher kam dann diese Fahne? Misstrauisch tastete sich Stefan weiter voran und wischte sich zum wiederholten Male eine Spinnwebe aus dem Gesicht. Eine Ratte suchte pfeifend das Weite, huschte erst über seinen Fuß und verschwand dann unter einem Stapel vermoderter Matratzen. Dem Gestank nach zu urteilen lagerten die hier, seit der Gefängnisbetrieb im Jahre 1962 aufgegeben worden war. Stefan hatte keine Hand frei, um sich vor dem Geruch zu schützen, also musste er sich in sein Schicksal fügen. Neben dem verschimmelten Haufen stand eine fast leere Kognakflasche. Die Flasche war weder verstaubt noch war das Etikett verschlissen. »Lange steht die noch nicht hier«, überlegte Stefan laut und wunderte sich über seine Wahrnehmungsfähigkeit. »Und die billigste Marke ist das auch nicht gerade. Wenn sich hier ein Obdachloser eingenistet hat, so verfügt er über einen erlesenen Geschmack, zumindest was die Getränke betrifft.« Wieder kehrten seine Gedanken zu seinem Bruder zurück. Sollte er wirklich angefangen haben zu trinken? Jetzt erst fiel ihm auf, wie wenig er über Bert wusste.

Der nächste Raum war in erstaunlich gutem Zustand, zumindest, was den Fußboden anbelangte. Stefan wagte einen Blick aus dem Fenster. Die wenigen erhaltenen Scheiben waren völlig verdreckt, andere Fensteröffnungen waren mit Sperrholz gesichert. Stefan musste eines der Fenster öffnen, um etwas sehen zu können. Die Glasscheiben klirrten in den verschlissenen Rahmen. Das Geräusch kam ihm bekannt vor. Um etwas erkennen zu können, musste er sich hinauslehnen. Sofort rieselte Putz von der Außenwand. Erkennen konnte er nichts. Auch als er die Taschenlampe einsetzte, blieb der Hof leer. Weder Bert noch Werner waren zu sehen. War der Notarzt schon da gewesen? Sein Zeitgefühl ließ ihn völlig im Stich. Gehört hatte er nichts. Nachts jedoch, das wusste er aus Erfahrung, war das Warnsignal auch nicht in jedem Falle nötig. Gut, Bert war auf dem Weg ins Krankenhaus. Eine Sorge weniger. Vorsichtig schloss er das Fenster. Wieder klapperte die Scheibe im Rahmen. Der Fensterkitt fehlte völlig.

Der schwache Lichtkegel der Taschenlampe tastete sich wieder durch den Raum. Stefans Hand verfing sich in einem herabhängenden Kabel. Wieder erschrak er.

Auf der Zeichnung war im nächsten Raum das Kreuz eingezeichnet. Jetzt erst entdeckte er den mit Bleistift an den Rand geschriebenen Text. »Außenwand Schlosshof unter dem vierten Fenster.« Das war doch mal eine klare Aussage. Jetzt wurde Stefan unruhig, sodass er zunächst am vierten Fenster vorbeilief. Dann entdeckte er die bereits freigelegte Stelle. Ein Häufchen grober Putz lag am Boden, mittendrin Hammer und Meißel. Ohne Rücksicht auf seine Hose setzte er sich auf die rauen Dielen. Bert hatte offenbar schon vorgearbeitet. Die Ziegelsteine ließen sich ohne Schwierigkeiten aus der Wand brechen. Stefan leuchtete in den Hohlraum und hoffte für einen Augenblick, er möge einfach nur leer sein. Tatsächlich entdeckte er ein in Ölpapier verpacktes Bündel. Im Format etwas größer als ein DIN-A4-Blatt. Es war mit einer einfachen Paketschnur mehrfach umwickelt und verknotet. Vorsichtig hob Stefan seinen Fund heraus. Mit etwa zehn Zentimetern Stärke hatte es ein ganz schönes Gewicht. Vorsichtig legte er das Paket auf seine Beine und überlegte, ob er es gleich öffnen oder lieber erst von hier verschwinden sollte. »Was mag das sein?«, fragte sich Stefan halblaut, mehr zu sich selbst, während er das geheimnisvolle Päckchen von allen Seiten begutachtete. Sollte dieses Paket wirklich beweisen, dass sein Vater kein Verbrecher war, wie damals nicht gerade wenige Leute behauptet hatten? Stefan entschied, doch schnell noch einen Blick ins Innere des Bündels zu werfen. »Jetzt werden wir mal sehen, welches Geheimnis in dir steckt.«

Ein metallisches Klicken unmittelbar an seinem rechten Ohr lenkte ihn ab, und plötzlich spürte er kaltes Metall an seiner Schläfe.

»Das wirst du nie erfahren«, sagte eine Stimme hinter ihm mit einer Kälte und Entschlossenheit, die Stefan zusammenzucken ließ. Er wagte nicht einmal, sich umzudrehen. »Her mit dem Paket«, und als Stefan nicht sofort reagierte, wurde die Forderung mit einer Schärfe wiederholt, die keinen Zweifel an ihrer Ernsthaftigkeit zuließ. »Los jetzt, her damit!«, befahl Werner Sattmann, während er die Pistole fester an Stefans Schläfe drückte. Bevor dieser überhaupt in der Lage war, sich zu bewegen, hatte Werner ihm das Bündel bereits entrissen. Bei der ruckartigen Bewegung hatte er Mühe, die Beute festzuhalten und gleichzeitig die Waffe auf Stefan zu richten. Als er sich vergewissert hatte, dass das Päckchen noch unversehrt und der Hohlraum leer war, entspannten sich seine Gesichtszüge ein wenig und er trat einen Schritt zurück. Da die Pistole ihn nun nicht mehr am Drehen des Kopfes hinderte, wagte Stefan einen Blick zur Seite. Werners Gesichtszüge wirkten verkniffen. Seine blauen Augen strahlten eine Kälte aus, die Stefan Angst machte. Es dauerte eine Ewigkeit, bis er den ersten Ton herausbrachte. Mehrfach setzte er, unter dem höhnischen Grinsen des Mannes, den er noch vor Minuten für einen guten Freund gehalten hatte, zu seiner Frage an: »Was soll das alles?«

Werner sah abwechselnd auf das Päckchen, das ihm so wichtig war, und auf Stefan, der noch immer am Boden hockte und nicht aufzustehen wagte.

»Habt ihr beiden Hobbydetektive wirklich gedacht, dass ihr so einfach mein Leben zerstören könnt?«, kam prompt eine Gegenfrage. »Das ist deinem Vater nicht gelungen und es wird auch euch nicht gelingen.« Mit einer Handbewegung forderte er Stefan auf, sich zu erheben. Nur mühsam kam dieser auf die Beine. Wie ein alter Mann musste er sich an der Wand abstützen.

»Los, nach unten«, lautete das nächst Kommando. Stefan blieb wie angewurzelt stehen und starrte auf die Pistole, die auf ihn gerichtet war. »Mach schon!«, knurrte Sattmann unwillig. Langsam, Schritt für Schritt, lief Stefan los. »Was hat Vater damit zu tun?«

Sattmann zögerte einen Moment. »Dein Vater ist hinter meine kleine Nebenbeschäftigung zu DDR-Zeiten gekommen.« Damals war Sattmann in einem staatlichen Antiquariat tätig, erinnerte sich Stefan. »Das Westgeschäft über die DDR-Devisenbeschaffer lief gut. Dein Vater, dieser Trottel, hat nie gemerkt, dass ich wertvolle Bilder, die er restauriert hatte, gegen Kopien ausgetauscht habe, sobald er seine Arbeit beendet hatte.« Fälschungen wäre wohl der bessere Ausdruck, dachte Stefan, und ballte vor Wut seine Hände zu Fäusten. Am liebsten wäre er auf den Mann, der ihm, die

Waffe in der Hand, durch die Räume folgte, losgegangen. Sattmann musste seine Gedanken erraten haben. »Niemand hat es gemerkt. Dafür haben die Genossen von der Stasi schon gesorgt. Es wurden einfach keine Begutachtungen mehr durchgeführt, und die Kopien waren gut.« Werner grinste überlegen. »Und übrigens auch nicht gerade billig.« Dann sei die Wende gekommen und mit ihr die Probleme. »Dein Alter hatte nur zwei Dinge im Kopf«, sagte Werner geringschätzig, »seine Kohle in Westgeld umzutauschen und seine Stasi-Akte einzusehen.« Als guter Freund der Familie hatte Werner Sattmann erfahren, dass Gregor Bartmann sich eine Kopie seiner Stasi-Akte hatte anfertigen lassen. Trotz aller Versuche hatte Sattmann das nicht verhindern können. Damit stand seine Zukunft auf dem Spiel, seine wundervolle Zukunft im Reichtum.

»Ich musste handeln«, er zuckte mit den Schultern, so als sei es das Normalste von der Welt. Über alte Kontakte ließ Sattmann drei Bilder von Dresden nach Zwickau bringen. »In diesen Wendezeiten war vieles möglich.« Das klang fast wehmütig. »Wir haben die Bilder natürlich vor dem Brand wieder aus dem Keller geholt.« Diese Erklärung hätte es fast nicht mehr gebraucht. »Solche wertvollen Dinge lagert man doch auch nicht ohne Sicherheitsmaßnahmen ein«, meinte Werner ironisch.

»Du hast das Haus angezündet!« Obwohl Stefan feststellen musste, dass er dem Mörder seiner Eltern gegenüberstand, gewann er allmählich seine Fassung zurück und sein Verstand begann wieder zu arbeiten. Werner hob abwehrend die Hände. »Das haben meine Freunde erledigt. Deine Eltern waren übrigens schon vor dem Ausbruch des Feuers tot«, fügte er trocken hinzu. »Leider konnten wir die Akte im Haus nirgendwo finden. Bis heute Abend konnte ich nur hoffen, dass sie auch kein anderer findet«. Die Bilder seien nach Amerika verkauft worden. »Diese spleenigen Amis kaufen wirklich alles«, er konnte darüber sogar noch lachen. »Sechs Millionen Mark hat mir der Deal eingebracht.« Mit diesem Geld habe er sich seine neue Existenz aufgebaut, zunächst mit Immobilien gehandelt, später war die Baufirma dazugekommen.

Stefan erkannte sein tatsächliches Problem. Werner hatte seine Geschichte jetzt nahezu bereitwillig fast zu Ende erzählt. Er wird dich töten, schoss es ihm durch den Kopf. Er kann dich nicht mehr laufen lassen, wenn er seine Existenz, für die er früher schon töten ließ, retten will.

»Danach war es gar nicht mehr so schwierig. Du bist nach Dresden gezogen und Bert hatte ich auch unter Kontrolle. Seine Nachforschungen waren jämmerlich. Aber ich saß ja schließlich in der ersten Reihe. Der ließ sich doch von mir in jede Richtung steuern.«

Offensichtlich doch nicht so ganz, dachte Stefan sarkastisch. Sonst wären wir jetzt nicht hier. Werner musste wieder seine Gedanken erkannt haben und erzählte weiter: »Wie er an den Plan gekommen ist, weiß ich auch nicht. Jedenfalls danke ich dir für deinen Anruf, der mich alarmiert hat. Aber schließlich habt ihr mich zum Ziel geführt.« Der Triumph war ihm deutlich anzuhören. Der große Werner Sattmann hatte mal wieder über alles und jeden gesiegt. Im Grunde hatte er auch recht. Stefan überlegte noch immer fieberhaft, wie er die Situation retten konnte. Reden, dachte er, Zeit gewinnen. Inzwischen waren sie am Ostturm angekommen.

»Wo ist Bert?«, fragte Stefan, entschlossen, seine Taktik fortzusetzen.

»Der liegt in einem Graben im Schlosshof. Du wirst ihm in Kürze dort Gesellschaft leisten. Es wird sozusagen ein Familiengrab.« Jetzt war es heraus. Werner ließ keinen Zweifel daran, dass er den letzten Mitwisser auch töten wollte. »Wer kann schon sagen, dass er in einem Schloss begraben liegt.« Und als sei das noch nicht Zynismus genug, fügte er hinzu: »Ihr solltet mir dankbar sein.«

Die beiden Männer mussten auf der engen Treppe hintereinandergehen. Stefan spürte den nach Zigarre riechenden Atem des Mannes hinter sich. An einem Fenster befahl Werner ihm, stehen zu bleiben. »Er wollte mir nicht sagen, was er herausgefunden hatte. Er war eben ein Dickkopf. Leider bist du dann früher aufgetaucht als ich gedacht hatte. Daher musste ich auch die Lidocain-Spritze einsetzen, damit er nicht die Nachbarschaft zusammenschreit. Dazu noch einen Schluck Kognak. Man, hat der sich beim Saufen angestellt«. Werner verzog angewidert das Gesicht. »Dann fiel er aus dem Fenster.« Stefan blickte von oben auf den Schlosshof und befürchtete, dass ihm das gleiche Schicksal bevorstand. Jeden Moment rechnete er mit einem Angriff von hinten. Doch nichts geschah. Nur weitergehen sollte er. Den restlichen Weg legten sie schweigend zurück, offenbar hatte Sattmann keine Lust, weitere Details zu erzählen. Unten angekommen, dachte Stefan an Flucht. Das Tor stand weit offen. Er könnte sich unter die Brücke flüchten und seinen Widersacher dort mit einem Überraschungsangriff zur Strecke bringen. Wieder schien Werner seine Gedanken lesen zu können.

»Denke nicht mal dran«, sagte er scharf und verstellte ihm den Weg. »Da entlang«, forderte er und zeigte auf die Grube mitten im Schlosshof, die mit Brettern und rot-weißem Absperrband gesichert war. »Jetzt gibt es ein Wiedersehen mit deinem Bruder.« Wieder nur mit einer Handbewegung und einem entschlossenen Blick forderte er Stefan auf, die Absperrung zu überwinden. Dorthin hatte Werner Bert also geschafft, als er gehofft hatte, sein Bruder läge schon im Krankenwagen. Wie naiv er doch gewesen war. Jetzt sah er auch die Schleifspur.

In Stefan erwachte der Überlebenswille. Er nahm seinen ganzen Mut zusammen und versuchte, seiner Stimme Festigkeit zu geben, als sagte: »Du wirst mich nicht töten.«

Sattmann blickte nur kurz auf und schraubte seelenruhig einen Schalldämpfer an seine Pistole. »Warum sollte ich dich leben lassen?«, fragte er und gab sich die Antwort gleich selbst. »Damit du die Polizei informierst oder mich ein Leben lang erpresst?« Er entsicherte die Waffe. »Heute Nacht wird das Problem Bartmann beseitigt – endgültig.«

Es vergingen einige Sekunden. Sattmann schien zunehmend die Geduld zu verlieren. »Mach endlich, ich habe nicht ewig Zeit.«

»Dann musst du mich schon hier erschießen«, entgegnete Stefan. Eine Antwort erhielt er nicht mehr. Drei Schüsse zischten an ihm vorbei und schlugen ins Mauerwerk ein. »Denkst du, ich will dich auch noch da runterschleppen müssen, wie deinen Bruder?«, Sattmanns Gesicht war jetzt wutverzerrt.

Stefan blickte erschrocken zu den Einschusslöchern. Was er da sah, ließ ihn alle Pläne vergessen. Er sprang, auch für Sattmann unvorhergesehen, über das Geländer, ohne auch nur zu ahnen, was ihn auf der anderen Seite erwartete. Hinter ihm rieselte Putz von der Wand und der Riss, den die Einschüsse im maroden Mauerwerk hinterlassen hatten, wurde plötzlich größer. Jetzt waren es ganze Ziegel, die nach unten stürzten. Eine Säule, die eben noch einen Teil der Konstruktion getragen hatte, kippte um, ehe Werner Sattmann überhaupt wusste, wie ihm geschah. Dicke Holzstützen knickten wie Streichhölzer und über alles brach ein grauer Nebel aus Putz und Dreck herein, der das Geschehen überdeckte. Sattmanns Schreie gingen unter im Getöse der einstürzenden Wand. Tonnen von Mauerwerk begruben ihn unter sich.

Nach einiger Zeit, die ihm wie eine Ewigkeit vorgekommen war, wagte sich Stefan aus seinem Versteck und versuchte, in dem aufgewirbelten Staub etwas zu erkennen. Wie durch ein Wunder war die Baugrube von herabstürzenden Brocken nahezu verschont worden. Über den lehmigen Untergrund robbte er zu seinem Bruder. Das zweite Wunder. Er lebte noch. »Na gut, dann eben Rettungsversuch Nummer zwei«, sagte er zu sich selbst und kletterte aus der Grube. Irgendwo hörte er eine Polizeisirene. Der Klang wurde rasch lauter und als Stefan die Straße erreichte, bog der Wagen gerade in seine Richtung ab. Hinter ihm donnerte eine weitere Steinlawine zu Boden. In der Außenwand klaffte bereits ein Loch. Unter dem Schutt von Schloss Osterstein lag nun auch ein bisher verborgener Teil aus Stefans Vergangenheit begraben.

CLAUDIA PUHLFÜRST

EIN SILBERSTREIF AM HORIZONT

Bernd hielt an der roten Ampel und musterte seine Frau dabei aus den Augenwinkeln. Bianca schaute geradeaus und hatte ihren undefinierbaren Gesichtsausdruck aufgesetzt: die leicht nach vorn geschobene Unterlippe drückte die Oberlippe hoch. Ihr Patschuli-Parfüm nahm ihm den Atem und Bernd ließ die Scheibe herunter. Er wusste nie, ob sie schmollte oder nur entspannt war, wenn sie so dreinsah. Es war ihm auch egal. Diese Frau würde nicht mehr lange an seiner Seite einherspazieren, affektiert auf andere herabschauen und alles, aber auch wirklich *alles* besser wissen. Bernd hatte alles genau geplant. Es konnte nichts schiefgehen.

Die Ampel schaltete auf Grün und er gab Gas. Ein jugendlich-forscher Motorradfahrer preschte links vorbei, raste den Lichtensteiner Berg hinauf und hinterließ eine unsichtbare Wolke süßlichen Katalytgeruchs. Bianca zog unterdessen ihre Handtasche auf den Schoß, beugte sich über die Öffnung und lehnte sich dann lächelnd zurück. In der Linken hielt sie eine Schachtel ›Marlboro light‹ mit Mentholgeschmack.

Widerliches Zeug. Raucher waren überhaupt widerliche Menschen. Sie stanken und merkten es nicht einmal. Bernd schaltete in den dritten Gang und grub die Schneidezähne in die Unterlippe. Wie hatte er nur auf eine Raucherin hereinfallen können? Aber Bianca hatte ihm wochenlang vorgegaukelt, sie würde seinetwegen damit aufhören. Pustekuchen. Alles leere Versprechungen, um ihn zu ködern.

Sie hatte doch nicht etwa vor, im *Auto* zu rauchen? Aber Bianca wartete, bis er auf den Parkplatz abgebogen war und anhielt. Dann stieg sie aus, warf sich die Tasche lässig über die Schulter und steckte sich die Zigarette an.

Bernd blieb noch einen Augenblick sitzen und tat so, als betrachte er die Straßenkarte, während seine Gedanken um die kommenden Ereignisse kreisten, ehe auch er ausstieg und sich neben seine Noch-Ehefrau stellte. Gemeinsam blickten sie auf die sanft gewellten Hügel hinab. Ein etwa zehn Meter hoher Eiffelturm schimmerte im Licht der Mittagssonne silbrigweiß. Ganz links grüßte die Kugel des Berliner Fernsehturms herüber. Es war skurril, die Sehenswürdigkeiten so dicht nebeneinander zu finden. Die Sonne brannte auf seine Schultern und erhitzte den Nacken. Seine Frau reckte ihr Gesicht dem Licht entgegen. Es ging ihr nicht darum, die Wärme zu genießen, sie wollte *braun* sein.

»Wie lange wirst du brauchen?« Bianca zog die Mundwinkel hoch. Zu hell leuchteten ihre gebleichten Zähne zwischen den rosa nachgezogenen Lippen.

»Sagen wir zwei Stunden?« Bernd sah auf die Uhr.

»*Zwei* Stunden?« Das ›zwei‹ hatte einen schrillen Beiklang.

»Anderthalb?« Er hatte es *gewusst*. Mit Interesse für jede der nachgebauten Sehenswürdigkeiten würde man vielleicht zwei Stunden durch die Miniwelt wandern. Bianca hatte *weder* Geduld noch Interesse. Bianca hatte kein Interesse an Kultur. Sie hatte kein Interesse an Büchern, kein Interesse an Kunst, kein Interesse an Musik. Ihr scheinbar einziger Lebensinhalt bestand aus Einkaufen: Kleidung, Schuhe, Kosmetik, Schmuck. Das Ganze wurde dann mit ebenso einfältigen Freundinnen stundenlang begutachtet, anprobiert und mit quiekenden Lauten für toll befunden. Es war unerträglich. Aber nicht mehr lange.

»Na gut. Dann treffen wir uns«, jetzt sah auch sie auf ihre Uhr, »um halb eins wieder hier.« Die Glut der Zigarette leuchtete heller, als sie am Filter zog.

»In Ordnung. Viel Spaß.« Bernd beugte sich zur Seite, drückte seiner Frau einen Kuss auf die trockene Wange und ging lächelnd davon. Ihr geziertes Lächeln störte ihn heute nicht. Nicht mehr.

Schnell schritt er den Weg zum DAETZ-Zentrum hinunter. Anderthalb Stunden würden nicht einmal für die Asia-Abteilung, geschweige denn für die gesamte Ausstellung internationaler Holzkunstwerke oder einen anschließenden Spaziergang durch den Englischen und Französischen Garten reichen. Und Bianca hasste es, zu warten. Er ging durch die Glastüren. Das alles war nicht schlimm. Er konnte demnächst wiederkommen und sich einen ganzen Tag Zeit nehmen.

Bernd legte das telefonähnliche Gerät auf den Tresen. Es war eine gute Idee, dem Besucher zu fast jedem Kunstwerk ausführliche Erläuterungen zu geben, aber schon im Ostafrika-Bereich war ihm die Zeit davongelaufen. Er hatte sich schließlich darauf beschränkt, die schwarzglänzenden Makonde-Schnitzereien ohne Audiokommentar zu bewundern, während er durch die kühlen Räume eilte. Manche der Ebenholzfiguren waren über zwei Meter hoch. Grimmig dreinschauende Köpfe, ineinander verschlungene langgliedrige Menschenkörper, Fabelwesen, Lebensbäume, verzerrte Tiergesichter. Es hätte Stunden gedauert, all dies zu erkunden und so war er, flüchtige Eindrücke mitnehmend, von Raum zu Raum durch das Labyrinth des alten Schlosspalais' geeilt.

Erst die Skulptur ›Die Versuchung‹, bei der Gevatter Tod im Kapuzenmantel eine junge Frau zum Tanzen aufforderte, katapultierte ihn in die Wirklichkeit zurück und seine Gedanken begannen wieder um das nächste, das *eigentliche* Highlight seines Ausfluges mit Bianca zu kreisen. Von da an war Bernd, ohne innezuhalten in Richtung Ausgang marschiert.

»Hallo Liebling! Hoffentlich wartest du nicht schon zu lange?«

»Na ja.« Bianca machte ihre ›Niedlich-Schnute‹. »Eine halbe Stunde.« Am Ende des Satzes hob sie die Stimme, sodass es wie eine Frage klang.

»Das tut mir leid. Ich habe mich beeilt.« Bernd schaute zur Sicherheit noch einmal auf die Uhr. Sieben Minuten nach halb eins. Er war sicher, dass sie höchstens seit zehn Minuten hier stand. Wieso gelang es ihr immer wieder, ihm ein schlechtes Gewissen zu bescheren? »Komm, fahren wir! Wir können auf dem Weg nach Annaberg irgendwo Mittag essen.«

»Ist gut.« Bianca warf die halb gerauchte Kippe neben die beiden anderen und drehte den Absatz ihres Schuhs darauf hin und her. Dann folgte sie ihrem Mann zum Auto. Bernds ständige ›Kulturausflüge‹ waren in ihren Augen vergeudete Zeit. *Sie* stammte nicht aus Sachsen und die Geschichte des Freistaats war ihr egal. Ein Essen in einem Nobelrestaurant mit anschließendem Einkaufsbummel hätten ihr gereicht. Aber Bernd hatte die letzten Tage so lange auf sie eingeredet, bis sie nachgegeben hatte.

»Warum muss es denn unbedingt Annaberg-Buchholz sein?« Bianca betupfte ihren Mund mit der Stoffserviette und suchte dann nach ihrem rosa Lippenstift.

»Das habe ich dir doch schon erklärt.« Bernd verkniff sich ein ungeduldiges Schnaufen. »Annaberg war vom 16. Jahrhundert an eine der größten und reichsten Städte Sachsens. Hier wurde Silber abgebaut. Die Sankt-Annenkirche stammt von 1525. Stell dir vor, das sind fast 500 Jahre! Und dann dieses Besucherbergwerk mitten in der Stadt. Die jahrhundertealten Stollen wurden erst 1992 wiederentdeckt!« Vom Nachbartisch schaute ein älterer Herr zu ihnen herüber und Bernd zügelte seine Lautstärke. Bloß nicht auffallen. Er winkte, um sich die Rechnung bringen zu lassen. Bianca klopfte mit den Fingernägeln auf die Zigarettenschachtel und beobachtete die Leute am Tisch gegenüber beim Essen. Dann steckte sie die ›Marlboro‹ vorsichtig zwischen ihre frisch bemalten Lippen, ließ das Feuerzeug schnippen und hielt das Flämmchen an die Spitze ihrer Zigarette.

Bernd wusste, dass die bloße Erwähnung von Silber und Edelsteinen ihr Interesse nicht wecken würde. Er musste stärkere Geschütze auffahren, um sie dazu zu bringen, mit ihm dieses Bergwerk zu besichtigen.

Draußen begann ein Rasenmäher zu rattern und Bernd redete lauter. »Außerdem gibt es dort tolle Geschäfte für die Touristen. Man kann erzgebirgische Schnitzereien, aber auch seltene Mineralien und Schmuck kaufen. Amethyste, Tigeraugen, Achate, Bergkristalle, Granate aus Böhmen.« Bernd sah, wie sich Biancas rosa Lippen anerkennend kräuselten. Er wusste nicht, ob die Geschäfte wirklich Schmuckstücke und Edelsteine anboten, aber sie musste in dieses Bergwerk. Und zwar freiwillig. Alles sollte so natürlich wie möglich wirken.

Die Worte ›Schmuck‹ und ›kaufen‹ bewirkten, dass Bianca ihre somnambule Trägheit abschüttelte. »Dann bin ich gespannt.« Sie packte den Lippenstift weg und schob den Stuhl nach hinten. »Fahren wir, damit es nicht zu spät wird.«

»Eh-ren-frie-ders-dorf.« Bianca zerhackte den Namen, den sie eben auf dem Ortseingangsschild gelesen hatte in Silben. »Ein *Dorf,* wirklich.« Ihr Kinn ruckte nach vorn und zeigte so auf die betagten Häuser.

»Es ist eine Stadt.« Bernd konnte von der Seite Biancas linken Mundwinkel sehen. Er hing schon wieder nach unten.

»Eine Stadt. Unglaublich.« Bianca gähnte. Dann holte sie ihre Zigarettenschachtel aus der Tasche und begann, den Deckel auf- und wieder zuzuklappen. Auf. Zu. Auf. Zu.

Bernd hatte es satt. Ihre Marotten machten ihn wahnsinnig. Es wurde schlimmer und schlimmer. Mittlerweile ertrug er es schon nicht mehr, bei ihren stundenlangen Telefonaten mit den zahlreichen Freundinnen im gleichen

Raum zu sein. Er hasste ihre kindliche, piepsende Stimme, wenn sie etwas von ihm wollte; er *hasste* ihre Schränke voller Kleider, von denen sie die Hälfte noch *nicht ein Mal* getragen hatte, er hasste es, dass sie nicht kochen konnte, er hasste ihr pinkfarbenes Rüschennachthemd und dass sie parfümiert ins Bett ging – Bernd seufzte unhörbar und verbot seiner rechten Hand, auf die lackierten Fingernägel seiner Frau zu schlagen, die unablässig den Pappdeckel bewegten.

Nicht, dass es am Anfang nicht nett gewesen wäre, oh nein. Sie hatten sich in einem Café kennengelernt. In Bad Wörishofen. Bianca hatte dort gekurt. Massagen, Kosmetikbehandlungen, Schwimmen, Sauna, Spaziergänge. Die elegante Frau Anfang 50 war ihm aufgefallen, weil sie schlank und sehr gepflegt war, lebenslustig wirkte, mit ihrer Freundin angenehm leise plauderte und dabei immer irgendwie zufrieden wirkte. Nach drei Tagen höflichen Grüßens hatte er sich ein Herz gefasst und sie angesprochen. Bernd Selbmann, selbstständiger Unternehmer – ein geschiedener Herr in den besten Jahren – nicht mehr ganz frisch, aber durchaus noch vorzeigbar.

Bianca hatte seiner Einladung zum Essen nicht sofort zugestimmt. Er hatte mehrere Tage um sie werben müssen; und auch das hatte Bernd gefallen. Erst nach mehreren Abendessen, Ausflügen in die nähere Umgebung und einem Kinobesuch gewährte sie ihm den ersten Kuss. Bernd hatte sich gefühlt wie ein Siebzehnjähriger, der zum ersten Mal bis über beide Ohren verliebt war.

Seinetwegen war Bianca von Bayern nach Sachsen gezogen, hatte ihre Wohnung in der Nähe von München aufgegeben und darauf verzichtet, ihre Freundinnen jede Woche zu sehen. Die Verliebtheit hatte nach der Hochzeit ungefähr drei Monate angehalten.

Bernd schaute kurz in den Rückspiegel und rollte mit den Augen. Was war er doch für ein Tölpel! *Gewesen.* Er wartete, bis der Fußgänger den Zebrastreifen vor ihnen überquert hatte und schenkte Bianca ein verständnisvolles Lächeln. »Wir sind gleich in Annaberg. Noch zehn Minuten.«

»Ah ja. Sehr schön.« Dann lächelte sie zurück, drehte das Handgelenk und ließ die goldene Uhr, die er ihr geschenkt hatte, in der Sonne funkeln. Der Mercedes glitt die Steigung hinauf. Die maigrünen Wiesen mit ihren gelben und weißen Tupfen glichen einem Bild von Monet. In der frischkühlen Luft lag ein Geruch von Honig.

»Hier gibt es eine Zinngrube. Schau, dort oben.« Bernd deutete nach links auf den in der Sonne leuchtenden Förderturm. »Der Berg heißt Sauberg.« Er lächelte wegen des Namens. »Übrigens fahren wir hier eine historische Straße entlang – die Silberstraße. Sie wird auch ›Europas größtes Freilichtmuseum‹ genannt.«

»Silberstraße, aha.«

»Wusstest du, dass Sachsen einst als reichstes Land im Heiligen Römischen Reich Deutscher Nation galt?«

»Sachsen?« Bianca staunte nicht wirklich, aber sie bemühte sich. Er konnte das an ihrer Stimme hören. Sie wollte *nett* sein. Bernd setzte seinen Beinahe-Monolog fort.

»Der Grund dafür waren die reichen Silbererzlagerstätten im Erzgebirge. 1491 entdeckte ein Mann namens Kaspar Nietzelt das Edelmetall am Schreckenberg. Daraufhin kam es zu dem berühmten ›Großen Berggeschrey‹.«

»Großes Berggeschrei, hm.« Bianca hörte endlich auf, mit den Zigaretten herumzuspielen und legte die Schachtel in ihren Schoß.

»Das kannst du dir so ähnlich vorstellen wie Klondike.«

»Klonndeig?«

»Klondike. Ein Fluss zwischen Alaska und Kanada. Um 1900 wurde dort Gold gefunden und das löste den größten Goldrausch in der Geschichte Amerikas aus.« Bernd erzählte das alles für sich. Sie hörte ja doch nicht zu. Außerdem war es jetzt sowieso zu spät, auch wenn ihr Interesse an historischen Fakten wie durch ein Wunder plötzlich erwachen würde. Es war vorbei, nur dass sie das noch nicht wusste. Er drehte den Kopf nach rechts und lächelte seiner Frau zärtlich zu.

»Na sowas. Gold und Silber.« Sie lächelte zurück. »Ich würde gern erst einen Kaffee trinken, ehe wir dieses Bergwerk besichtigen.« ›Dieses Bergwerk‹ sprach sie ein bisschen verächtlich aus.

»Das können wir machen.« Es war noch genügend Zeit. Die letzte Führung des jeweiligen Tages begann um 16 Uhr. Er hatte sich informiert. Und es musste die *letzte* Führung sein.

Im Schritttempo rollte das Auto über die buckligen Pflastersteine nach unten zum Markt. Bernd war schon mehrmals in Annaberg gewesen. In Vorbereitung ihres Ausflugs hatte er die ehrwürdige Stadt erst vor zwei Wochen besucht. Die Annenkirche würden sie nachher wahrscheinlich vom Plan streichen müssen. *Eine* historische Sehenswürdigkeit reichte bei Bianca für Monate. Und außerdem hatte sie ja heute schon die Miniwelt besichtigt, obwohl man dabei nicht wirklich von Kultur sprechen konnte.

»Wie du aussiehst!« Bianca stieß ihr girrendes Kichern aus und zeigte auf den gelben Helm und den müllsackähnlichen blauen Umhang.

Du siehst genauso bescheuert aus, meine Liebe. Bernd lächelte dem Führer entschuldigend zu und nahm Biancas Unterarm, um sie die Treppe hinunter zu geleiten.

»Die Rundgangstrecke, die wir gleich begehen werden, wurde in den Jahren 1992 bis 1995 ausgebaut.« Der Führer stand auf einem Treppenabsatz weiter unten und schaute zu den Besuchern auf, während er ihnen erklärte, dass die Entdeckung des Bergwerks einer Sensation gleichgekommen war. Bei Probebohrungen im Hof des Erzgebirgsmuseums Anfang der Neunziger sei man auf unberührten Silberbergbau des 16. Jahrhunderts gestoßen – mitten im Herzen von Annaberg. Man habe Gänge, Schächte und Stollen gefunden, die unter der gesamten Altstadt verliefen. Die Erklärungen klangen drollig, weil der Mann versuchte, Hochdeutsch zu sprechen, seine erzgebirgische Mundart dabei jedoch nicht unterdrücken konnte.

»Und nun folgen Sie mir bitte!« Er schwenkte seinen Arm im Halbkreis und ging voran. Bernd betrachtete Biancas Schuhe, während sie vor ihm hertrippelte. Die spitzen Absätze waren sicher nicht das Richtige für den steinigen, unebenen Boden. Man konnte stürzen und sich böse den Kopf anschlagen. Den schützenden Helm hatte sie auch nur lose aufgesetzt, weil der Plastikrand angeblich an ihrer Stirn drückte.

»Hier wird sogar noch die jahrhundertealte Form der Entsorgung praktiziert.«

Bernd unterdrückte bei dem Wort ›Entsorgung‹ ein Kichern. Wenn das nicht das passende Wort für sein Vorhaben war! Einige eifrige Zuhörer hatten sich dicht um den Führer gedrängt, während dieser mit seiner Lampe in einen steil nach oben führenden Schacht leuchtete. Silbrig blitzten kleine Kristallsplitter im Granit auf. »Die Abwässer historischer Häuser werden einfach in die Gänge des Bergwerks eingeleitet und versickern im Gebirge.« Bernd konnte hören, wie Bianca die Luft einsog. Wahrscheinlich verkniff sie sich gerade noch einen angeekelten Ausruf.

»Hier unten existieren auch zahlreiche nicht ausgebaute Stollen und Blindschächte. Und nun gehen wir etwas weiter, damit ich Ihnen die Haspelstube erklären kann.«

Als Bernd die gleichen Erläuterungen bei der ersten Führung gehört hatte, wusste er, was zu tun war. Nicht ausgebaute Stollen, Blindschächte, herabfallende Steine. Perfekt. Wenn er Glück hatte, würden sie Biancas Leiche wochenlang nicht finden.

Scheidungen kosteten heutzutage ein Vermögen und Bernd hatte trotz Biancas Verschwendungssucht noch reichlich Kapital, auf das sie womöglich Anspruch erheben würde. Er berichtigte sich: *hundertprozentig* Anspruch erheben würde. Und er konnte sich einfach nicht mit dem Gedanken anfreunden, ihr nach der Scheidung eine Abfindung zu zahlen, oder – noch schlimmer – sein restliches Leben lang für zwei Monate Verliebtheit und anderthalb Jahre Nervenkrieg finanziell büßen zu müssen.

Vielleicht fand er irgendwann eine Frau, die seine Interessen teilte; eine, mit der er noch viele glückliche Jahre verleben konnte. Die rundliche Gestalt von Biancas Freundin Christine materialisierte sich im Dunkel der unterirdischen Gänge vor seinem inneren Auge. Mollige Frauen waren liebevoller als diese knochigen, ewig hungrigen Damen. Vielleicht würde er Christine demnächst einmal anrufen.

»Der Boden ist glitschig, iih!« Bianca zuckte betont theatralisch zusammen, als der von einer Gesteinsspitze herabfallende Tropfen auf ihrem Umhang landete. »Und außerdem ist mir kalt!« Zur Bestätigung rieb sie sich die Unterarme.

»Es dauert nicht mehr lange, Schatz. Dann machen wir einen schönen Einkaufsbummel.« Bernd wusste, dass er sie kein zweites Mal in diesen Schacht bringen würde. Weder in dieses, noch in irgendein anderes der zahlreichen Schaubergwerke des Erzgebirges. »Komm weiter. Das trocknet wieder.« Er tätschelte seiner Frau die feuchte Schulter und bemühte sich, seinen Atem unter Kontrolle zu halten. Nur noch wenige Minuten, dann hatte die Farce ein Ende. Bernd hatte zwei Führungen mitgemacht, im Internet recherchiert und alle Hefte gekauft, die am Eingang zum Museum angeboten wurden. Er hatte das Labyrinthsystem auf seiner inneren Landkarte gespeichert. Es würde funktionieren. Die Freiheit war nah. In wenigen Minuten würde die Gruppe die ›Fahrten‹ genannten Eisenleitern hinaufklettern und er und Bianca würden zurückbleiben und sich ein wenig verirren. »Komm, Liebes.« Bernd nahm die Hand seiner Frau und neigte den Kopf nach unten, um ihr einen Kuss zu geben.

»Dann bin ich im Dunkeln gestolpert, mein Helm ist nach hinten gerutscht und ich habe mir die Stirn an einem Vorsprung angeschlagen. Alle kamen zurück und der Bergwerksführer hat uns vor versammelter Mannschaft belehrt, dass wir nicht einfach so zurückbleiben dürfen. Das war vielleicht peinlich!«

»Das kann ich mir vorstellen. Und dann seid ihr zwei wieder ans Tageslicht geklettert.« Christine klappte die Karte auf. »Vielleicht esse ich doch noch ein Eis.«

»Genau so war das. Ich hätte mich bei dem Sturz ernsthaft verletzen können.«

»Erzähl mir auch den Rest noch mal.« Christine hatte die Geschichte nun schon mindestens viermal gehört, aber es schauderte sie noch immer bei der Beschreibung, wie Bernd und Bianca zum nur wenige Kilometer entfernten Scheibenberg gefahren waren, um zum Abschluss des Tages den Gipfelrundweg zu den ›Orgelpfeifen‹ entlangzuwandern. Bianca hatte sich unbedingt bis an den Rand der fast 50 Meter hohen Basaltsäulen vorkämpfen müssen, um ins Land sehen zu können und Bernd war ihr widerwillig gefolgt. Bernd war nicht schwindelfrei.

»Und dann ist er gestolpert, hat den Halt verloren und ist hinuntergestürzt.«

»Du Ärmste bist wirklich vom Unglück verfolgt!«

»Das kannst du laut sagen.« Bianca betupfte ihre Augen kurz mit der Serviette und rammte dann die Kuchengabel in das letzte Stückchen Buttercremetorte. Das zufriedene Lächeln blitzte, bevor sich der Ausdruck tiefer Trauer wieder über ihr Gesicht legte, nur so flüchtig hervor, dass Christine es nicht wahrnahm.

»Allmählich habe ich wirklich die Hoffnung aufgegeben, mit einem Mann, den ich liebe, alt zu werden. Vor

16 Jahren hatte Friedrich in der Badewanne den Herzinfarkt. Dann hat Gunther seine Medikamente verwechselt. Das ist nun auch schon fast fünf Jahre her. Vor zweieinhalb Jahren habe ich – genau hier im Kurhotel – Bernd kennengelernt.« Bianca nickte zu ihren Worten, nahm die Schachtel ›Marlboro‹ vom Tisch und musterte dabei den distinguiert wirkenden Herrn zwei Tische weiter. Sein graues Haar war sauber gescheitelt und leuchtete in der Sonne silbern. Als er herüberschaute, schickte sie ihm ihr scheues Lächeln und senkte dann den Blick schnell auf den weißen Porzellanteller.

Vielleicht war der Urlaub doch noch nicht ganz verdorben.

FRANZISKA STEINHAUER
WAHRE LIEBE

Das Handy piepte fordernd in der Tasche neben dem Schreibtisch, doch da sich das Zentrum familiärer Aktivität weit entfernt davon befand, wurden all seine Bemühungen um Aufmerksamkeit nicht belohnt. Was dazu führte, dass die WhatsApp mit Anhang erst sehr viel später entdeckt werden konnte.

Als der Autor auch mit 20-minütiger Verspätung noch immer nicht am Stand des medizinwissenschaftlichen Verlags eingetroffen war, was man durchaus nicht als neues oder überraschendes Verhalten hätte bewerten können, wurde der Lektor Bodo Kamp langsam unruhig. Die Leipziger Buchmesse war nun wirklich kein Event, das man einfach so ignorieren konnte, gerade dann, wenn man als Autor noch keinen Weltruhm genoss, dachte er. Mit nervös-feuchten Händen zerrte er bestimmt zum 20. Mal sein Handy aus der Tasche, ließ es aufschnappen, kontrollierte Empfangsbereitschaft und Mitteilungseingang auf dem Display. Natürlich wusste er längst, dass seine Sorge völlig unberechtigt war. Obwohl die imposanten Hallen aus Beton und Glas gebaut waren, gab es überall einwandfreien Empfang. Daran also lag es nicht. Eilig hastete der dicke Mann durch die lange Röhre in die Haupthalle und starrte mit brennenden Augen auf das bunte Gewimmel unter ihm und auf den breiten Treppen.

Sein Autor war eine auffällige Erscheinung: groß, sportlich, mit vollem lockigem Haar – und er hätte ihn sicher sofort ausgemacht – wenn er denn da gewesen wäre.

Wieder zog Bodo Kamp sein Mobiltelefon hervor und drückte auf die Nummer des Autors für medizinische Ratgeber Hilmar Bergmann im Telefonbuch. Doch eine gleichbleibend freundliche Stimme informierte ihn, der Teilnehmer sei zurzeit nicht erreichbar und er möge es doch zu einem späteren Zeitpunkt erneut versuchen. Das hatte er nun schon mehrfach gehört. Während Bodo Kamp nun schwitzend und unzufrieden zum Stand des Verlags zurücktrabte, dachte er fieberhaft darüber nach, welche Erklärung er dem Verleger für dieses indiskutable Verhalten Bergmanns anbieten sollte. Eine Signierstunde am Stand des Verlags und eine anschließende Präsentation des neuesten Ratgebers in *Focus TV*, danach eine Livediskussion mit Herrn Markwort persönlich – so etwas ließ man schließlich nicht wegen einer Lappalie ausfallen!

Die Diskussionsrunde würde er, Kamp, wohl selbst übernehmen können – aber signieren musste Bergmann natürlich persönlich. Wenigstens eine SMS hätte er schicken oder schicken lassen können, murrte der Lektor, wenn ihm ein Notfall dazwischen gekommen war. Aber – gab es in einer Praxis für Akupunktur überhaupt Notfälle?

So weit entfernt von der Realität war der erzürnte Lektor nicht – es handelte sich tatsächlich um eine Art Notfall. Allerdings betraf er den Autor selbst. Hilmar Bergmann empfand seine Lage als schlicht inakzeptabel. Er befand

sich in einem Kellerraum, an Händen und Füßen in unbequemer Haltung an einen Stuhl gefesselt. Rasende Kopfschmerzen begleiteten sein langsames Erwachen. Übelkeit breitete sich aus und er konnte nur inständig hoffen, dass nicht auch noch ein Würgereiz einsetzte – schließlich hatte man ihm den Mund zugeklebt.
Ein leises Stöhnen aus der anderen Ecke erinnerte ihn daran, dass er nicht alleine in die Hände des Entführers geraten war. Ines, das wusste er, war gefesselt wie er. Doch da sein Stuhl mit dem Rücken zu ihr stand, konnte er sie nicht sehen. War diese ganze Inszenierung hier etwa das Werk ihres verrückten Mannes? Ihn grauste. Alle Dinge, die er bisher über diesen Oberwachtmeister Andreas Mengel wusste, waren nicht dazu angetan, ihn zu beruhigen. Ein brutaler Schläger, der perverse Fantasien gerne an Prostituierten auslebte. Ines erzählte manchmal die haarsträubendsten Geschichten über seine Eifersuchtsausbrüche und unkalkulierbaren Aggressionsschübe. Wenn sie ihm in die Hände gefallen waren, weil er wieder einmal von der Untreue seiner Frau überzeugt war – na dann gute Nacht! Obwohl, Ines – er spürte, wie seine Hormone zu arbeiten begannen – die verführerische und fantasievolle Ines war schon so manches Risiko wert.

Wie spät mochte es inzwischen sein, überlegte Bergmann. Bestimmt hatte er durch diese Sache hier den Termin auf der Buchmesse verpasst! Scheiße, so eine Chance bekam man schließlich nicht jeden Tag! Ob Bodo Kamp wohl die Polizei verständigt hatte? Wohl eher nicht. Aber vielleicht hatte er zu Hause angerufen und …

Mit einem leisen Quietschen öffnete sich die eiserne Tür und eine ganz in Schwarz gekleidete Gestalt erschien im Raum. Selbst das Gesicht war schwarz – eine Mütze war darüber gezogen und auch die hineingeschnittenen Sehschlitze erlaubten keinen Blick in die Augen der unbekannten Person. Sie trug eine verspiegelte Sonnenbrille.

Der Ruck, mit dem ihm das Klebeband von den Lippen gerissen wurde, führte zu einem so heftigen Schmerz, dass er laut aufschrie.

»Hören Sie – ich bin Hilmar Bergmann, Arzt für Akupunktur. Was auch immer Sie gedacht haben, als Sie mich kidnappten, es muss sich um einen Irrtum handeln! Geld ist nicht vorhanden, und obwohl meine Gesundheitsratgeber sehr populär sind, verdiene ich damit keine Reichtümer. Lassen Sie mich gehen! Ich bewahre Stillschweigen! Versprochen!«, sprudelte er hervor.

Doch all das machte offenbar nicht den geringsten Eindruck auf die schweigsame Gestalt, die mit ruhigen Bewegungen einige Gerätschaften arrangiert hatte, während er sprach. Seine Füße waren an die Stuhlbeine gefesselt. Die Arme auf den Lehnen festgeklebt. Umwickelt bis zum Ellbogen mit diesem glänzenden Band – und nun wurden seine Finger einzeln auf einem Brett fixiert. Mit einer geschmeidigen Bewegung zog der Schwarze einen Seitenschneider aus dem Irgendwo hervor. Hilmar Bergmanns Augen weiteten sich vor Entsetzen. Es gab kein Entrinnen!

Dennoch drehte und wand er sich auf dem Stuhl, als könne er den Finger doch noch aus der kalten Umklammerung ziehen – er flehte, bettelte, wimmerte!

Der Schmerz ließ seinen Körper explodieren und er hörte sich unartikuliert schreien. Endlos.

Ohne eine erkennbare Regung packte die Gestalt den

rechten Ringfinger in einen kleinen Beutel und verband dann nahezu fachmännisch den Stumpf mit behandschuhten Händen.

Wortlos. Emotionslos. Rücksichtslos.

Hilmar Bergmann weinte noch immer, jammerte, versuchte zu erklären, er als Arzt brauche seine Finger, alles war zwecklos. Vielleicht verstand dieses Wesen kein Deutsch! Oder es war eine taube, willenlose Foltermaschine im Auftrag einer großen Organisation – oder es war Ines' Mann.

Aus der Ecke, in der sie hockte, kam einige Male ein scharfes Zischen – sie konnte wahrscheinlich nicht schreien, bestimmt waren auch ihre Lippen mit diesem stinkenden Band zugeklebt. Bevor der Schwarze wieder ging, verschloss er auch Hilmar Bergmann wieder sorgfältig den Mund. Im Rausgehen kam er an der wimmernden Ines vorbei und schlug ihr mit dem Seitenschneider krachend gegen den Kopf. Als wieder Ruhe eingekehrt war, grunzte er zufrieden und verschwand.

Es gab kein Fenster in diesem Loch. Hilmar Bergmann konnte nicht abschätzen, ob er erst seit wenigen Stunden oder einen ganzen Tag lang hier saß. Sein Finger oder besser das, was von ihm noch übrig war, verursachte einen höllischen Schmerz, in dem er das Pochen der beginnenden Wundinfektion schon zu spüren glaubte. Von Ines war nichts mehr zu hören. Er musste zur Toilette, dringend. Konzentriert bemühte er sich darum, seine Blase in Schach zu halten. Nach einer Weile konnte er den Harndrang nicht mehr kontrollieren und merkte, wie ihm der Urin warm am linken Bein hinunterlief.

Kommissar Hajo Mangold, kräftig, gemütlich und mit ausgeprägtem Beschützerinstinkt, wurde am nächsten Morgen mit dem Fall Hilmar Bergmann betraut, als die Ehefrau, die am vorhergehenden Abend vergeblich versucht hatte, ihren Mann als vermisst zu melden, einen wattierten, braunen Umschlag mit dem abgetrennten Ringfinger ihres Mannes zugestellt bekommen hatte. Der Kollege vom Nachtdienst hatte ihr geraten, nach Hause zu gehen, erwachsene Männer zeigten mitunter dieses seltsame Verhalten, fänden sich aber in der Regel am nächsten Tag wieder bei der Familie ein. Nun musste man aber davon ausgehen, dass Herrn Bergmann etwas Ernstes zugestoßen war.

»Wissen Sie denn genau, dass dies der Finger Ihres Mannes ist?«

»Ja!«, schluchzte sie auf. »Sein Ring steckt doch noch!«

Frau Bergmann war alles andere als gefasst. Ihre Finger bewegten sich flatternd hin und her, wie Schmetterlinge, die Augenlider glänzten glasig-geschwollen und immer wieder brach sie in Tränen aus. Hajo Mangold hasste solche Vernehmungen. Weinende Frauen hatten für ihn etwas extrem Beängstigendes.

»Seine Sprechstundenhilfe ist auch verschwunden. Ines Mengel. Sie ist die Frau eines Kollegen. Er hat allerdings keinen solchen – Brief – bekommen. Können Sie sich vorstellen, wer Ihrem Mann so etwas antun würde? Feinde, Neider?«

Stumm schüttelte die Frau den Kopf und flocht bestimmt zum 20. Mal den dunkelbraunen Zopf neu. Wieder stiegen ihr Tränen in die Augen und Hajo Mangold fragte hastig weiter: »Eine Wettschuld, die er nicht einlösen konnte?«

»Er spielt nicht. Er raucht nicht, er trinkt nicht«, schniefte sie.

»Einer seiner Patienten? Behandelt man psychiatrische Fälle jetzt auch mit Akupunktur?«

Wieder schüttelte die schlanke Frau den Kopf.

»Er wollte zur Buchmesse. Er hatte einen Termin am Stand seines Verlags und später sollte er an einer Diskussionsrunde teilnehmen; aber dort ist er nicht erschienen. Mehr weiß ich doch auch nicht«, erklärte sie stockend. Ihre Stimme war nur noch ein Hauch.

Das Auto Bergmanns stand tatsächlich auf einem der Parkplätze in der Nähe des Messegeländes. Die Kollegen hatten es dort ausfindig gemacht und nach Spuren durchsucht. Vergeblich. Keine Spuren von Gewalt an den Türen oder Fenstern, kein Blut im Fahrgastraum und auf Fahrer- und Beifahrerseite fanden sich Haare des Ehepaares, das den Wagen wechselseitig nutzte. Blonde kurze Haare wurden sichergestellt und Frau Bergmann bestätigte, dass ihr Mann seine Sprechstundenhilfe manchmal nach der Arbeit nach Hause fuhr. Ein Abgleich mit Haaren aus ihrer Bürste, die ihr Mann zur Verfügung stellen wollte, würde einige Zeit dauern.

Auf diesem Parkplatz verlor sich die Spur des Arztes und Ratgeberautors. Niemand hatte ihn oder Ines Mengel seither wiedergesehen.

Die Polizei hatte versucht, sein Handy anzupeilen – bisher erfolglos. Entweder hatte der Täter es zerstört und weggeworfen oder es war ausgeschaltet. Auch Ines Mengels Handy konnte nicht ausfindig gemacht werden.

Und jeder Morgen brachte einen neuen Finger. Am dritten Tag zusammen mit der Forderung nach 25 Millionen Euro Lösegeld!

Frau Bergmann sah aus, als habe sie seit Tagen nicht mehr geschlafen. Sie wirkte ausgemergelt und war völlig aufgelöst. Der Jogginganzug, den sie trug, als sie Hajo Mangold die Tür öffnete, war voller Kaffeeflecken, der Nagellack an ihren langen Nägeln abgeplatzt, die Augen so zugeschwollen, dass sie kaum noch zu erkennen waren. Sie konnte keine Sekunde mehr ruhig sitzen bleiben und ihre Hände waren in permanenter Bewegung. Einen Arzt lehnte sie ab und auch eine Polizistin zur Betreuung. Das ganze Wohnzimmer war von Zigarettenqualm eingenebelt und Mangold öffnete erst die Fenster, bevor er damit begann, seine Fragen zu stellen.

»Könnte es sein, dass jemand Ihren Mann mit einer prominenten Persönlichkeit verwechselt hat?« Hajo Mangold zog die linke Augenbraue hoch und wartete.

»Oder gibt es ein Konto in der Schweiz?«

Frau Bergmann schluchzte und schüttelte den Kopf.

»Wenn es eines gäbe, dann ohne mein Wissen. Wir haben sehr sparsam gelebt, um seine Praxis einrichten zu können.«

»Haben Sie ein paar Fotos von Ihrem Mann, neuere und ältere?«

Weinend schlurfte sie zu einem Bücherregal und zog mehrere Fotoalben hervor.

»Hier sieht er ein bisschen wie Volker Lechtenbrink aus. Oder wie dieser Beckmann!« So rätselten sie hin und her – doch letztlich war ihnen beiden klar, dass der Täter selbst inzwischen den Fehler eigentlich bemerkt haben müsste. Zumindest wenn er deutschsprachig war. Die Tat eines fanatischen Ausländers – oder waren die beiden inzwischen tot und konnten den Irrtum gar nicht aufklären?

Wieder öffnete sich die Tür zu seinem dunklen Verlies. Licht wurde eingeschaltet. Gleißendes Licht einer nackten Glühbirne, das in seinen Augen brannte. Er spürte den rasenden Schmerz in der Hand schon, bevor die schwarze Gestalt überhaupt mit den Vorbereitungen zur Amputation begonnen hatte – der Körper besaß ein gutes Gedächtnis für Schmerzen und so lange war es ja nicht her, seit ihm zum dritten Mal ein Finger abgeschnitten worden war. Er würde seinen Beruf nicht mehr ausüben können, das war ihm klar. Es ging nur noch ums nackte Überleben. Unerwartet zog die Gestalt einige Fotoabzüge aus einer Pappröhre. Mit langsamen, unaufgeregten Bewegungen begann sie, die Bilder an der Wand aufzuhängen. Direkt in seiner Ecke. So, dass er sie gut erkennen konnte. In diesem Moment wurden ihm mehrere Dinge gleichzeitig klar: Er würde das hier nicht überleben – und es handelte sich nicht um eine Verwechslung!

Als er Minuten später zuckend in seinem Stuhl saß und zusah, wie sein Daumen in einer kleinen Tüte verschwand, war das Einzige, was er noch zu empfinden in der Lage war, Hoffnungslosigkeit und Bedauern. Er würde genau so viele Finger verlieren, wie er überleben konnte – dann war Schluss. Konnte man bewusst sterben, überlegte er, die Qualen verkürzen? Er könnte zum Beispiel die Aufnahme von Flüssigkeit durch den Strohhalm verweigern, kreisten seine Gedanken weiter um dieses Problem. Von Ines, fiel ihm dann ein, hatte er auch schon lange nichts mehr gehört. Der Schatten schlug ihr jedes Mal, wenn er ging, auf den Kopf und nach dem zweiten Schlag hatte ihr unangenehmes Gewimmer und Geschniefe aufgehört. Vielleicht war sie tot. Hatte es schon hinter sich gebracht, sich vor der Verantwortung gedrückt. Wenn er doch noch die Gelegenheit bekäme, könnte er noch viele neue Ratgeber schreiben oder diktieren – aber die Chance dazu erschien lächerlich unrealistisch.

Der Rechtsmediziner, der die Finger zur Untersuchung vorgelegt bekam, mahnte, der Zustand des Patienten sei bedenklich. Möglicherweise habe er viel Blut verloren, die Finger machten den Eindruck, schon seit längerer Zeit nicht mehr gut durchblutet zu werden. Er könne nicht ausschließen, dass der Patient bereits verstorben sei – allerdings wiesen die Finger keine Spuren fortgeschrittener Verwesung auf.

Am nächsten Morgen traf der fünfte Finger ein.

Mitten in der Nacht wurde die Leiche Hilmar Bergmanns gefunden. Er saß auf einer Bank in unmittelbarer Nähe zum Eingang der Messehallen. Ein Obdachloser hatte ihn dort entdeckt. Der Mann hatte vornübergebeugt dort gesessen, als dächte er über etwas nach oder sei eingenickt. Als er ihn ansprechen wollte, sah er den blutigen Verband. Er hatte ihn leicht angetippt, da sei der Kerl zur Seite gesunken, gab er aufgeregt zu Protokoll. Er habe dann die Polizei verständigen lassen, sei den ganzen Weg bis zu den Bahnsteigen gelaufen, um jemanden zu finden, der ein Handy hatte. Daraufhin sei er zurückgekehrt und habe aufgepasst, dass niemand den Toten berührte.

Kommissar Hajo Mangold überbrachte Frau Bergmann die schreckliche Nachricht. Sie starrte ihn lange an. »Wieso haben Sie ihn nicht gerettet?«, kreischte sie dann. »Sie sind die Polizei. Es ist Ihre Aufgabe, so etwas zu verhindern!« Das führte nicht dazu, dass Hajo Mangold sich besser fühlte. Er suchte noch immer nach Ines Mengel. Allerdings hatte er in ihrem Fall nun auch nicht mehr viel Hoffnung.

Frau Bergmann wurde von einer Beamtin gestützt, als sie mit zitternden Knien den separaten Raum betrat. Ein raues Schluchzen entrang sich ihr, als sie auf den ordentlich mit Folie ausgelegten Tischen die Kleidung ihres Mannes erkannte. Hajo Mangold brachte sie nach Hause zurück. Ohne ein weiteres Wort verschwand sie im Haus und schlug die Tür hinter sich zu.

Die Säcke mit Zement und Estrich standen schon bereit. Sie rührte eine zähflüssige Masse an und goss sie über dem Boden aus. Mit einem großen Spachtel verteilte sie den grauen Brei gleichmäßig. Alle Blutspuren würden darunter verschwinden. Die Fotos waren von den Wänden entfernt und im Kaminfeuer verbrannt worden. Sie kehrte ins Wohnzimmer zurück, warf die Tube mit der Salbe, auf die ihre empfindliche Haut immer mit dieser heftigen allergischen Schwellung reagierte, in das lodernde Feuer. Zugeschwollene Augen waren jetzt nicht mehr vonnöten. Dann warf sie einen letzten Blick auf die WhatsApp, die Ines an Hilmar geschickt hatte: Ein Paar in inniger Umarmung am Strand.

Sie löste entschlossen die SIM-Card aus der Verriegelung und verbrannte Foto und Liebesgruß.

Er hatte es nicht anders verdient.

Als er sich mit Ines einließ, musste ihm klar gewesen sein, dass das ihre Ehe beendete, eine Frau wie sie würde sich nicht betrügen lassen, daraus hatte sie nie einen Hehl gemacht.

»Möchtest du auch ein Glas Sekt? Rotkäppchen? Ich habe uns eine Flasche von dieser neuen Sorte kaltgestellt: Rosé trocken«, fragte sie dann.

Ines nickte und räkelte sich entspannt im Sessel.

»Wahre Liebe gibt es eben nur unter Frauen!«

Frau Bergmann kehrte mit einem Tablett aus der Küche zurück. Neben dem Sekt hatte sie auch noch ein paar Knabbereien mitgebracht und Ines griff gerne zu.

»Chips machen dick und unansehnlich«, mahnte die Frau des Autors für Gesundheitsratgeber.

»Dick ist in«, behauptete Ines Mengel trotzig und fuhr über ihre üppigen Rundungen.

Sie prostete der anderen zu und nahm einen kräftigen Schluck.

»Haben wir doch klasse hingekriegt – siehst du, es war eine gute Entscheidung mich zur Zusammenarbeit zu nutzen, statt mich zu erschlagen. So ging alles viel leichter.«

»Ja. Allein hätte ich Hilmar nicht auf die Bank schleppen können. Jedenfalls nicht ohne aufzufallen«, bestätigte Frau Bergmann zuvorkommend und warf der selbstzufriedenen Ines einen prüfenden Blick zu.

»Du bist deinen Mann los – nun nehmen wir uns Andreas vor. Der hat mich nicht einmal suchen lassen, das Schwein!«, forderte Ines.

»Vielleicht hat er gedacht, du bist durchgebrannt. Das wollte er verständlicherweise nicht an die große Glocke hängen. Den meisten Männern ist es peinlich, wenn ihre Frau türmt.«

»Tja, er wird wohl ewig im Ungewissen bleiben – meine Leiche wird man nie finden!«, triumphierte Ines und nahm noch einen Schluck.

»Nie!«, bestätigte die Witwe und lachte leise.

Ines gähnte herzhaft.

»Glaubst du, dieser Kommissar Mangold wird noch weiter Nachforschungen anstellen?«

»Ja, aber bei mir wird er nichts finden. Wenn ich es ihm nicht selbst erzähle, wird er nie erfahren, dass ich euch beiden hier aufgelauert habe. Die Schlafmittel, mit denen ich euch außer Gefecht setzte, stammten noch aus dem Vorrat meiner Mutter. Er weiß ja auch nicht, dass ich das Foto auf Hilmars Handy gefunden habe. Und nun ist alles gelöscht, sowohl dein Handy wie Hilmars zertrümmert und die Kripo kann es nie beweisen! Ich habe das alles bis ins letzte Detail geplant.«

»Du bist aber nicht mehr sauer wegen der Sache mit Hilmar, oder? Ich brauchte einfach einen Mann zum Anlehnen – Andreas ist immer so herzlos, so unglaublich kalt.«

»Nein«, beruhigte Frau Bergmann die ehemalige Geliebte ihres Mannes, »ich bin nicht mehr sauer.«

Sie forschte im Gesicht der anderen.

»Sag mal, bist du wirklich so müde? Du könntest dich hinlegen und einfach ein bisschen ausschlafen. Vielleicht kommt das noch von den zwei Schlägen auf den Kopf, die ich dir verpasst habe.«

»So fest hast du gar nicht zugeschlagen. Und ich bin sächsisch-dickschädlig.« Wieder lachte Ines Mengel und trank den Rest des Sektes aus.

Das Glas fiel ihr aus der Hand und im letzten Blick auf Frau Bergmann lag ein Schimmer von Erkenntnis – doch dazu war es nun zu spät.

Wortlos und konzentriert legte die Witwe den Seitenschneider, eine Säge und einen Spaten zurecht und begann unverzüglich mit der Arbeit.

Es dauerte gar nicht lange und Ines Mengel war in handliche Stücke zerteilt, die Frau Bergmann im Kartoffelkeller vergrub. Ihr Mann hatte in einem seiner Ratgeber davon geschwärmt, wie gut die Lagerhaltung in einem Erdkeller sei und sie war ihm heute dankbar für seine Beharrlichkeit, auch einen solchen einzurichten.

Das Loch deckte sie mit mehreren Schichten Lehm ab und schob zum Abschluss wieder lockere Erde darüber. Nicht einmal Leichenhunde konnten hier noch etwas erschnüffeln. Zufrieden klopfte sie sich die Erde von der Hose.

»Irrtum, meine liebe Ines«, erklärte sie dann. »Wirkliche Liebe findet sich nur bei Narzissten – denn nur die bedingungslose Eigenliebe ist wahre Liebe.«

ANGELIKA SCHRÖDER
LÖSEGELD FÜR DIE FRAUENKIRCHE

»Das letzte Wort hat der Angeklagte.«

Es war schwül in dem großen Saal des Landgerichts Dresden, und das nicht nur, weil draußen feuchtheiße Gewitterluft herrschte. Bestimmt hundert Augenpaare musterten mich teils neugierig, teils mitleidig, als ich langsam aufstand, um in einer letzten Kraftanstrengung den Richtern zu verdeutlichen, wie absurd die Anschuldigung war.

»Ja also«, begann ich etwas umständlich. Immerhin stand ich zum ersten Mal vor Gericht. »Ich verstehe ja, dass es schwer fällt, an solch eine unglückliche Verkettung von Zufällen zu glauben. Aber ich bin unschuldig. Schauen Sie mich an, Herr Richter, ich bin ein alter Mann. Als kleines Kind habe ich die Bombennacht miterlebt. Auch wenn ich mich im Einzelnen nicht daran erinnern kann, meine Mutter hat noch jahrelang davon gesprochen. Meine Großeltern sind in jener Nacht umgekommen, unsere Nachbarn und viele Freunde. Sie können doch nicht ernsthaft glauben, dass ich das Wahrzeichen unserer Stadt, das nach so langer Zeit endlich wieder aufgebaut wurde, in die Luft jagen würde? Ganz bestimmt nicht. Ich meine, wenn ich tatsächlich so bösartig wäre, wie der Herr Staatsanwalt mir unterstellt, hätte ich mir ein anderes Gebäude ausgesucht und auch viel mehr Geld verlangt. Wirklich, Herr Richter, was sind denn heutzutage schon 300.000 Euro? In jedem Fernsehkrimi geht es um mehr. Und das andere, ich meine, dass da jemand das Chaos ausgenutzt hat, um den Geldkoffer beiseitezuschaffen, das dürfen Sie mir nicht zur Last legen. Was kann ich dafür, wenn die Polizei bei einer Bombendrohung plötzlich durchdreht und ein furchtbares Durcheinander entsteht? Falls das jemand geplant haben sollte – ich ganz bestimmt nicht.«

Der Vorsitzende räusperte sich ungeduldig. Staatsanwalt und Verteidigung hatten das alles schon in epischer Breite durchgekaut, insbesondere die peinlichen Fehler des Einsatzes, die natürlich erst im Nachhinein erkannt worden waren.

»Ja also, um auf meine Einkäufe zu sprechen zu kommen, ich meine, ich wusste doch nicht einmal, dass man dieses Zeug, wie heißt es gleich …«, ich zog einen zerknitterten Zettel zurate, niemand sollte auf die Idee kommen, dass mir Kaliumpermanganat so geläufig war wie Salz oder Zucker, »… also dass dieses Kaliumpermanganat auch zum Bau einer Bombe benutzt werden kann. Es ist nämlich so: Unsere Kirchengemeinde unterstützt ein Krankenhaus in Kinshasa, und die haben uns um Desinfektionsmittel gebeten. Und da wir eine großzügige Gemeinde sind, haben wir gesammelt, und ich habe so viel gekauft, wie ich für das Geld bekommen konnte. Dass es fünf Kilogramm wurden und dass diese Menge ausreicht, ein ziemliches Sprengpotenzial zu entfalten, konnte ich nun wirklich nicht ahnen.

Ich sagte ja schon, eine unglückliche Verkettung von Zufällen. Ich hatte eingekauft. Für mich und unsere Patengemeinde. Dass der Wecker groß genug ist, um einen einfachen mechanischen Zeitzünder daraus zu basteln, darüber habe ich natürlich nicht nachgedacht, als ich ihn kaufte. Ich bin etwas schwerhörig, müssen Sie wissen, und sehen kann ich auch nicht mehr so gut, deshalb brauchte ich einen großen und vor allem lauten Wecker. Und den Draht brauchte ich für meine Tomatenpflanzen. Bei diesem Wetter wachsen sie unglaublich schnell. Ich pflanze schon seit vielen Jahren Tomaten an und weiß genau, wann und wie ich sie stützen muss. Am liebsten benutze ich einen dünnen Draht, um sie an die Holzstöcke zu binden. Ja, und deswegen war ich in diesem neuen Baumarkt. Aber da gibt es keine richtige Beratung. Nicht so wie früher, als man die Verkäufer noch fragen konnte. Nee, diese Nieselpriems, die da rumlaufen, haben von nichts eine Ahnung. Woher sollte ich denn wissen, dass ich keinen Blumendraht, sondern Leitungsdraht erwischt habe? Mir gefiel die bunte Umhüllung, und dann hatte er für meine steifen Finger genau die richtige Dicke, äh Durchmesser meine ich. Schön biegsam und gut zu binden. Ja und deshalb habe ich ihn mitgenommen. Es war einfach der Draht, den ich als Ersten gefunden habe. Wirklich, Herr Richter, das können Sie einem alten Mann doch nicht zum Vorwurf machen?

Und das andere, ich meine, dass der sich um die eine Glocke oben am Wecker gewunden hatte, beziehungsweise dass es so aussah und der Polizist deshalb an einen Zünder glaubte, also das lag nur daran, weil eine Naht an meinem Einkaufswagen gerissen war, die ich notdürftig mit dem Draht geflickt hatte. Zum Einkaufen nehme ich natürlich weder Schere noch Messer mit, deshalb konnte ich ihn nicht abschneiden und habe ihn auf meine anderen

Einkäufe gelegt. Und da muss das alles irgendwie durcheinandergeraten sein.

Was nun das Aluminiumpulver angeht, da habe ich wirklich etwas viel gekauft, das stimmt schon. Aber das war nicht alles für mich, sondern für unseren Club, ›Kaktus grüngelb‹. Wir haben gerade erst in der Zeitung gestanden, weil bei Herbert, das ist der mit der größten Kakteensammlung in ganz Dresden, die Königin der Nacht geblüht hat. Sie sind kein Kenner, oder?«

Erwartungsgemäß schüttelte der Richter den Kopf, weshalb ich in aller Ruhe wiederholte, was der Vorsitzende unseres Vereins schon vor Tagen zu Protokoll gegeben hatte.

»Sehen Sie, wenn man Kakteen vermehren will, braucht man einfach nur ein Stück abschneiden und die Schnittfläche dann mit Aluminiumpulver bestreichen. Das ist für eine Kakteenwunde wie Heilsalbe für Menschen. Woher sollte ich wissen, dass man Aluminiumpulver auch zum Bau einer Bombe verwenden kann? Dann hätte ich doch nicht alles auf einmal besorgt. Wirklich ein unglücklicher Zufall. Ich meine das mit dem Kaliumpermanganat und dem Aluminiumpulver. Und dass dann auch noch die Tüten eingerissen sind und sich das Zeug vermischt hat. Hätte ich das alles vorher geahnt, wäre ich mehrmals einkaufen gegangen. Aber mit meiner Gesundheit ist das so eine Sache. An manchen Tagen geht es mir einfach besser als an anderen. Und dann nutze ich das aus und besorge alles, was ich brauche. Überlegen Sie beim Einkaufen etwa, ob man aus den Zutaten eventuell eine Bombe basteln kann? Ich mein, ich hatte ja auch noch Brot und Butter und Käse gekauft.«

Nun warf mir der Vorsitzende doch einen bösen Blick zu. Er schien allmählich ungeduldig zu werden. Ich brach ab, holte tief Luft und sprach ruhig und sachlich weiter.

»Da ich das alles nur schwer tragen kann, habe ich es in mein Einkaufswägelchen gepackt. Das ist eine praktische Erfindung, Herr Richter. Ich kann alle Einkäufe unterbringen und brauche keine schwere Tasche zu schleppen. Außerdem, das hätte doch gar nicht detonieren können. Ich mein, ich hab doch nicht wirklich eine Bombe gebaut. Das haben die Spezialisten gestern auch gesagt. Dass die Jungs von der Polizei Panik kriegten, weil die Spürhunde gebellt haben und der Wecker getickt hat und der Draht sich da irgendwie verheddert hat, ist doch nicht meine Schuld. Und überhaupt, dass die Bullen, Verzeihung, die Polizisten, dann das Sprengstoffkommando gerufen haben, können Sie nicht mir zur Last legen.

Ich bin alt und ängstlich und vergesslich. Sehen Sie, ich wollte doch zum Beten in die Unterkirche. Wirklich, nur zum Beten. Und ein Einkaufswagen im Gebetsraum, das passt einfach nicht. Also habe ich ihn vorne an der Seite abgestellt, weil niemand da war, den ich hätte fragen können, außer den üblichen Touristen natürlich. Sonst laufen genug Leute da herum, Führer und Aufpasser und was weiß ich. Aber wenn man mal jemanden braucht, na ja, Sie kennen das ja sicher. Und als wir alle dann ganz schnell aus der Kirche raus mussten, wegen dem Bombenalarm, da habe ich mein Wägelchen einfach vergessen. So etwas passiert einem alten Mann nun mal, ohne dass er gleich böse Absichten hat. Woher hätte ich denn wissen sollen, dass ein Verrückter Lösegeld fordert und mit einer Bombe droht? Ich bin gelaufen so schnell ich konnte – wie alle anderen auch. Dass der Hund anschlug, nun ja, das tut mir leid, ist aber nicht meine Schuld. Vielleicht hat er ja auch den Käse gerochen. Ich hatte mittelalten Gouda gekauft, der riecht etwas streng. Meine Lieblingssorte seit … Entschuldigung, ich schweife ab. Jedenfalls finde ich, dass Sie mir nicht die Verantwortung dafür zuschieben können, dass das Geld weg ist. Nur weil die Polizei sich auf mein Wägelchen konzentrierte und deshalb der Erpresser mit dem Geld verschwinden konnte. Was kann ich dafür, dass Sie unterbesetzt sind und nicht mehrere Sachen gleichzeitig bearbeiten können? Es tut mir ja alles schrecklich leid, aber ich bin unschuldig. Ich schwöre, ich habe keine Ahnung, wie man eine Bombe baut! Und woher sollte ich wissen, wie man Lösegeld fordert und das auch noch unbemerkt abholt? Ich bin ein alter Mann mit Rheuma in den Knochen. Wirklich, Herr Richter, das alles ist nur ein riesengroßer, dummer Zufall.«

Das Gericht zog sich zur Beratung zurück. Es dauerte lange, aber dann wurde ich freigesprochen. Zwar nur aus Mangel an Beweisen, Sie wissen schon, in dubio pro reo, aber immerhin.

Übrigens: In einem hatte der Staatsanwalt recht, das Ding war hervorragend ausbaldowert und minutiös geplant. Dafür hatten wir auch viel Zeit und Energie investiert. Während die Spezialisten und die Medien sich auf das Wägelchen mit den Einkäufen konzentrierten, kümmerte mein Kollege vom Kakteenclub sich um das Geld. Wir waren beide der Ansicht, dass das Krankenhaus in Kinshasa Geld dringender brauchte als unsere Politiker, die es doch nur denen in den Rachen werfen, die eh genug haben.

Und auch das Internetcafé für Senioren erhielt eine anonyme Spende. Wirklich faszinierend, was man im Internet alles nachschauen kann! Da hat unsere Kirchengemeinde ihr Geld sinnvoll investiert, dachte ich, als ich wieder einmal vor der Frauenkirche stand, die schon für so viel Aufregung gesorgt hatte.

NESSA ALTURA
DER SCHNEEKÖNIG VON OBERWIESENTHAL

Mit herzlichem Dank an die geschenkten Erinnerungen von Frau Roscher, die auf der Wetterwarte auf dem Fichtelberg aufgewachsen ist.

Sie hatten sich lange Jahre aus den Augen verloren, durch einen Zufall, der nichts zur Sache tut, wiedergefunden und nun der alten Zeiten zuliebe in Oberwiesenthal verabredet: Andreas und Theo.

Sie waren beide um die 60, aber noch tüchtige Skifahrer; das Wochenende versprach prächtig zu werden, und Schnee gab es reichlich. Endlich einmal wieder ein richtiger Schneewinter!

Oberwiesenthal, die höchstgelegene Stadt Deutschlands und Standort der ältesten Seilschwebebahn – nur Zahnradbahnen hatte es schon vorher gegeben – hatte sich verändert und war doch dieselbe geblieben. Sie logierten in unterschiedlichen Hotels, man war sich nicht sicher gewesen, ob man so weit harmonierte, dass man auch gemeinsam frühstücken wollte. Schließlich hatte man sich über 50 Jahre nicht gesehen, ein halbes Jahrhundert, das war schon eine lange Zeit! Und auch früher hatte man sich nicht gut verstanden, aber davon redete man vorsichtshalber nicht.

Theo hielt an der Talstation Ausschau nach seinem Partner. Andreas arbeitete in der Bücherbranche und sah für sein Alter noch recht gut erhalten aus. Na ja, wer drei Frauen in seinem Leben verbraucht hatte, der hatte viel erlebt, das hielt jung. Theo selbst hatte schon manches Zipperlein, seine Arbeits- und Aufbaujahre waren hart gewesen und er hatte sich nicht geschont. Am meisten machte ihm seine linke Hüfte zu schaffen, aber er hatte vorsorglich eine Schmerztablette genommen, wollte sich keine Blöße geben. Halt, da war Andreas ja! Er winkte heftig.

Eingesperrt wie in einer Sardinenbüchse glitten sie nach oben. Herzhafte sächsische und slawische Klänge ertönten, Hochdeutsch, Bayrisch und natürlich das altvertraute Erzgebirgisch – ein Dialekt mit ostfränkischem Einfluss, der dazu geführt hatte, dass er sich in seiner neuen Heimat Nürnberg sogleich zu Hause gefühlt hatte. Theo ließ sich in wohlige Erinnerungen fallen, Andreas rieb ein Guckloch in der beschlagenen Scheibe frei. Nicht ohne Mühe rüsteten sie sich im Freien, traten in ihre Bindungen, bückten sich nach den Stöcken – der Bauch, das Kreuz! – kommentierten den Neubau des imposanten Fichtelberghauses und kurvten dann im lockeren Neuschnee zu Tal. Andreas mit knappen, etwas eckigen Kurzschwüngen, Theo mit runden, bedächtigen Bögen. Zuerst wählten sie die leichten bis mittelschweren Pisten, fuhren auch links und rechts an einem der drei Schlepplifte herunter, nahmen sich aber dann die Rennstrecke direkt unterhalb der Seilbahn vor. Vor dem Kaffee in den ›Erzgebirgsstuben‹ wollten sie den rückwärtigen Hang des Fichtelbergs meistern, da musste man durch das ehemalige Kanonenrohr – früher eine gefährliche Engstelle. Theo war zwar ein wenig zögerlich, seine Hüfte begann, sich leise ziehend zu melden, wollte aber nicht nachstehen.

Es kam, wie es kommen musste: Andreas preschte forsch voran, Theo hinterdrein, er musste sich beeilen, fuhr über seine Verhältnisse, geriet tief zwischen die Fichten, übersah einen Baumstumpf, prallte zurück und brach mit einem Schmerzenslaut zusammen. Wieder winkte er heftig. Andreas bemerkte es und stieg zu ihm herauf. Er versuchte, Theo unter die Achseln zu greifen und ihn hochzustemmen, aber der Versuch misslang; Theo konnte den schweren Oberkörper auf seinen wackeligen Knien nicht halten.

»Kreuzbandriss«, sagte Andreas sofort, als er sah, wie sich Theos linker Unterschenkel aus dem Kniegelenk drehte, »bleib liegen, ich verständige die Bergwacht.«

»Was?«

»Glaub mir«, sagte Andreas, »ich hab das auch schon gehabt. In Serfaus, vor ein paar Jahren. Ist nicht so schlimm, heilt wieder. Aber bewegen darfst du dich jetzt nicht, bleib ganz ruhig liegen.«

Theo spürte keinen Schmerz, jedenfalls keinen, der nicht auszuhalten gewesen wäre, und wunderte sich über Andreas' sicheres medizinisches Urteil. Beim Skifahren hatte man kaum Gelegenheit zu Gesprächen gehabt, im Schlepplift hatte man nur über die gemeinsame Grundschulzeit gesprochen, weiter wäre man erst beim Kaffee gekommen.

Andreas gab ihm den Flachmann mit Wedelwasser, den er in seiner Anorakbrusttasche bei sich führte, klopfte ihm auf die Schulter und begab sich ins Tal. Er solle mit einer halben Stunde rechnen, rief er über die Schulter zurück, und nicht ungeduldig werden, er habe alles im Griff.

Theo legte sich zurück. Er war nicht alarmiert; er musste sich fügen, er hatte sich schon in so vieles gefügt in seinem Leben. Nur gut, dass er nicht allein unterwegs gewesen war – er war, weil er die Kontrolle über die Hölzer an seinen Füßen verloren hatte, ziemlich weit in den Wald hineingeraten, von der Piste aus würde man ihn weder sehen noch hören können. Überdies fuhren die jungen Leute heutzutage mit Knöpfen im Ohr herum, hörten Rap oder Rock, während sie ihre Schwünge ziselierten oder bretterten wie die Wahnsinnigen, sahen aus wie Außerirdische und blickten weder nach links noch nach rechts.

Er hingegen blickte nach oben – betrachtete den graublauen Himmel, unter dem sich schon neue Schneewolken sammelten, und die Wipfel der Fichten, die unter den weichen Lasten leise knarrten. Theo war zwei Jahre im Fichtelberghaus aufgewachsen, als Pflegekind; eigentlich sollte er hier jeden Stein, jeden Baum und jede Lichtung kennen. Andreas, der aus dem Tal stammte, hatte ja keine Ahnung, wie das gewesen war, damals, in den Fünfzigern. Jeden Morgen waren sie hinunter nach Oberwiesenthal gelaufen, im Sommer in Schnürschuhen und im Winter auf Skiern, oder, wenn es die Mutter nicht erlaubte, weil es zu eisig war, auf den Ranzen gerutscht – manchmal auch direkt in den Hüttenbach im Schönjungferngrund hinein.

Einmal hatte er sich dabei sämtliche Jackenknöpfe abrasiert. Er ächzte ein wenig. Wie auf Kommando segelte ein weiches kleines Schneepolster von einem Ast über ihm und zerstäubte zu sanftem Flaum auf seiner Brust. Schnee! Die Eskimos kannten angeblich viele unterschiedliche Namen dafür. Er kannte nur Harsch und Firn und Pulver und Papp … er dachte angestrengt nach, um sich abzulenken.

Plötzlich erstand vor seinem inneren Auge der Schneepalast des Schneekönigs. Der Schneekönig, das war er gewesen, und seine Brüder auf Zeit des Schneekönigs Diener. Und Greta die gefangene Prinzessin. Schnell schob er den Gedanken an Greta beiseite, wie immer. Sieben oder acht waren sie damals gewesen, unschuldige Kinder, die spielten. In manchen Wintern, wenn der Wind aus Nordnordwest über die Schlosslichtung – so hatten sie sie getauft – gefegt war, war der lockere, frisch gefallene Schnee gegen die Fichten getrieben worden. Während des Transports hatte die Fracht aus Schneekristallen ihre Spitzen verloren und war dichter gepackt als zuvor an den Fichtenstämmen angelandet, hatte sich aufgetürmt zu mächtigen Schneewehen, immer mehr, immer mehr. Nach Tagen waren die Wechten riesig, reichten – er erinnerte sich genau – bis an die Wipfel. Es glich einer Schneemauer, die, wenn die Wetterbedingungen günstig waren, so stabil wurde, dass sie die leichten Kinderkörper auf ihren einfachen Skiern trug. Dann waren sie vorsichtig hinaufgestiegen zu dem Wipfel der Palastfichte, die sie ausgewählt hatten als Palasttor. Das Tor war ein Loch, das sie gruben, dicht am Stamm, in zwei, drei, vier, fünf Metern Höhe. Dicht am Stamm, genau. Dort, wo zwischen den Ästen Hohlräume entstanden waren, kletterten sie hinunter in die darunter liegende Höhle. Die Schneemauern waren fest und meterdick am Erdgrund. Schwarz wie die Nacht war es da, aber auch warm, so schien es den Jungen. Und Greta. Innen war es warm. Warm? Nein, warm war es wirklich nicht, aber die Stille, die sie nach dem tosenden Wind draußen umfing, fühlte sich so an. Dann gebot er, Theo, als Ältester und deshalb weisungsberechtigt, seinen Dienern, Licht zu machen. Sie knipsten die Taschenlampen an.

Theo hatte die Augen geschlossen gehalten, damit ihm der herabsegelnde Schnee nicht Schmutz in die Augen trieb in seiner hilflosen Lage, jetzt riss er sie auf. Der Himmel war unverändert, obwohl mehrere Minuten vergangen sein mussten, oder doch schon eine halbe Stunde? Er versuchte, auf seine Uhr zu sehen, aber es gelang ihm nicht, in seine Hosentasche zu greifen, ohne seine Lage zu verändern und jetzt fühlte er, wie sein Knie anschwoll und seine Hüfte pochte. Er starrte nach oben und sah doch mehr als dort wirklich zu sehen war: Im Schneepalast wuchsen zentimeterlange Stiele aus Reif heran, spitze, lange Nadeln, die rund um die Äste saßen, zauberschön wie Schmuck, der eigens für den Schneekönig herangeschafft worden war, auf dass sein Palast prächtig werde. Theo der Prächtige. Er erinnerte sich genau an das Funkeln und Gleißen der Nadeln, die wie die Spitzen eines Igels hervorstachen im Licht der Taschenlampen. Es war sein verwunschenes Reich gewesen, angefüllt mit Strass und Bergkristall, unendlich wertvoll. Und durchzogen von kleinen Rauchsäulen aus Atemluft und unsäglicher und doch glockenreiner Stille. Seine Brüder wurden angewiesen zu graben und sie gruben Gänge und

Durchlässe zu den Nachbarbäumen und der Palast wurde größer und größer, ganz so, wie es in wirklichen Palästen war. Stundenlang hatten sie da gespielt und die Zeit vergessen – außerhalb von jeder wirklichen Welt. Dabei war ihnen die Kälte in Finger und Knochen gekrochen, unmerklich; sie hatten alles, alles vergessen.

Seine Enkelin war ganz ähnlich, Theo dachte an Rita, die Kleine seines Sohnes, die stundenlang im Wasser planschen konnte und schließlich von den besorgten Eltern mit Gewalt an Land gebracht werden musste, und zähneklappernd und blaulippig behauptete, ihr sei überhaupt nicht kalt. Kinder waren eben so – sie hatten noch nicht gelernt, auf ihren Körper zu hören. Taub für Gefahren. Auch seine Eltern damals hatten sicher geahnt, dass die Spiele nicht ungefährlich waren, aber sie hatten sie gewähren lassen, jedenfalls solange sie pünktlich vor Einbruch der Nacht wieder zum Fichtelberghaus gekommen waren. Oftmals hatten sie den Ausstieg aus dem Palasttor kaum mehr geschafft, so kalt und empfindungslos waren die Hände und Füße geworden, mit denen sie den Aufstieg zu bewältigen hatten. Man musste an den Ästen der Palastfichte wieder hochklettern, um ins Freie zu kommen, eine Anstrengung, die man immer wieder aufschob, wenn man so richtig ins Spielen gekommen war, und dann nur noch mit Mühe schaffte. Die meterdicken Außenmauern der Schneewechten am Boden zu durchgraben, wäre unmöglich gewesen. Was, wenn sich jemand ein Bein gebrochen hätte beim Herabrutschen? Oder einen Kreuzbandriss zugezogen?

Theo schüttelte den Kopf. Er langte nach dem Flachmann, den Andreas griffbereit in den Schnee gelegt hatte, und genehmigte sich einen kräftigen Schluck. Es *nägelt,* so hatten sie das genannt. Gemeint war damit das Gefühl, das sich einstellte, wenn das Blut in den Händen wieder zu fließen begann – dann, wenn man in der Wanne von der Mutter warm abgebraust wurde. Ja, ja, eine Badewanne gab es im Fichtelberghaus schon seit 1910! Die Mutter hatte es sich zur Angewohnheit gemacht, die Knaben samt Kleidung in die Badewanne zu stellen, weil die selbst gestrickten Wollsachen mit Schneebällchen und Eisklümpchen durchsetzt waren, wenn man wieder einen Nachmittag draußen verbracht hatte. Draußen, wo es *pfaarisch kalt,* war, wie die Erzgebirger das nannten. Wenn's pfaarisch kalt war, blieben solche wie dieser Andreas drinnen in der warmen Stube, flohen Eis und Schneetreiben, lernten in ihren Büchern oder lasen. Oder *hutzten* mit den anderen, quatschten mit Freunden; Fernsehen gab es damals ja noch nicht. Von dem Leben auf dem Fichtelberg selbst hatten die Stubenhocker keine Ahnung. Und vom Schneepalast auch nicht, der war das bestgehütete Geheimnis der ganzen Schule. Theo, der Schneekönig, wollte das so – zu niemandem ein Sterbenswörtchen, hatte er seinen Brüdern befohlen. Und die hielten sich daran. Nur Greta war eine Ausnahme gewesen, die Sechsjährige des Waldarbeiters aus Böhmen, der seinem Pflegevater zuarbeitete.

Theo spürte, dass seine Gedanken sich jetzt in eine gefährliche Region zu bewegen begannen. Er wehrte sie ab; nicht jetzt. Jetzt sollte die Rettungsmannschaft mit dem Ackja oder der Schneekatze zumindest schon an der Bergstation sein. Er wurde ungeduldig, wo blieb Andreas so lange? Die Schmerzen waren erträglich, doch ihm wurde langsam kalt. Er nahm noch einen Schluck. Als er den Flachmann wieder absetzte, sich über die Lippen fuhr und ihn zuschraubte, sah er die ersten Flocken herantänzeln. Jetzt würde es auch noch zu schneien beginnen, lange konnte er hier nicht mehr bleiben. Vielleicht sollte er doch rufen? Was, wenn Andreas selbst gestürzt war? Nein, das war doch zu unwahrscheinlich; er wollte sich auch nicht lächerlich machen vor all den Skifahrern, die da am Hang ihren Spaß hatten. Er rief nicht, er wartete. Das Jungvolk von heute: kannte nur Discos, DVDs und TV, zappte sich zu Tode, lebte nur aus zweiter Hand. Eine Jugend wie diejenige, die er gehabt hatte, war heute nicht mehr denkbar. Man redete zwar über die Natur, aber man kannte sie nicht. In Drei- oder seinetwegen Viersternehotels war man zu Hause, aber was ein Wald war, sommers eine grüne Hölle, winters eine weiße, davon hatte man keinen Schimmer.

Auf Greta hatte der Schneekönig ein Auge geworfen, und nicht nur er. Andreas auch. Und Zwack, der Krauskopf. Aber die hatten das Mädchen nur stumm angestiert auf dem Pausenhof, er hingegen hatte es entführen lassen. Diese Macht besaß nur der Schneekönig, keiner sonst. Gekidnappt würde man heute sagen, Gott ja, Kids waren sie gewesen. Kinder, die spielten, Kinder, die nichts Böses im Sinn hatten. Wie hätte er denn wissen sollen, dass … nein, nicht daran denken. Es war gut gewesen, dass Greta, die jahrzehntelang durch seine Träume gegeistert war, endlich verschwunden war in der Mitte des Lebens. Aufgetaucht war sie erst wieder, als Rita geboren worden war, ähnlich blond wie Greta, aber viel gesprächiger. Seither dachte er wieder gelegentlich an sie, die schweigsame Kleine aus Böhmen, die zu ihnen gekommen war und die sich immer vor den großen Buben versteckt hatte.

Greta also. Jetzt war es sowieso egal. Die Flocken begannen, dichter zu fallen. Seine Mütze musste schon weiß sein, seine blaue Anorakbrust verschwand unter dem Schnee, sein böses Knie auch, der einzige Punkt an seinem Körper, in dem es heiß war. Andreas! Wo blieb der Bursche nur? Früher hatte sich Oberwiesenthal das sächsische Sankt Moritz genannt, da konnte es doch nicht sein, dass die Rettung so lange brauchte, bis sie einen Verletzten barg. Das kam doch sicher alle Tage vor ... bei den Menschenmengen, die sich bei schönem Wetter auf den Pisten tummelten, seit die neuen Lifte gebaut worden waren. Er dachte an Harry Olsen, den Norweger, der Ende des letzten, nein, des vorletzten Jahrhunderts hier gewesen sein sollte mit seinen Riesenskiern und die Jugend im Tal erst auf den Geschmack gebracht hatte. Und an Fleischmann, den Sohn des Fichtelbergwirts, der 1890 dann ernsthaft damit angefangen hatte, das am Sächsischen Nordpol zu treiben, was heute Wintersport hieß. Und an den Inder, der nach dem Zweiten Weltkrieg hier erfroren sein sollte. Palastgespräche unter Jungen, wenn alle Gräben gegraben waren und man sich beim Schein der Lampe, oder um Batterien zu sparen, im diffusen Licht, das durch den Ausstieg fiel, wispernd unterhalten hatte. Er nahm noch einen Schluck – ja, wenn sie damals Alkohol gehabt hätten! Aber nein, dafür waren sie noch viel zu jung, das war erst später gekommen.

Greta, flüsterten die Zweige um ihn herum, Greta. Greta also – Bor und Hannes hatten sie aus dem Schuppen, wo sie nach den Hühnern zu sehen hatte, geraubt, ihr die Augen verbunden und sie auf Skiern zur Schlosslichtung geführt, dann hinaufbugsiert und ihr erst zum Herabklettern die Binde abgenommen. Der Schneekönig hatte im Palast gesessen und gewartet, dass sie ihm die Beute brachten. Die Beute war unter kleinen spitzen Schreien am Baumstamm herabgeplumpst und hatte sich staunend umgesehen. Theos Erinnerung war da ganz scharf, war es immer gewesen: Ihre dunklen Augen hatten sich geweitet, die Mütze hatte ihre feinen Augenbrauen zusammengedrückt, ein Finger war ihr in den Mund geschlüpft.

»Schööööön«, hatte sie andächtig gesagt.

Er hatte mit großer Geste auf seine Krönungshalle gewiesen, die Nadeln hatten wie ein Feuerwerk gefunkelt.

»Willst du mehr sehen?«

Zusammen waren die beiden durch die Tunnel gekrochen und hatten die Nachbarhalle betreten. Sie hatten sich aufgerichtet, die Wände zeigten von innen eine Tapete aus herabgebogenen Fichtenzweigen und filigranen rotgrauen Nadeln. Ein wenig ähnelte es einem hohen Zeltpavillon.

»Schön«, hatte sie wieder gesagt. Er hatte ihre Hand genommen: »Du fürchtest dich auch nicht?«

Sie hatte so energisch den Kopf geschüttelt, dass ihre blonden Zöpfe hin- und herflogen.

»Weiter?«

Sie waren in den Aufenthaltsraum der Diener geschlüpft, dorthin, wo seine Brüder eine Blechdose mit Haselnüssen aufbewahrten. Er bot ihr eine an, aber sie war so steif gefroren, dass man sie nicht essen konnte. Also taten sie so als ob, und es mundete köstlich.

»Mein Reich«, verkündete er mit tiefer Stimme, »mein Palast, meine Speisen, meine Kronleuchter, meine Diener. Wenn du meine Prinzessin sein willst, soll dies alles auch dir gehören.«

»Und was muss ich dafür tun?«, fragte sie. Sie wusste offenbar damals schon, dass es im Leben nichts umsonst gab.

»Einen Schwur leisten, nein zwei. Erstens, niemandem davon erzählen. Es ist unser Geheimnis. Und zweitens, niemals allein hierher kommen. Nur mit uns. Schwörst du das beim Leben des Jesuskindes?«

Brav hob sie zwei Finger. Sie schwor. Sie war seine Prinzessin. Alles war gut. Die Operation geglückt.

Er fühlte ein Triumphgefühl in sich aufwallen.

»Schau hier«, sagte er und deutete auf eine dunkle Höhlung, »hier werden wir dein Prinzessinnengemach errichten, morgen.«

Sie spähte in die Ecke, die er ihr wies.

Eigentlich hatte er Ke-me-na-te sagen wollen, ein Wort, das kürzlich sein Vater gebraucht hatte und das er abends im Bett mehrmals wiederholt hatte, aber das hätte sie nicht verstanden.

»Zurück«, sagte er barsch, »wir wollen neben meinem Thronsessel einen zweiten bauen.«

Sie gehorchte.

Sie bauten. Oder vielmehr, die Diener gruben Schnee ab und schafften ihn herbei, Prinzessin und König strichen ihn glatt. Dann setzten sie sich und spielten Befehle erteilen, Greta zaghaft, Theo unduldsamer als sonst, weil er Eindruck schinden wollte. Das war es gewesen, ein wunderbarer Nachmittag im Eispalast, den er nie vergessen würde.

Am nächsten Morgen in der Schule hatten Andreas und Robert sehr schnell eine Ahnung davon, dass ihre Herzensdame ihren Meister erwählt hatte. Sie wich kaum von Theos Seite und verschwand nur widerwillig in ihrem Klassenzimmer der Kleinen, als die Pause zu Ende war. Das Türmchen auf dem Dach des Schulgebäudes kündete von anderen, höheren Beziehungen, das hatte Theo damals stolz gedacht, das wusste er noch.

Das war der Anfang eines Wintertags, der schrecklich enden sollte. An diesem Nachmittag bekamen sie keinen Ausgang, der Wind blies heftig, man sprach davon, dass es arktisch kalt werde, der Vater hatte das im Urin. Er befahl den Jungen, im Haus zu bleiben, und so sägten sie am Sperrholz für die neue Pyramide, die sie der Mutter zu Weihnachten basteln wollten – mit einer klitzekleinen Nachbildung des Fichtelberghauses und den Familienmitgliedern als Personal. Erst als zum Nachtmahl aufgetischt wurde, hatte die Familie des Waldarbeiters bemerkt, dass Greta fehlte. Die Fichtelberghausleute hatten geglaubt, sie sei bei ihren Eltern, um mit dem Strickliesel zu arbeiten, Gretas Eltern ihrerseits hatten gedacht, sie helfe beim Weihnachtsbasteln. Alle wurden dick eingepackt und man lief hinaus, um sie zu suchen. Erregung lag in der Luft – so empfanden es die Kinder, große Sorge – die Erwachsenen.

»Greta, Greeeta«, riefen sie ums Haus, fuchtelten mit Fackeln und Taschenlampen herum und suchten und suchten.

Nichts.

Keine Greta, nur der unaufhörliche Wind. Schließlich eilte Theos Vater zum Telefon, um den Bergrettungsdienst zu alarmieren, Gretas Vater wollte weitersuchen. Der Bergrettungsdienst! Später wurde er in Bergunfalldienst umgetauft, weil seine Abkürzung BRD gelautet hatte, was politisch nicht gewünscht war. Die DDR – Theo war auch jetzt noch froh, dass er rechtzeitig in den Westen gegangen war. Es war so kalt gewesen, pfaarisch kalt, dass kein Kind draußen die Nacht überstehen konnte. Die zurückgebliebenen Kinder wurden ins Haus geholt und peinlich befragt. Wussten Theo und Bor und Hannes denn nicht, wo das Mädchen sein konnte?

Im Wald?

An der Rodelstelle?

Gab es ein geheimes Versteck?

»Im Schneepalast?«, schlug Theos Mutter schließlich vor. Die Buben zuckten zusammen und sahen Theo ängstlich an. Keiner hatte das Wort Schneepalast je im Haus in den Mund genommen. Theo funkelte böse zurück. »Greta weiß nichts davon«, sagte er bestimmt.

»Sie könnte ihn von allein gefunden haben«, sagte Gretas Mutter langsam, »wo ist dieser Palast denn?«

Nun half es nichts, das Geheimnis war entdeckt. Widerstrebend schnallte Theo unter dem Hoflicht die Skier an und brachte die beiden Frauen und Gretas Vater zur Schlosslichtung. Die Palastmauer sah in der Nacht ganz fremd aus, geradezu unheimlich und riesig und nicht von dieser Welt. Weiß und starr und turmhoch wuchs sie im Mondlicht empor wie ein Spuk. Sprachlos sahen die Erwachsenen zu, wie Theo sich vorsichtig in Kehren in die

Höhe schraubte, die Skier vom Fuß löste und verschwand. Kein zweites Paar Skier stand hier – Greta *konnte* gar nicht da sein.

»Nicht folgen«, rief er, als seine Füße den ersten Ast gefunden hatten, »alles bricht zusammen, wenn ein Erwachsener drauftritt!«

Er hörte noch, wie sie sich erregt berieten, als er auch schon hinuntersauste, die Zweige waren eisglatt und er war aufgeregt.

Unten war es totenstill wie immer. Keine Greta. Ihn überraschte das nicht, sie hatte ja geschworen. Aber um seine Pflicht zu tun, leuchtete er den Thronsaal ab, die Nachbarhalle und schließlich das Dienstzimmer seiner Untertanen. Kein Geräusch, niemand war da. Er war unendlich erleichtert, als er wieder nach oben kam. Er hatte es doch gewusst!

Zurück am Fichtelberghaus erwartete sie schon ein Trupp von Männern und Kindern, auch Andreas war darunter. Die Suche begann. Mehr oder weniger systematisch wurde um den Gipfel des Fichtelbergs herum gesucht, auch einen Hund hatten sie dabei.

Andreas stellte ihn bei dem Baum, in den im letzten Jahr der Blitz eingeschlagen hatte.

»Du hast etwas mit ihr gemacht«, sagte er herausfordernd, »das weiß ich doch.«

»Nichts weißt du«, sagte Theo.

»Doch«, sagte Andreas, »du bist *fei net nur huunacket*, du bist gemein.« Ersteres hieß so viel wie hinterlistig. Theo sprang ihm an die Gurgel. Der Kampf war schnell vorbei, die Knaben waren zu erschöpft, die Situation zu ernst, um lange zu kabbeln. An den Rest der Nacht hatte er wenig Erinnerung, er war hundemüde und wurde schließlich heimgeschickt. Gefunden wurde Greta nicht.

Theo war auch jetzt todmüde. Der Schnaps und die Aufregung, der sanft fallende Schnee und die Angst waren einfach zu viel für ihn. Ob er würde wach bleiben können, bis die Helfer kamen? Oder doch noch rufen sollte? Diesmal tat er es, aber seine Stimme krächzte nur und ihm war klar, dass sie nicht weit tragen konnte. Ja, wenn es Wind gegeben hätte … aber stattdessen schneite es jetzt heftiger, große wolkige Flockenstücke und zusammengeklebte Schneelappen. Er gab es schnell auf, es brachte nichts. Wenn er wenigstens sein Handy bei sich gehabt hätte …

Damals hatte es noch keine Handys gegeben, natürlich nicht. Erst nach Tagen hatte man Greta gefunden, ein kleines erfrorenes Häufchen im Schnee. Es war wärmer geworden, um den Schneepalast herum waren zuerst durchsichtige Eiszapfen gewachsen, in denen das Sonnenlicht sich funkelnd brach, und dann hatte Tauwetter eingesetzt und die Schneewechte war ins Rutschen geraten. Hatte einen großen Spalt geöffnet und darin hatte Bor das Mädchen gefunden, die Hände um die Knie gelegt, die Augen geschlossen. Sie musste in der Prinzessinnenkammer gegraben, sich ausgeruht haben und dann vor Erschöpfung eingeschlafen sein. Und – sie musste ohne Skier den Steilhang der Wechte hinaufgekommen sein. An diesem Gedankenknochen hatte Theo tagelang genagt, so lange, bis ihm plötzlich zu Bewusstsein gekommen war, dass er sich damit nur ablenken wollte von dem Eigentlichen: warum er nicht in die Kemenate geleuchtet hatte.

Das Erfrieren im Schlaf sollte gar nicht so schlimm sein, hatte Theo gehört, ob es wahr war? Er hatte oft darüber nachgedacht, aber nie einen Arzt zurate gezogen, eine eigentümliche Scheu hatte ihn davon abgehalten. Er glaubte, dass es eine Sache des Willens war – wem es gelang, den ohnmachtsähnlichen Schlaf zu bekämpfen, der konnte sich bewegen, konnte dafür sorgen, dass das Blut in den Adern der weniger lebensnotwendigen Körperteile sich nicht zurückzog in die inneren Organe … konnte Blut tatsächlich stocken? Er wusste es nicht. Was er wusste war nur, dass es schmerzhaft nägelte, wenn man wieder auftaute.

Niemand machte Theo Vorwürfe. Die Prinzessinnenkammer war etliche Fichten entfernt vom oberirdischen Schneepalast und niemand außer Greta und ihm hatte gewusst, dass es sie überhaupt gegeben hatte. Aber er wusste es. Und er wusste auch, dass er einen entscheidenden Fehler gemacht hatte. Warum? Warum tun Kinder dies und nicht das? Ebenso gut hätte man seine Pflegemutter zur Verantwortung ziehen können, die doch über den Schneepalast Bescheid gewusst hatte und dem Spielspaß ihrer Jungen zuliebe geschwiegen hatte. Sie hatte das Risiko, das dem Leben unter meterhohen Schneebergen innewohnte, einschätzen können und es getragen. Wie hätte er, der achtjährige Theo, anders entscheiden sollen? Aber nach einem Jahr wurde er zu einer anderen Pflegefamilie gegeben. Komisch, er hatte nie gedacht, dass es vielleicht deswegen gewesen war. Er war schon wieder dabei, sich zu verteidigen, so wie er es wohl auch noch tun würde, wenn er vor seinen letzten Richter trat. Ach, schlummern können jetzt und nicht mehr denken … sich einfach hingeben dem Weißen, das ihn jetzt fast gänzlich bedeckte. Des Winters ewiges Leintuch …

Er war Greta ganz nah, das fühlte er. Sie schwang ihre Zöpfe. Sie steckte ihren Finger in den Mund. Sie schwor.

Als er das nächste Mal die Augen aufschlug, schneite es nicht mehr. Es war Nacht. Das eisige Mondlicht fiel zwischen den schneebedeckten Fichtenzweigen auf ihn herab, schlug Schatten in seinen Fichtelberg. Da wusste er, dass Andreas gewonnen hatte. Er würde nicht zurückkommen und ihn holen. Theo schloss die Augen wieder. Greta hatte es leichter gehabt, damals, damals war es wahrlich pfaarisch kalt gewesen, aber bei ihm würde es dauern … die Winter waren eben nicht mehr die Winter von früher, nein, wirklich nicht.

ETHEL SCHEFFLER
PHANTOM DER OPER

»Kommst du nun endlich!«, rief Robert die Treppe hinauf in Richtung von Monikas Zimmer. »Dass Frauen nie pünktlich fertig sind«, murrte er etwas leiser und nahm wartend in dem Sessel im Eingangsbereich Platz. Eigens zu diesem Zweck hatte er ihn sich in die Diele gestellt. Er wäre lieber zu Hause geblieben. Doch Monika hatte ihm anlässlich seiner Beförderung zum Chefarzt etwas Besonderes versprochen – den Leipziger Opernball. Mit ihren Vorbereitungen auf dieses gesellschaftliche Ereignis strapazierte sie allerdings seine Nerven. Der Gedanke an ein rauschendes Bankett mit einem Drei-Gänge-Menü vom Feinsten, Unterhaltung und Tanz elektrisierten Monika regelrecht. Sie erzählte jedem, auch ungefragt, dass sie nicht nur zum Vergnügen dort hingehen würden. Es sei schließlich eine Benefizveranstaltung. Sie hätten eine Aufgabe zu erfüllen.

Bereits Wochen vorher war Monika durch die Kaufhäuser und Boutiquen gehastet, unschlüssig sich zu entscheiden, was sie denn anziehen sollte. Schließlich wollte sie unter den fast 2.000 prominenten Gästen aus Wirtschaft, Kultur und Sport sowie Film und TV nicht wie Alma Mumsickel aussehen.

»Jetzt gehören wir schließlich dazu«, lag sie Robert ständig in den Ohren.

Was bedeutete das schon? Er dachte an die Probleme auf seiner Station.

Das Klappen der Tür riss Robert aus seinen Gedanken. Monika rauschte in einem enganliegenden Seidenkleid die Treppe herunter, funkelte und strahlte wie ein Blautopas. Der bezaubernde Anblick seiner Frau verscheuchte die sorgenvollen Gedanken.

Ganz Gentleman, öffnete er ihr die Tür und der Taxifahrer beendete rasch seine unfreiwillige Pause. Monikas Augen glänzten, als sich das Auto dem Augustusplatz näherte. Laserstrahlen tauchten die Oper in zarte Pastelltöne. Majestätisch und festlich zugleich hob sich das im klassizistischen Stil errichtete Gebäude von den umliegenden ab.

Mit einem roten Teppich und gleißendem Scheinwerferlicht empfing das Opernhaus gebührend seine Gäste.

»Das ist hier wie in Hollywood«, hauchte Monika beeindruckt und begutachtete die anderen Abendkleider.

»Ich denke, Leipzig wird als Klein-Paris bezeichnet?« Robert musste über Monika lächeln. Sie folgten ganz einfach den Gästen, die schon in das Hauptfoyer strömten.

Riesige Kronleuchter, deren Form Tausende von Blüten nachahmte, hingen an der Decke wie kristallene Blumensträuße und verbreiteten ein angenehmes, feierliches Licht. Über eine der zwei geschwungenen Haupttreppen gelangten sie in das Parkett. Eingehüllt in mehr oder weniger zarte Düfte flanierten die Damen zu den festlich eingedeckten Tafeln. Die an den Rückenlehnen angebrachten cremefarbenen Schleifen gaben dem würdevollen Rahmen etwas Beschwingtes, so als wirke die Leichtigkeit des Sommers nach.

Monika warf ihre blonden Locken in den Nacken und genoss die bewundernden Blicke einiger Herren auf dem Weg zu ihrem Platz. In bester Laune neigte sie sich mit einem Sektglas zu Robert und flüsterte: »Auf einen schönen Abend. Wir wollen heute richtig feiern. Du hast ja sonst immer so wenig Zeit für mich.«

Robert runzelte die Stirn. Was sollte das jetzt? Schließlich legte er sich krumm für sie und seine kleine Tochter Marie. Das Haus konnte ja nicht groß genug sein, und sein alter Opel hätte ihn auch noch eine Weile zum Dienst gefahren. Die Gläser gaben einen feinen Klang. Aber Robert war verstimmt.

Während alle dem Opernchor bei der feierlichen Eröffnung lauschten, schweiften Roberts Gedanken zu Helen. Seine erste Frau hatte ihm nie Vorwürfe gemacht oder Ansprüche gestellt. Das Leben mit ihr und seinem Sohn Martin war so leicht. Bis zu jenem Tag. Bitterkeit stieg in ihm auf. Das war nun alles gut fünf Jahre her und eigentlich müsste Robert glücklich sein. Nach Helens Weggang fand er in dieser bezaubernden Messestadt einen neuen Anfang und hatte Karriere gemacht.

»Robert, wo bist du mit deinen Gedanken? An was zum Teufel denkst du an so einem Abend?« Monika zog einen Schmollmund und schmachtete ihn an. Verlegen rückte er seine perfekt sitzende Brille zurecht. Wegen diesem Blick hatte er ihr so manchen teuren Schuh- oder Taschenkauf verziehen. Er legte den Arm um ihre Schulter. Sie hatte ja recht. Jeder amüsierte sich, nur er hing der Vergangenheit nach. Er gab sich einen Ruck. Nach dem vorzüglichen Essen führte er sie zur Bar und schwebte eng umschlungen mit ihr über die Tanzfläche.

»Jetzt brauche ich etwas Kühles«, lächelte Monika ihren Gatten verführerisch an. Vorbei an aufgestellten Bühnendekorationen schritten sie erneut zur Bar.

»Robert?« Mit dunkler Stimme rief jemand den frischgebackenen Chefarzt. Der Angesprochene drehte sich um und erkannte Christian aus seiner alten Heimatstadt Marburg. Dieser stürzte mit ausgebreiteten Armen auf Robert zu, der eher verblüfft als freudig überrascht zu sein schien. Er machte seinen früheren Freund mit Monika bekannt. Sie musterte ihn eingehend und hoffte, dass dieser Bierbauchträger in Nadelstreifen sich bald wieder verabschieden möge.

»Ich bin mit zwei Geschäftspartnerinnen in Leipzig. Wir fahren in zwei Tagen zurück. Wollen wir uns mal treffen und über die alten Zeiten plaudern?«

»Ich habe kaum Zeit. Im Moment ist es schwierig. Aber ich bin im Rahmen eines Ärztekongresses nächste Woche in Marburg. Vielleicht rufe ich dich an, wenn es zeitlich passt.«

»Alles klar. Du, ich muss. Gerade Geschäftspartnerinnen sollte man nicht so lang allein lassen.« Er verabschiedete sich und klopfte Robert vertraut auf die Schulter.

Robert und Monika setzten ihren Weg zur Bar fort.

»Von ihm hast du mir noch gar nichts gesagt«, empörte sie sich.

»Das hätte ich schon noch.« Er bestellte zwei Manhattan, als der Barkeeper gerade in seine Richtung schaute. Robert griff nach den Drinks und gab ihr ein Glas. »Du siehst wunderschön aus in diesem Kleid«, flüsterte er ihr ins Ohr und legte einen Arm um ihre Taille. Vorhin hätte sie sich noch gefreut über dieses Kompliment. Jetzt ließ sie sich davon nicht ablenken.

»Soll ich dich begleiten? Deine Mutter freut sich bestimmt, Marie wieder einmal zu sehen.«

»Das ist nicht nötig. Es sind nur drei Tage. Ich halte meine Fachvorträge und komme am dritten Tag zurück. Meine Eltern sind noch im Italienurlaub. Hast du das vergessen?« Robert bestellte sich noch ein Glas. Er konnte ihr nicht sagen, dass er die Gelegenheit nutzen wollte, um das Grab von seinem Sohn Martin zu besuchen. Ihn zernagte fast die Sehnsucht, einfach mal allein eine Stunde bei ihm zu sitzen. Mit Monika ging dies nicht. Sie reagierte darauf immer sehr abweisend. Die Wunden müssten doch nun mal verheilt sein, meinte sie erst kürzlich. Außerdem hätte er jetzt seine kleine Marie. Vielleicht wäre Robert eher darüber hinweggekommen, wenn damals der Fahrer des roten Golfs gefunden worden wäre. Dies und der Schmerz über den Verlust ließen die Beziehung zu Helen scheitern. Aber er dachte oft an sie. Immer wenn es Streit mit Monika gab.

»Ich könnte Marie bei meinen Eltern unterbringen, dann hätten wir die Abende für uns«, riss sie Robert aus seinen Gedanken. Sie musste einen Weg finden, damit er nicht allein fahren würde. Immer, wenn sie seine Eltern in Marburg besuchten, ließ sie ihn keinen Augenblick aus den Augen.

Robert wunderte sich, wie sie um diese drei Tage rang. Sonst war sie nie begeistert, wenn es um einen Besuch in Marburg ging. »Das ist toll, Schatz, dass du mich so liebst, dass du keine Nacht ohne mich sein willst. Aber ich fahre diesmal definitiv allein.«

Die Wut stieg in Monika hoch. Sie ließ sich jedoch nichts anmerken, lächelte ihm zu und stellte das leere Glas zurück. Sie setzten sich wieder an ihren Tisch. Monika hatte plötzlich keinen Blick mehr für ihre Tischnachbarn. Robert war froh, dass er wieder sitzen konnte. Tanzen gehörte nicht zu seinen Stärken. Er wunderte sich, dass Monikas Heiterkeit verflogen war, wie bei einem Kind, das sein Eis nicht bekam. Vielleicht ist sie bloß zu viel allein, dachte Robert. Nur mit dem Kind, so ohne Arbeit und Haushalt, da konzentriert sie sich bestimmt zu sehr auf mich. »Es ist schön, dass du an meine Mutter denkst«, nahm er das Gespräch wieder auf. »Ich werde meine Eltern morgen anrufen, dass sie gleich nach dem Urlaub zu uns kommen. Die Gästezimmer sind jetzt eingerichtet. Sie könnten eine Weile bei uns bleiben.«

Robert hoffte auf ihre Zustimmung.

»Tolle Idee!«, heuchelte Monika. Sie begriff, dass sie im Moment nichts ändern konnte. Erleichtert ließ er den Rest aus der Flasche in ihr Sektglas sprudeln. »Da müssen wir noch eine Flasche ›Rotkäppchen‹ bestellen«, schwenkte er die Flasche und winkte, nicht mehr ganz nüchtern, nach der Bedienung.

»Prima, ich gehe noch ein paar Lose kaufen. Die Preise sind zu verlockend.« Sie stupste ihn mit dem Zeigefinger auf die Nase und erhob sich.

Er blickte auf die Uhr. Durch seine Nachtdienste auf Station war er solche Zeiten gewöhnt.

Ein Trommelwirbel kündete die Verlosung der Tombolapreise an. Alle strömten ins Foyer. Wo Monika nur blieb? Robert stand auf und ging in das Untergeschoss zu den Toiletten. Jetzt, wo alle auf den Hauptgewinner warteten, würde dort kein Andrang mehr sein. Kunstvoll aufgebaut standen auch hier Bühnendekorationen und Blumengestecke in den Gängen.

Ach, vielleicht müssten wir öfter ins Theater oder in die Oper gehen. Immer nur arbeiten, das hält doch kein Mensch auf Dauer aus. Monika würde das bestimmt gef…

Robert konnte nicht mehr zu Ende denken.

Der Schlag traf ihn hart und unerwartet. Er sackte leblos zusammen.

Monika verstand die Aufregung nicht, die plötzlich unter den Anwesenden im Foyer herrschte. Sie hielt noch ein Los in der Hand. Ihre Neugier war stärker. Sie raffte leicht ihr Kleid und folgte trippelnd der Menge zum seitlichen Bühneneingang.

Mühsam hielt die Polizei den Weg für den Notarzt frei.

Sie streckte sich, um einen Blick auf die Krankentrage zu erhaschen. Ihr Antlitz wurde kreidebleich. Roberts Kopf blutete heftig und die Augen waren geschlossen. Lebte er noch? Monika kam an der Menge nicht vorbei. Sie sah von Weitem, wie sie ihn in den Wagen schoben und mit Blaulicht davonfuhren.

Hauptkommissar Reber schlug mit der Faust auf die Akten. Dieser Morgen konnte kein guter mehr werden. Er kam in diesem Fall einfach nicht weiter. Die Kollegen machten schon ihre Witze: Er jage das ›Phantom der Oper‹. Reber kratzte genervt seinen Hinterkopf. Überall schien es zu kribbeln und zu jucken. Er überlegte angestrengt. Hatte er irgendetwas übersehen? Ihm war es unerklärlich, dass jemand versuchte, einen Arzt auf einem Opernball zu ermorden.

Der Anschlag wäre um ein Haar geglückt. Jetzt ließ er den Doktor im Einzelzimmer rund um die Uhr bewachen. Drei Tage lag er im Koma, bevor er wieder zu sich kam. Er würde wieder ganz gesund werden. Leider konnte er sich bis jetzt an nichts erinnern.

Alle Ermittlungen blieben bis jetzt erfolglos. Die Befragung der Ehefrau Monika Weidner ergab keinerlei Hinweise. Er glaubte ihr, dass sie, als es passierte, im Foyer stand und die Verlosung der Tombola in der Hoffnung auf den Hauptgewinn verfolgte. Weinend wie ein Schlosshund hatte sie vor ihm gesessen und gefragt, wer einem Arzt so etwas antue, der doch den ganzen Tag sein Bestes gebe, um Menschen wieder gesund zu machen. Vorteile von seinem Tod hätte sie nicht gehabt. Im Gegenteil. Das Haus musste noch abbezahlt werden. Die Lebensversicherung hätte das nicht abgedeckt. Außerdem galt die Ehe als glücklich. Auf seiner Station war der Chefarzt nicht nur bei den Schwestern beliebt. Die Patienten lobten ihn, weil er ihnen die bevorstehenden Operationen und ihre Risiken mit einfachen Worten erklären konnte. Sein Können, auch bei schwierigen Operationen, war geschätzt. Seit Langem wusste jeder Kollege, dass er als Chefarzt nachrücken sollte. Da hätte ein sich übergangen gefühlter Kollege andere Gelegenheiten nutzen können.

Von den Gästen hatten viele das Weite gesucht, weil sie einer Befragung ausweichen wollten. Einige waren vorher schon gegangen und der Großteil war, vorsichtig ausgedrückt, doch recht angeheitert gewesen. Sie hatten nichts bemerkt. Das brachte alles nichts.

Reber blätterte und blätterte in seinen Notizen. Nein, er hatte nichts übersehen. Auf der neben dem Arzt gefundenen schweren Dekokugel waren keine Fingerabdrücke entdeckt worden. Der Täter hatte die günstige Situation ausgenutzt, dass alle, fast alle, die Ziehung der Hauptgewinne verfolgt hatten. Der hochflorige Teppich hatte es dem Täter leicht gemacht, dem Arzt nachzuschleichen. Dabei musste er die Dekorationen als Deckung genutzt haben.

Außerdem war der Arzt auch nicht mehr ganz nüchtern, deshalb war sein Reaktionsvermögen stark eingeschränkt gewesen. Der Schlag hatte gesessen. Sofort bewusstlos zusammengesackt, wirkte er, als sei er tot.

Reber blickte auf die Uhr. Kurz vor Mittag. Morgen wurde der Doktor entlassen. Er wollte ihn noch einmal sprechen. Vielleicht war ihm doch etwas eingefallen. Sollte dieses Gespräch auch nichts Neues ans Tageslicht bringen, würde er sich schweren Herzens entschließen müssen, die Akte beiseite zu legen.

Es regnete in Strömen, als Reber zu seinem Auto lief. Er dachte nur an den Fall und verpasste um ein Haar die Einfahrt zur Uniklinik. Fluchend suchte er einen Parkplatz. Dreimal fuhr er um das Karree, ohne Erfolg. Genervt stellte er den Wagen auf einem der freien Behindertenparkplätze vor dem Eingang ab. Im Eingangsbereich schüttelte er sich die Nässe ab. Die Schwester auf der Station lächelte dem Kommissar zu. Das wärmte ihm das Herz bei diesem Mistwetter.

Der Polizist saß gelangweilt vor der Tür. Er sprang auf und meldete, dass nichts passiert sei. Reber winkte freundlich ab. »Geh mal einen Kaffee trinken. Ich bin jetzt bei ihm.«

Reber traf den Arzt im Krankenzimmer an einem kleinen Tisch sitzend an. Im Jogginganzug las er in einem medizinischen Fachbuch. Dieser Mann flößte ihm Respekt ein.

»Na, Kommissar, gibt es neue Erkenntnisse?«, begrüßte er ihn.

Reber gab ihm die Hand und hielt sich nicht lange mit Vorreden auf. Er machte dem Arzt klar, dass er die Wache vor seiner Tür abziehen müsse, ja sogar die Akte schließen werde, wenn ihm nicht noch etwas eingefallen sei. Robert konnte ihm beim besten Willen nicht helfen und machte dem Kommissar auch keinen Vorwurf.

»Vielleicht war es ein ehemaliger Patient, dem Sie nicht so helfen konnten, wie er es erwartet hatte?«, versuchte Reber, dem Arzt auf die Sprünge zu helfen.

»Ich weiß es nicht. Wir Ärzte sind auch nur Menschen und keine Halbgötter in Weiß. Auch wenn sich einige so benehmen.«

»Sie werden mir immer sympathischer, Herr Doktor. Bedenken Sie jedoch, der Täter könnte es wieder versuchen.«

Robert stand auf und strich sich über seine kurzen schwarzen Haare, die an den Schläfen schon Grau zeigten.

»Danke für den Hinweis, Herr Kommissar.« Robert nahm die Brille ab und hauchte die Gläser an. »Keine Angst, ich werde in Zukunft immer aufpassen, damit ich weiß, wer hinter mir steht.« Er polierte die Gläser mit einem Tempotaschentuch und hielt sie anschließend prüfend gegen das Licht, bevor er sie aufsetzte.

»Also, Herr Doktor Weidner, achten Sie gut auf sich. Sollte Ihnen noch etwas einfallen, rufen Sie mich einfach an.«

Robert nickte. Er freute sich auf morgen, auf seine kleine Familie, auf zu Hause.

Monika hatte einfach eine Erholungsreise in die Schweiz für sie drei gebucht und ihn damit überrascht. Er brauche von all den Dingen Abstand.

Seit einer Woche arbeitete Robert wieder auf seiner Station. Der Alltag hatte den Arzt nach dem herrlichen Aufenthalt in den Schweizer Bergen wieder fest im Griff. Marie ging jetzt vormittags in den Kindergarten und Monika hatte mehr Zeit für sich. Robert riet ihr, vielleicht stundenweise wieder in ihrem Beruf zu arbeiten. Immerhin war sie Krankenschwester, als er sie kennen lernte. Er könnte das alles im Krankenhaus regeln. Da käme sie wieder auf andere Gedanken. Doch Monika zeigte wenig Interesse. Sie schob immer wieder das große Haus vor, welches sie zu unterhalten hätte. Außerdem wären da noch der Garten und die Wäsche und so weiter. Eine Haushälterin lehnte sie ab. Da wisse man nie so genau, wen man sich ins Haus hole. Wenn sie damit zufrieden war, sollte es Robert recht sein.

Noch kein Vierteljahr war es her, dass Kommissar Reber die Akte von dem Überfall auf den Chefarzt Dr. Robert Weidner geschlossen hatte. Jetzt besuchte er den Doktor auf seiner Station und ihm war nicht wohl in seiner Haut.

Die Stationsschwester bot ihm an, im Büro des Doktors zu warten.

Verlegen rutschte er auf dem Stuhl hin und her. Krampfhaft überlegte er, wie er diese Unglücksnachricht in Worte kleiden sollte. Schweißperlen traten ihm beim Anblick des Doktors auf die Stirn.

Robert spürte sofort, dass der Beamte nicht um seiner selbst willen auf ihn wartete. Er begrüßte ihn freundlich und setzte sich ihm gegenüber an den Besprechungstisch.

»Gibt es etwa neue Erkenntnisse in meinem Fall oder was haben Sie auf dem Herzen?«

»Ich habe ganz schlechte Nachrichten für Sie.« Reber stockte. Es fiel ihm nicht leicht, diesem tüchtigen Mann offen in sein markantes Gesicht zu blicken. »Ich muss Ihnen leider mitteilen, dass mit Ihrem Auto ein Unfall passiert ist.«

Reber sah, wie das Gesicht des Arztes die Farbe seines Kittels annahm. Doch er sagte kein Wort, sondern hing an den Lippen des Kommissars, denn das Gesagte konnte nur ein Teil der Nachricht sein.

»Es ist heute Vormittag passiert. Ihr Auto ist aus noch ungeklärter Ursache von der Landstraße abgekommen, prallte frontal an einen Baum und brannte anschließend aus.«

Robert hielt sich plötzlich an der Lehne fest. Seine Handknöchel wurden weiß. Er kämpfte um Haltung. In solchen Minuten hasste der Kommissar seinen Beruf. »Wir haben zwei verbrannte Frauenleichen geborgen. Eine wird Ihre Frau sein. Die andere ist bisher unbekannt. Sie hatte nichts bei sich.« Er ließ dem Doktor etwas Zeit. Dieser sprang auf, lief wortlos und kopfschüttelnd hin und her. Unvermittelt blieb er im Raum stehen, blickte dem Kommissar fest in die Augen. »Sind Sie sicher? Monika?«

Reber nickte nur. Es war, als bekäme der Arzt wieder einen Schlag auf den Kopf. Er sank kraftlos auf den Stuhl und hielt die Hände vor die Augen. Das war auch für einen Mann wie ihn zu viel. »Marie!«, durchzuckte es ihn plötzlich.

»Was ist mit Marie?«

»Ihre Schwiegermutter hat Marie vom Kindergarten abgeholt. Sie wird es ihr so schonend wie möglich sagen.« Wenigstens in diesem Punkt konnte er den Arzt beruhigen. »Wissen Sie, wohin Ihre Frau wollte und mit wem sie unterwegs war? Wer könnte die andere Frau sein?«

Robert antwortete ganz mechanisch: »Meine Frau hat mir heute früh nicht gesagt, was sie vorhatte oder mit wem sie verabredet ist. Es ist mir ein Rätsel.« Seine Stimme klang matt. Seine Unterlippe zitterte. Der Kommissar verabschiedete sich. Er ließ noch einen Kollegen kommen, der ihn nach Hause fahren sollte.

Es war Monika in dem Auto gewesen, wie der Kommissar richtig vermutet hatte. Wer die andere Frau am Lenkrad gewesen war, blieb ungeklärt. Auch was das Auto von der Fahrbahn abgebracht hatte, konnte nicht ermittelt werden. Irgendetwas musste die beiden so abgelenkt haben, dass sie nicht in der Lage waren, noch zu bremsen. Der Aufprall bei der hohen Geschwindigkeit ließ den beiden keine Chance.

Roberts Mutter war vorübergehend zu ihm gezogen. Marie brauchte viel Aufmerksamkeit, um zu vergessen. Er selbst schien um Jahrzehnte gealtert. Doch er stürzte sich in die Arbeit und sucht dort Halt und neue Kraft.

Einen Monat nach dem ganzen Unglück lag ein auf Termin zugestellter Brief mit dem Vermerk persönlich in der

Post. Er nahm ihn mit nach oben in sein Arbeitszimmer und setzte sich an den Schreibtisch. Jetzt, beim genaueren Hinsehen, wurde ihm mulmig. Es war lange her, aber er erkannte die kleine schnörkelige Schrift sofort. Das konnte nicht sein. Der Brief war von seiner ersten Frau: Helen! Gute Helen! Hastig riss er den Brief auf und konnte kaum glauben, was er las:

Liebster Robert,

wenn Du diese Zeilen liest, weile ich nicht mehr unter den Lebenden. Ich bin schwerkrank. Die Ärzte gaben mir noch ein Jahr. Du als Arzt weißt, was das bedeutet.

Robert ließ den Brief sinken. *Arme Helen, wenn ich nur etwas gewusst hätte*. Tieftraurig las er weiter:

Ich möchte Dir danken für die glücklichste Zeit in meinem Leben. Als unser Sohn Martin geboren wurde, schien das Glück keine Grenzen zu kennen. Bis zu jenem Unglückstag.

Verzeih mir, dass ich Dich damals mit dem ganzen Schmerz alleingelassen habe. Aber ich konnte nicht anders. Später erfuhr ich, dass Du wieder geheiratet hast und eine kleine Tochter hast. Ich freute mich so für Dich.

Die Arbeit gab mir Halt und lenkte mich ab. Doch eines konnte ich nie verwinden: dass der Fahrer des roten Golfs ungestraft davonkam. Vielleicht hätte unser Sohn überlebt, wenn der Fahrer nicht geflohen wäre und Hilfe geholt hätte. Du weißt, ganz ausgeschlossen hatten es die Ärzte damals nicht.

Die Buchstaben verschwammen vor seinen Augen. Er holte tief Luft.

Ich arbeite in einer Hausverwaltung. Wohnungsräumungen sind immer unangenehm. Vor einem halben Jahr war ich bei der Räumung einer Wohnung anwesend, deren Mieter wegen jahrelangem Alkoholgenuss verstorben war. Irgendwann versagt auch die beste Leber. Ich machte mich aufs Schlimmste gefasst. Nicht der vermüllte Zustand der Wohnung versetzte mir einen Schock, sondern ein halb verdecktes Bild auf einem Regal. Zwischen den verstaubten Bierdosen, anrüchigen Zeitschriften und leeren Zigarettenschachteln hätte ich es fast übersehen.

Eine junge Frau stand in aufreizender Pose vor einem roten Golf mit Leipziger Kennzeichen, welches leider nicht vollständig zu erkennen war. Ich muss wohl minutenlang auf das Bild gestarrt haben, bis ich in der Lage war, wieder einen klaren Gedanken zu fassen. Eine dunkle Ahnung stieg in mir auf. Nach einem roten Golf mit einem Leipziger Kennzeichen hatte niemand gefahndet. War der Verstorbene etwa der Fahrer? Ich steckte das Bild ein.

Ich fand schnell heraus, dass der Verblichene damals als Autolackierer arbeitete. Später muss er seine Bekannte damit erpresst haben, dass er in einer Nacht- und Nebelaktion ihr Auto umlackiert hatte. Das bewiesen die Bareinzahlungen auf alten Kontoauszügen, die in einem angegammelten Hefter lagen und den ich damals ebenfalls mitnahm. In dieser Zeit lebte ich wie im Fieberwahn. Die Polizei konnte mir auch nicht helfen. Nur ein ›L‹ als Anhaltspunkt auf einem Kennzeichen reichte nicht aus.

Ich wollte das Foto veröffentlichen. Irgendjemand würde doch die Frau erkennen. Mein Rechtsanwalt nahm mir auch diese Hoffnung. Es waren seit damals mehr als fünf Jahre vergangen. Damit ist die Fahrerflucht mit Todesfolge verjährt.

Ach Robert! Wie groß war mein Erstaunen, als ich Dich auf dem Leipziger Opernball traf. Gut sahst Du aus. Mein Chef hatte mich mitgenommen, weil er Geschäftsfreunde auf dieser Benefizveranstaltung treffen wollte.

Mir blieb das Herz fast stehen, als ich in Deiner Frau die Frau auf dem Bild erkannte. Ich weiß nicht, wie sie es geschafft hat, Dich kennen zu lernen und um den Finger zu wickeln. Jedenfalls wusste sie von unserem Unglück. Ich kenne Dich. Du hast es ihr erzählt.

Ich konnte es nicht fassen. Einer Ohnmacht nahe, verließ ich sofort dieses herrliche Fest.

Einen Tag später las ich in der Zeitung von dem Überfall auf Dich. Sie muss es gewesen sein.

Merkwürdig. Erst jetzt fiel Robert die kleine Porzellanfigur ein, die Monika auf der Tombola gewonnen hatte und die auf ihrem Nachttisch stand.

Ich musste wieder zurück nach Marburg. Ich beschloss, wiederzukommen. Doch die Diagnose Krebs änderte alles. Für mich gab es keine Hoffnung mehr und sie, sie hatte kein Recht, an Deiner Seite zu leben. Ich erspare Dir die Einzelheiten, wie ich sie unter einem Vorwand kennen lernte und sie mich ans Steuer lassen wird.

Kurz vor dem Aufprall werde ich ihr sagen, warum diese Autofahrt tödlich enden wird.

Verzeih mir Robert. Denk jetzt an Maria. Sie braucht einen guten Vater, denn sie hatte eine schlechte Mutter!

Robert nahm einen Briefumschlag aus dem Schreibtisch. Er adressierte ihn an Hauptkommissar Reber.

MONIKA DETERING

SCHULD ZU SCHULD

1

Glühweinduft mischte sich mit dem von Krapfen, gebrannten Mandeln und an den Ständen wurden die traditionellen Striezel auf dem Dresdener Altmarkt angeboten. Japaner fotografierten in der Nussknackergasse, eine Drehorgel spielte, frierende Kinder aßen Zuckerwatte, und das kurzfristige Blau des Himmels versank in der Dämmerung alljährlicher Idylle.

Die Kreuzkirche lud zur Striezelmarktmusik ein. Danach würde der Lichterengel kommen. Unzählige rote und gelbe Glühbirnen machten Gesichter warm, und niemand sah heute kalt, bedrohlich oder irgendwie böse aus.

*

Christine Lehmann war neugierig. Auf den Striezelmarkt, das Leben und überhaupt. Mit 16 hatte sie genügend Gründe dafür. Sie freute sich auf Frank, der am Karussell auf sie warten würde. Sie schlenderte durch die Engelgasse, winkte Henrike zu, die verliebt grinsend auftauchte und wieder im Menschenmeer versank. Christine lachte geschmeichelt, als ihr ein Unbekannter eine Papierrose überreichte. »Stille Nacht, heilige Nacht«, sang ein Chor mit ernst blickenden Kindern neben dem Weihnachtsbaum.

Vor der ›Raupe‹, dem nostalgischen Lieblingskarussell in diesem Winter, blieb sie stehen. Wie eingepferchte Hengste standen junge Männer dort, starrten auf jedes einigermaßen attraktive Mädchen, pfiffen und sparten nicht mit Bemerkungen über Größe und Zustand ihrer unter dicken Jacken versteckten Brüste, gafften hungrig in alle Wagen, die bei jeder Umdrehung schneller fuhren. Einige sprangen mit absurden Verrenkungen im letzten Moment auf, ehe das Verdeck sich über sie und die Mädchen senkte.

Christine roch Schweiß und Energie, nahm rudernde Arme und muskulöse Schenkel wahr, wollte zum Kassenhäuschen und versuchte, den Körpern auszuweichen. Da hinten musste Frank sein. So war es verabredet. Sie konnte sich nicht umdrehen, obwohl sie es versuchte, ihr Vor- und Zurückgehen wurde zu einem Schubsen und Tatschen. Wie ein Spielzeug flog sie von Hand zu Hand. Arme waren Tentakel, an ihr klebten tausend Finger. Schreie steckten in der Kehle, Christines zittriges: »Hilfe, helft mir doch!« animierte zu mehr. Elvis Presleys: ›I want you, I need you, I love you‹, kroch in die Ohren und zwischen die Beine. Superoldies gehörten wie das tannengrüne Faltverdeck zum Karussell.

*

Mit schrillem Ton brach die Musik ab. Zwischen Blut und Stoff lag eine Papierrose. Letzte Schneeflocken wirbelten im Regen.

2

Sie saß am Tisch, nippte am Kaffee und beobachtete an diesem Nachmittag Franks Verwandtschaft, die im Wohnzimmer saß. Nicht einmal die Hitze, die durch weit offene Fenster hereingezogen und sich ausgebreitet hatte, machte ihr heute etwas aus.

Tante Hedwigs Lippen und das weiche Doppelkinn glänzten von Kirschkuchenkrümeln und Sahne. Ihre Lider hingen entspannt über großen braunen Augen. Gefaltete Hände lagen lose auf dem Bauch. Tante Hedwig wog gut 100 Kilo. Klara saß aufrecht auf einem Küchenstuhl, spitzte ihren Mund und ließ weder Hedwig noch Christine oder Frank aus den Augen. Bestimmt zum 50. Mal hatten beide den Neffen und Bruder gelobt, dass er die Wohnung hier am Torgauer Marktplatz im dritten Stock gekauft habe. Sie mahnten Christine, nicht wegen des fehlenden Aufzugs herumzukritteln. Die aber kratzte hektisch und unbeherrscht an ihrem rechten Bein. Klara schaute aufmerksam zu, während ein kleines Lächeln um ihren Mund zuckte.

»Was habt ihr es gut!«, sagte Tante Hedwig. »Ich habe mich im Seniorenheim angemeldet. Lieber wäre mir natürlich eine Wohnung mit Erker auf Schloss Hartenfels gewesen. Ist wohl zu viel verlangt. Und dem Frank will ich nicht lästig werden. Ein Mann kann so was nicht, pflegen, kümmern, all das. Die Klara wohnt einfach zu weit weg.« Dabei schaute sie Christine fest an. »Du weißt schon, was ich meine.«

Es war Christine egal, was die Tante meinte.

Die Frauen redeten und redeten. Die dürre Klara mit den ebenmäßigen Gesichtszügen hatte wie so oft jeglichen Frohsinn aus ihrem Gesicht geknipst. Christine setzte einen aufmerksamen Gesichtsausdruck auf, um ihre Abwehr zu kaschieren.

Denn sie hatte Wahrheiten entdeckt, die sie verstörten, entsetzten, über die sie mit niemandem sprach. Vor Erbitterung und Zorn hatte sie gekocht, aber bis heute instinktiv den Mund gehalten.

*

Christine stand auf, ging zum Wintergarten mit den putzigen Türmchen, schaute auf das Brauereimuseum, das Rathaus und den Marktplatz, während hinter ihr die Verwandtschaft einschläfernd summte. »Am liebsten möchte ich dieses Haus ans Flussufer versetzen und dort von meinem Schreibtisch aus hinsehen können.«

Christine arbeitete als Übersetzerin. Das konnte sie auch mit einem künstlichen Unterschenkel. Frank verkaufte Immobilien und sorgte sich neuerdings um seine Gesundheit.

Auf der Fensterbank stand ihr Hochzeitsbild. Flüchtig warf sie einen Blick darauf. Frank, die Liebe ihres Lebens.

Natürlich hatte sie auch bis zu ihrem erneuten Kennenlernen die Folgen des Unfalls längst nicht überwunden. Der abgetrennte Fuß, die Prothese. Dass sie nie mehr wie früher würde laufen, gehen, tanzen und rennen können. All das hatte nun eine neue Dimension bekommen. Bilder tauchten auf, in ungeahnter Schärfe und Deutlichkeit. Die Erinnerung war über sie hergefallen, hatte Puzzleteile in ihr Gehirn gestreut, die sich täglich mehr und mehr zusammenfügten. Sie vergaß ihre Abhängigkeit von Franks Geduld, seiner Zuneigung und auch ihre gemeinsamen sexuellen Fantasien. Denn sie war schön, sie war schlank und hatte eine herausfordernde Figur, die Frank jedes Mal, wenn sie nackt mit dieser Unterschenkelprothese in der Wohnung herumlief, auf Touren brachte. In den letzten Wochen hatte sie viele Gefühle zu Frank abgeschüttelt.

In ihren Träumen schrie, flehte und weinte sie.

*

Bis zu ihrem Umzug wohnten sie in einem Dorf in der Nähe von Torgau, zwischen Pappeln, Wiesen und Brachland. Das Häuschen roch muffig seit einer Überflutung. Klara kam regelmäßig und blieb an den Wochenenden gern über Nacht. »Es ist so schön am Fluss!«, erklärte sie. Besonders im Herbst, bei Nebel, verführten die Elbauen zu bittersüßen melancholischen Stimmungen, denen Klara allzu gern erlag. Spaziergänge in die Dübener Heide machten sie zu dritt. Trotzdem wünschte Christine der Schwägerin einen Liebhaber auf den Leib, manchmal musste sie mit Frank auch allein sein.

Frank hatte Furcht vor einem frühen Tod. Noch im alten Haus legte er Christine Rezepte mit Brokkoli vor, auch eine regelmäßig genossene Kräutersuppe könne ihn 90 Jahre alt werden lassen.

Christine sagte: »Ja, wenn wir in Torgau wohnen.« Vor dem Auszug gab es verdammt viel zu tun. Frank kam immer erst abends nach Hause. »Ich habe da so interessante Projekte an der Hand«, erklärte er Christine.

Während der Haushaltsauflösung fand sie Zeitungsausschnitte, Fotos und Briefe. Alles steckte in einem simplen, knittrigen DIN-A4-Umschlag. Und es trat das ein, was bisher unmöglich gewesen war. Sie konnte sich wieder erinnern. Und die Erinnerung tötete die Lust auf Franks Hände und seinen Körper, auf seine Nähe, sie machte ihre Liebe zu ihm sterbensmüde.

3

Christine überquerte die Wintergrüne Richtung Elbe, bis zur Schiffsanlegestelle. Auf einer Bank streckte sie ihr Bein aus. Die Prothese drückte. Sie dachte an das, was sie nun wusste:

Frank und Klara waren damals auf der Plattform der ›Raupe‹ gewesen. Er hatte seine Hände ebenso wie die anderen nach ihr, Christine, ausgestreckt, sie befummelt, gehalten, hatte sie geworfen, mitten in das Räderwerk des

Karussells. Und Klara hatte erst gelacht und war dann schnell verschwunden. Alle trugen Schuld. Niemand war verurteilt worden, die meisten waren nach dem grässlichen Knacken und der nachfolgenden Stille geflohen. Nur Frank und Klara wurden befragt. Man hatte sie erkannt. ›Sie haben es nur gesehen und konnten nicht helfen‹, wurden sie in der Zeitung zitiert.

Christine fand Briefe. So viele Worte der Feigheit, der Lüge und Angst zwischen Klara und Frank. In den Briefen stand auch, dass Christine die Schuldige sei. ›Warum musste sie sich durch die Menge wühlen? Die hatte schon immer so ein leichtsinniges Lachen und hat anderen die Freunde ausgespannt‹, schrieb Klara dem Bruder, der nach Wittenberg gezogen war. ›Sie hat Schuld und wir alle wollten doch nur ein wenig Spaß.‹

Als Frank und Christine sich nach Jahren begegneten, hatte bei ihm der Unfall eine Wahrheit bekommen, mit der er leben konnte. Den Rest verdrängte er und schaffte es sogar, beim Anblick der verunstalteten Christine nicht an diesen Unglückstag zu denken. In seinem Gedächtnis hatte er eine ganz andere Erklärung abgelegt. Er verliebte sich in Christine, schwor, damals nicht am Karussell gewesen zu sein. Er wusste, dass sie viele Monate im Krankenhaus gelegen hatte, danach war sie mit den Eltern nach Meißen gezogen. Später hatte sie ihm und Klara erzählt, dass sie sich nicht mehr erinnern könne.

Er fühlte sich sicher. Er liebte Christine.

*

Christine war froh, beständige Auftraggeber zu haben. Genau in diesen Tagen machte einer von ihnen ein gutes Angebot. »Kommen Sie nach Potsdam, ziehen Sie hierher und ich kann Ihnen zusätzliche lukrative Aufträge geben.« Sie telefonierte, sie mailte, sie war zu ihm gefahren, er hatte ihr Probeübersetzungen gegeben und war mit den Ergebnissen sehr zufrieden.

Auch daran dachte sie auf dieser Bank am Elbufer und sah den Schiffen nach. Aber die Gedanken, die ihr vor Äonen durch den Kopf gegangen waren, hatten längst für sie entschieden.

*

Sie sagte zu Klara: »Ich habe eine große Bitte an dich. Ich muss zu einem Kunden nach Potsdam, ein großer Auftrag. Bleib du so lange in unserer Wohnung, wie du magst. Du hast doch Sommerferien!«

Erstaunt nickte Klara. »Mach nur. Ich bin gern bei euch. Wie lange wirst du wegbleiben?«

»Zwei oder drei Wochen können es werden. Und bitte, du kennst ja Franks Ängste. Den Brokkoli müsstest du ihm frisch zubereiten, aber die Kräuter für seine tägliche Suppe habe ich schon portionsweise eingefroren. Das Rezept ist einfach. Ich habe es dir aufgeschrieben. Iss mit, es ist reichlich von dem Grünzeug vorhanden. Veilchen, Gänseblümchen, Brennnessel, Estragon. So was eben. Die Mischung dafür steht hier!« Christine zeigte auf ein Gläschen. ›Franks Kräutersuppe‹ stand darauf. »So eine Art Geschmacksverstärker. Am besten streue ich gleich die richtige Menge über jede Portion«, sagte sie und lachte.

Klara öffnete den Gefrierschrank und stellte 30 Plastiktöpfchen auf die Arbeitsplatte. Zügig streute Christine und mischte 30-mal. Klara half, die neu verschlossenen Töpfchen in die Kälte zurückzustellen. Sorgfältig säuberte Christine die Arbeitsplatte. Den Haushaltsschwamm, den Rest der Mischung und auch das Töpfchen warf Christine in den Müll und brachte den Abfall gleich weg.

4

Christine war in einer Potsdamer Pension untergekommen. Torgau, Frank und auch Klara sowie Tante Hedwig rückten ein wenig in die Ferne. In der ersten Woche hatte Frank sie besucht. Sie fand, dass er blass und erschöpft wirkte. Sie sagte: »Erhol dich an den nächsten Wochenenden. Ich arbeite durch und bin umso eher wieder zu Hause.«

*

Klara rief Christine an. Ihre Stimme zitterte und war anders als sonst.

»Ich habe den Frank ins Oschatzer Krankenhaus gebracht. Er muss sich seit drei Tagen ständig übergeben. Ich habe ihm wieder und wieder deine Kräutersuppe eingeflößt, was anderes will er nicht. Ich habe sie ein wenig variiert, macht ja nichts, wenn ein Pflänzchen dazukommt, nicht wahr? Der Kreislauf ist hin. Und mit seiner Stimme … Ich weiß nicht, merkwürdig heiser, dabei raucht er doch nicht.«

*

Als Christine am anderen Tag im Krankenhaus ankam, sah sie einen Mann und eine Frau mit ihrer Schwägerin sprechen. Klara wirkte wie von Sinnen, fuchtelte mit den Händen und weinte laut.

»Was ist passiert? Geht es Frank etwa schlechter?«, fragte Christine erschrocken.

»Polizei!«, stieß Klara hervor.

»Hauptkommissar Tapmann und meine Kollegin Verner. Sie sind …?«

»Wieso? Was ist?«, fragte Christine und stellte sich vor. »Felger. Ich möchte zu meinem Mann. Sofort.«

»Bitte, setzen Sie sich. Es tut uns so leid, es Ihnen hier sagen zu müssen.«

Klara schrie dazwischen: »Der Frank, der ist tot, tot, und sie sagen, vergiftet.«

*

Christine nahm allein Abschied von ihrer Liebe, dem bisherigen Leben, nahm Abschied von Frank. So still lag er in einem abgelegenen Zimmer. Ein Bett, weiße Laken ordentlich straffgezogen, ein Stuhl. Sie strich ihm über das Haar, über sein Gesicht und faltete ihm die Hände.

Sie sprach mit dem behandelnden Arzt. »Wie es aussieht, wurde Ihr Mann vergiftet. Mit Pflanzen und Arsen.

Die genaue Zusammensetzung kennen wir noch nicht.« Er sprach ihr sein Beileid aus.

Ein Verdacht verdichtete sich. Klara hatte ausgesagt, dass sie ihrem Bruder täglich Brokkoli und jene Suppe aus den tiefgefrorenen Kräutern gekocht habe. Manchmal habe sie ihm auch doppelte Portionen warm gemacht und andere Kräuter dazugegeben, jedenfalls sei der Vorrat nach zehn Tagen aufgebraucht gewesen.

»Wie schmeckte Ihnen denn die Suppe?«

»Ich mag so was nicht. Aber das mochte ich meiner Schwägerin nicht sagen. Sie hatte alles so liebevoll vorbereitet. Die beiden waren sehr glücklich miteinander gewesen.«

*

Ein Indizienprozess gegen Klara begann. Christine wollte die Wohnung am Torgauer Marktplatz verkaufen. »Diese Stadt hat uns kein Glück gebracht«, sagte sie. »Hier erinnere ich mich an zu viele Dinge und habe zu heftige Albträume. Frank hat einen schönen Grabstein bekommen, das bin ich ihm schuldig. Der Friedhof liegt ganz in der Nähe von Tante Hedwig. Er wird oft Besuch kriegen.«

Mit Klara sprach Christine nicht. »Da muss sie allein durch!«

Stoisch ertrug Christine elendes Phantomjucken und schaute auf den belebten Marktplatz. Plötzlich kam ihr der Song ›I want you, I need you, I love you‹ in den Sinn, kreiste im Hirn, war überall, war ein Lied, das sie hinter geschlossenem Fenster herausbrüllte, damit sie weder fremde Hände noch fremde Arme spürte, damit sie sich nie wieder an vertraute Gesichter erinnerte.

Aber ein Teil von ihr liebte den Toten weiter, auf eine stille und schmerzliche Weise. Sie waren für immer einander verbunden, Schuld zu Schuld, unauflösbar.

MARIO ULBRICH
KNÖLLCHENKRIEG

Das rote Auto war wieder da. Sie sah es schon von Weitem. Ein dunkelroter Chevrolet Corvette, so alt, dass sie die Farbe des Lacks anfangs für Rost gehalten hatte. Aber der Wagen war gut in Schuss, frisch gewaschen und gewachst, die Stoßstangen poliert. Er stand im Stadtzentrum von Chemnitz, zehn Minuten zu Fuß vom Einkaufsparadies am Roten Turm entfernt. Nebenan lag ein großer Parkplatz, aber der Fahrer der Corvette hatte sein Angeberauto etwas abseits am Bordstein abgestellt. Ein beliebter Standplatz bei Leuten, die sich um die Parkgebühren drücken wollten.

Hanna Reuter hasste den Kerl. Sie kannte den Fahrer nicht, aber es war ihr Job, ihn nicht zu mögen. Hanna war Politesse. Gemeindliche Vollzugsbedienstete, wie es korrekt hieß, ein Begriff, aus dem Leute mit einem Hang zu Wortspielen eine *gemeine Vollzugsbedienstete* machen konnten. Witzbolde mochte Hanna auch nicht. Sie kamen gleich nach Parksündern, und diese standen auf ihrer Beliebtheitsskala noch unter ihrem Ex-Mann Robert und seiner neuen Flamme, die Daimler fuhr und eine Einfahrerlaubnis für die verkehrsberuhigte Zone am Rathaus besaß.

Hanna Reuter wusste, was ihre Kolleginnen tuschelten. Es gebe niemanden, den Chemnitz' strengste Politesse leiden könne. Aber das stimmte nicht. Es gab Willi. Ihn vergötterte sie. Willi war ihr Kater, ein vollgefressener Garfield-Typ in Schwarzweiß, der nachts auf die Dächer der halb auf dem Fußweg geparkten Autos sprang und seine Krallen ausfuhr. Hanna musste lächeln, wenn sie an Willi dachte, aber sofort wurde ihre Miene wieder ernst. Es gab zu tun.

Die rostfarbene Corvette wirkte wie ein rotes Tuch auf die Frau in Blau, denn ihr Fahrer hielt sich anscheinend für einen Witzbold. In den zurückliegenden Wochen hatte sie ihm sechs Knöllchen geschrieben. Trotzdem parkte er immer wieder hier. Der Kerl ignorierte die Kärtchen unter seinem Scheibenwischer, die ihn darauf hinwiesen, dass Hanna Reuter etwas an der Art auszusetzen hatte, wie er sein Auto abstellte. Inzwischen musste die erste schriftliche Verwarnung in seinem Briefkasten gelandet sein, komplett mit Tatangaben, Anhörungsbogen, einer Zahlungsaufforderung über 15 Euro und dem dezenten Hinweis, dass es teurer werden würde, wenn er es auf einen Widerspruch ankommen ließ.

Der Mann – stillschweigend ging Hanna davon aus, dass nur ein Mann so unverschämt sein konnte – wusste nicht, mit wem er sich anlegte. Aber er würde sich unterordnen müssen, solange er in Chemnitz leben und parken wollte.

Die Stadt stand in dem Ruf, die unerbittlichsten Politessen in Sachsen zu haben. Ein inoffizieller Titel, den Chemnitz beanspruchen konnte, seit Hanna Reuter im Ordnungsamt angefangen hatte. Sie war acht Stunden am Tag auf den Beinen, machte nie eine Pause, legte mindestens 30 Kilometer zurück und verhängte im Schnitt 120

Verwarnungen täglich. Würde es im Guinness-Buch einen Eintrag für Politessen geben, müsste Hanna Reuters Name in fetter Versalschrift gedruckt werden.

Wenn man es recht bedachte, hatte sie mehr für das Image der Stadt getan als all die berühmten Chemnitzer, mit denen sich das Rathaus auf seiner Internetseite schmückte. Wer wusste denn, dass der Bergwissenschaftler Georgius Agricola Mitte des 16. Jahrhunderts Bürgermeister in Chemnitz gewesen war? Und über die Bilder des Expressionisten Karl Schmidt-Rottluff regten sich die Leute weniger auf als über ein Knöllchen. Vermutlich besaß nur die Eislaufprinzessin Katarina Witt mehr Außenwirkung als Hanna Reuter, aber wenn man ein bisschen nachforschte, würde sich vielleicht herausstellen, dass Kati Witt in ihrer besten Zeit gedopt gewesen war, und das zählte dann ja wohl nicht.

Mit energischer Geste stellte die Politesse dem unverschämten Corvette-Fahrer einen Strafzettel aus. Knöllchen Nummer sieben. Sie tippte den Vorgang in ihr mobiles Erfassungsgerät und schob die Hinweiskarte hinter den Scheibenwischer.

Wenn der Kerl Krieg wollte, sollte er ihn haben.

Der Corvette-Fahrer schien tatsächlich auf einen Krieg aus zu sein. Als Hanna nach der Schicht ins Amt kam, fand sie einen Zettel auf ihrem Schreibtisch. Walter Kujauch wollte sie sprechen. Kujauch war der Chef der Politessen. Er stellte die Dienstpläne auf, behielt die Statistik im Auge und erklärte den Frauen, wann sie mehr Knöllchen machen mussten, um nicht hinter ihr Monatssoll zurückzufallen. Der Trick, die Zeit im Schreibcomputer zurückzudatieren, stammte von ihm. Statt ein Fahrzeug fünf Minuten lang zu beobachten, konnten die Politessen den Vorgang neuerdings in einer Minute abschließen. Das verfünffachte ihre Knöllchenfrequenz.

Knöllchenfrequenz – das Wort hatte sich Kujauch selbst ausgedacht. Hanna hätte diesen Mann lieben können, wären seine Wurstfinger nicht dauernd verschwitzt gewesen.

»Ah, Hanna, schön, dich zu sehen.« Kujauch starrte auf ihre Waden, die am Ende der Schicht geschwollen waren. Seit einer Weile dachte er über eine Formel nach, mit der man aus einem erhöhten Wadendurchmesser auf die Bußgelder schließen konnte, die ein paar Tage später in der Stadtkasse landen würden. Er nannte es *Wadenklingeln.* Auch ein Begriff, den er sich selbst ausgedacht hatte.

»Wir haben ein kleines Problem.« Kujauch schob seiner Edelpolitesse drei Anhörungsbogen über den Tisch. Hanna erkannte das Kfz-Kennzeichen der rostroten Corvette. Der Fahrer legte Widerspruch gegen die von ihr verhängten Ordnungsgelder ein. Hanna wusste, weshalb ihr Chef darin ein Problem sah: Der Sportwagen parkte in der kleinen Sackgasse vor der Johanniskirche. Weiter hinten stand ein Parkverbotsschild, dessen Gültigkeit jedoch von der Zufahrt zum benachbarten Parkplatz aufgehoben wurde. Ein Makel in der Beschilderung, den der Fahrer ausnutzte. Aber das hatten schon andere vor ihm versucht. Was zählte, war die Absicht der Verkehrsbehörde, ein Parkverbot zu erlassen, nicht der Mangel an Blech bei den Kollegen vom Straßenamt.

»Willst du es durchziehen?« fragte Kujauch.

Sollte der Fall vor Gericht gehen, hätte die Verkehrsbehörde schlechte Karten. Doch welcher Bürger riskierte einen teuren Prozess wegen eines Knöllchens? Die Behörde selbst riskierte nichts. Verlor sie, kam der Steuerzahler für die Kosten des Verfahrens auf. Hanna las den Namen auf dem Anhörungsbogen. *Anton Müller.* Das klang nicht nach einem Mann, der bis zum Prozess durchhielt. »Schätze, ich muss den Ordnungsdruck erhöhen«, sagte sie.

Ihr Chef nickte. »Mach ihm Beine, Hanna.«

In den nächsten Tagen erhöhte Hanna Reuter die Knöllchenfrequenz vor der Johanniskirche. Statt zweimal pro Woche patrouillierte sie täglich an der bewussten Stelle vorbei. Die Corvette stand jedes Mal da. Fünf Knöllchen pro Woche, aber der Kerl war wie ein Lemming. Er sah den Abgrund nicht, auf den er in seiner Sturheit zusteuerte. Hatte er Kujauchs Antwort auf seinen Widerspruch nicht gelesen?

Leider können wir nicht jede Eingabe ausführlich beantworten, doch gehen Sie bitte davon aus, dass die Aktenlage aus unserer Sicht eindeutig ist …

Ein geschickt formuliertes Standardschreiben, mit dem die Behörde ihren Mangel an stichhaltigen Argumenten überspielte und dem Delinquenten mit dem Wort *Aktenlage* Angst einjagte. Selbstverständlich hatte sich Walter Kujauch diese Formulierung selbst ausgedacht.

Bloß, dass der Corvette-Mann nicht darauf ansprang. Er schien vollkommen erziehungsresistent zu sein. Hanna legte Wochenendschichten ein. Sieben Knöllchen pro Woche. Als auch das nichts half, verhängte sie fünf Strafen täglich. Einmal steckte sie dem arroganten Scheißkerl von Montag bis Sonntag 35 Strafzettel an seine Angeberkarre. Aber er gab nicht auf, sondern widersprach weiterhin jeder Verwarnung mit einem ausgefüllten Anhörungsbogen.

Inzwischen waren die ersten Verfahren zu Bußgeldsachen geworden, und das Ordnungsamt ließ die Kfz-Halterdaten aus Flensburg kommen. Walter Kujauch schnalzte mit der Zunge, als er die Angaben über die Corvette las.

»Baujahr 1953, davon wurden nur 300 Stück gebaut. Ein Liebhaberauto. 15 Liter Super auf 100 Kilometer. Wer kann sich heutzutage so einen Benzinschlucker leisten? Der Mann muss Kohle haben.«

Den letzten Anhörungsbogen hatte Anton Müller mit einer Provokation abgeschlossen.

Ich werde Ihnen künftig nicht mehr schreiben. Bitte gehen Sie davon aus, dass der Fall in Kürze abgeschlossen wird.

Er hörte auf, die Knöllchen unter seinem Scheibenwischer hervorzuholen. Das war ein uralter Trick, mit dem Fahrer versuchten, der Verkehrsüberwachung weiszumachen, dass ihre Autos seit dem letzten Strafzettel nicht bewegt worden waren. Theoretisch entstand dadurch kein neuer Sachverhalt, und die Vollzugsbediensteten durften kein weiteres Knöllchen ausstellen. Aber der Trick war seit Langem wirkungslos, weil die Politessen die Ventilstellungen an allen vier Rädern eines Autos erfassten. Wurde der Wagen gefahren, konnte man es anhand der veränderten Ventilpositionen leicht feststellen.

Aber diesmal hatte die Sache einen Haken. Die Ventilstellungen der Corvette veränderten sich nicht. Hanna

Reuter kam jetzt bis zu zehnmal täglich vorbei. Mal war der rostrote Sportwagen da, ein andermal war er fort. Mal parkte er vorn in der Gasse, dann wieder ein paar Meter weiter hinten. Die Corvette wurde eindeutig bewegt, aber die Positionen der Ventile blieben dieselben. Es war unheimlich.

Hanna konnte es sich nur so erklären, dass der Fahrer sein Auto mit dem Wagenheber hochkurbelte und die Räder ausrichtete. Zorn wallte in ihr auf. Was bildete sich dieser Müller ein? Entschlossen holte sie ihr Erfassungsgerät hervor und gab einen weiteren Parkverstoß ein. Die Daten über die Ventilstellungen manipulierte sie dabei genauso wie den Beobachtungszeitraum. Wer wollte das nachweisen? Unter den Scheibenwischern klemmten jetzt zwei Dutzend Knöllchen, und Hannas einzige Sorge war, dass ihr bald die Steckplätze ausgehen würden.

Die Wende kam einen Tag vor Weihnachten. Hanna überwachte den Weihnachtsmarkt. Chemnitz lag am Fuße des Erzgebirges, das in der kalten Jahreszeit das *Weihnachtsland* genannt wurde – wegen der berühmten Räuchermänner und Drehpyramiden, auf deren Tellern geschnitzte Engel im Kreis rannten, als sei der Teufel hinter ihnen her. Der Chemnitzer Weihnachtsmarkt war einer der größten in der Region. Glühweinstände, Rosterbuden und Stollenbäckereien verbreiteten heimelige Atmosphäre und Sodbrennen am Morgen danach. Jeden Tag stopften sich Tausende Menschen mit Lebkuchen voll, klemmten sich sperrige Geschenke unter den Arm und hatten, wenn sie damit fertig waren, keine Lust, lange Strecken zu ihrem Auto zu laufen.

Die Rechnung war einfach. Im Schnitt saßen drei Personen in einem Pkw. 6.000 Besucher am Tag entsprachen 2.000 potenziellen Falschparkern. Drei Viertel mochten einen legalen Stellplatz ansteuern, aber der Rest forderte sein Glück heraus. Der Weihnachtsmarkt brummte, Hannas Absätze klapperten auf dem Pflaster, und die Stadtkasse klingelte. Pro Marktumkreisung konnte eine tüchtige Politesse ein Dutzend Ordnungswidrigkeitsverfahren eröffnen.

Am Ende ihrer Schicht hatte Hanna Schmerzen in den Füßen und Zufriedenheit im Bauch. Sie freute sich auf ein warmes Bad und ihren Kater Willi, für den sie an einem Fleischerstand eine Leberpastete mit Gelee gekauft hatte. Aber zuvor musste sie noch einen letzten Weg gehen.

Die Gasse an der Johanniskirche lag keine zehn Minuten entfernt. Als Hanna hinkam, stand die rostrote Corvette am Straßenrand. Schnee war gefallen. Er lag wie weißer Pelz auf dem Sportwagen und würde hoffentlich einen Riss im Lack finden und die darunterliegende Karosse zum Rosten bringen.

Abgesehen von dieser Aussicht hasste Hanna Schnee. Im Winter lösten viele Autofahrer keinen Parkschein, weil Politessen eine Windschutzscheibe selten freikratzten, aus Angst, dass ihnen der Fahrzeughalter Sachbeschädigung vorwarf. Auch das war ein Trick notorischer Schwarzparker. Allerdings wussten die meisten Richter, dass ein Kratzer im Glas unmöglich vom Handschuh einer Politesse stammen konnte. Hanna war noch nie verurteilt worden, obwohl sie im Winter immer einen Glasschneider dabei hatte, um selbstgefälligen Gebührenprellern eine Lektion zu erteilen.

Sie näherte sich der Corvette, zückte ihr Erfassungsgerät und begann zu tippen. Plötzlich hielt sie inne. Etwas stimmte nicht mit dem Auto. Etwas hatte sich verändert. Die Knöllchen unter den Scheibenwischern. Ungefähr 40 mussten es mittlerweile sein. Jetzt waren sie weg. Hanna Reuter schob ihre Finger unter den Schnee. Kein Zweifel, der Corvette-Mann hatte die Karten abgenommen. Er zeigte Nerven. Nun würde sie dem Kerl den Rest geben, sodass er sich wünschte, im nächsten Leben als Erfinder des Parkscheinautomaten wiedergeboren zu werden.

Kalt lächelnd tippte sie das letzte Knöllchen des Vorweihnachtsabends.

Als Hanna nach Hause kam, war Willi nicht da. Normalerweise hockte ihr Kater wie ein nasses Rheumafell auf dem Schuhabtreter, mit gelben Augen nach ihrer Handtasche schielend, in der meist ein Leckerbissen steckte. Heute Abend funkelte kein Katerblick durchs Treppenhaus. Der Abtreter war leer bis auf einen Brocken Lehm, der wohl einem der Nachbarskinder im Vorbeiwetzen vom Stiefel gesprungen war, wie ein Komet auf Kollisionskurs. Früher hatte Willi manchmal eine Maus vor die Tür gelegt, fett und tot, um Hanna zu beeindrucken. Jetzt war er selbst fett geworden und außerstande, etwas Flinkeres als ein Cocktailwürstchen zu fangen, das in seine Richtung geworfen wurde. Vermutlich verschwendete er keinen Gedanken mehr an ein Geschenk für Hanna. Typisch Mann.

Hanna schnalzte mit der Zunge, aber Willi tauchte nicht auf. Sie rief seinen Namen und wickelte die Pastete aus der Verpackung. Nichts. Der Kater war nicht da. Vielleicht patrouillierte er am Bordstein entlang und schlug seine Krallen in Autodächer. Gut, dachte Hanna, soll er Spaß haben.

Sie fiel ins Bett und schlief sofort ein.

Willi hockte auch am Morgen nicht vor der Tür. Sie sah ihn erst am Nachmittag wieder. Es war die Zeit kurz vor der Bescherung, in der Kinder vor Neugier fast umkommen. Es klingelte. Der Nachbarsjunge stand draußen. Ein Bengel von zwölf Jahren, der nicht mehr an den Weihnachtsmann glaubte, aber das Spiel mitmachte, weil seine Eltern fanden, einmal im Jahr müsse er ein bisschen Respekt zeigen.

»Frau Reuter, kommen Sie schnell. Im Hof …«

Er rannte die Treppen hinunter. Hanna folgte ihm. Im Hof neben den Mülltonnen lag Willi, fett und tot, und der Zwölfjährige war mächtig beeindruckt, weil der Bauch des Katers zur Größe eines Fußballes aufgedunsen war.

Hanna schlug eine Hand vor den Mund. Es wurde ein einsames Weihnachtsfest.

Tags darauf rief sie den Tierarzt zu Hause an. Der Mann erinnerte sie daran, dass Feiertag war, aber Hanna Reuter wollte Gewissheit, und der Arzt war nicht in der Position, ihr einen Wunsch abzuschlagen. Sie wusste, wo sein Auto parkte, und er wusste, welcher Tätigkeit Hanna nachging.

Sie saß im leeren Wartezimmer, während der Doktor drinnen herauszubekommen versuchte, woran der Kater gestorben war. Es dauerte nicht lange. Der Arzt erschien.

»Da hat sich jemand einen üblen Scherz erlaubt.«

»Wie meinen Sie das?«

»Sie arbeiten doch im Ordnungsamt? Als Politesse.«

»Ja, aber was hat das …«

»Kommen Sie.« Im Operationszimmer roch es nach kaltem Blut, nassem Fell und halbverdauten Pasteten. Der Kater lag wie roher Hackbraten auf einem Tisch aus Edelstahl, neben ihm ein Klumpen feuchter Pappe. »Das hatte jemand in seinem Bauch gestopft«, sagte der Arzt.

Hanna erkannte, worum es sich handelte. Knöllchen, Dutzende davon, zusammengepresst zu einer Kugel.

Der Corvette-Mann. Hanna konnte sich nicht vorstellen, wer sonst ihren Kater umgebracht haben sollte. Eine Knolle aus Verwarnungskarten im Magen. Das war deutlich. Sie hatte ein paar der Karten auseinandergefaltet. Das Feld, wo das Kfz-Kennzeichen eingetragen wurde, war ausradiert worden. Kein Beweis also. Das sagte auch die Polizei, aber Walter Kujauch warf seine Beziehungen in die Waagschale, und am zweiten Weihnachtstag fuhren Streifenbeamte zur Adresse des Corvette-Mannes, um ihn zum *Sachverhalt des vollgestopften Katers* zu befragen, wie sie es nannten.

Hanna und ihr Chef warteten gemeinsam auf Nachricht. Nach drei Cognacs war Kujauchs Kopf rot wie ein Hummer im Kochtopf. Als das Telefon klingelte, hörte er eine Minute zu. Dabei wurde er zusehends nüchterner.

»Der Kerl war nicht da«, sagte er schließlich.

Hanna hob die Schultern. »Dann eben morgen.«

»Er wird auch morgen nicht da sein.«

Hanna runzelte die Stirn, und Kujauch erklärte es ihr. Die Adresse, die das Kraftfahrtbundesamt vom Corvette-Mann besaß, führte zu einem Abrisshaus am Stadtrand. Es war unbewohnt. Nur ein Briefkasten hing im Flur, mit dem Namen *Anton Müller* darauf und einer

Handvoll Werbezettel für preisreduziertes Kalbskotelett im Schlitz.

»Anton Müller, wer weiß, ob das sein richtiger Name ist«, grollte Kujauch. »Der Kerl ist ein Phantom.«

Er stürzte einen weiteren Cognac hinunter. »Aber wir kriegen ihn, verlass dich drauf.«

Walter Kujauch stand fröstelnd im Stadtzentrum von Chemnitz und wartete auf den Mann, der das Problem lösen würde. Kujauch trug einen Mantel mit konspirativ hochgezogenem Kragen. Weniger wegen des geheimen Charakters ihres Treffens, sondern weil der Winterwind kalt durch die Straßenschluchten fegte. Nach dem Zweiten Weltkrieg war das Chemnitzer Zentrum nie wieder im ursprünglichen Zustand aufgebaut worden. Stattdessen hatten die Kommunisten breite Boulevards angelegt, die sich hervorragend für Maiparaden eigneten und Infektionen der oberen Luftwege Vorschub leisteten.

Kujauch stand unter dem riesigen Karl-Marx-Kopf aus Bronze, der ein Relikt aus dieser Zeit und gleichzeitig das einzige echte Wahrzeichen der Stadt war. Ein Quadratschädel, so groß, dass er den Inhalt sämtlicher Bücher auswendig zu wissen schien, die Marx, Engels und Lenin geschrieben hatten. Der Kopf blickte streng auf die gebührenpflichtigen Stellplätze unterhalb des Monuments. Es war eine statistisch erwiesene Tatsache, dass es an dieser Stelle die wenigsten Parksünder in ganz Chemnitz gab.

Manchmal wünschte sich Kujauch, er hätte in der Verkehrsüberwachung ein paar Kollegen mit Blicken wie dieser Marx. Aber nur Hanna Reuter war so gut. Wenn ein Auto langsamer wurde, weil der Fahrer nach einem Parkplatz spähte, konnte sie anhand des Bewegungsmusters vorhersagen, ob er im Parkverbot halten würde. Hanna war seine Beste, und Walter Kujauch war ihr etwas schuldig.

Deshalb traf er sich mit Arno Hundtsack, einem Privatdetektiv, der hin und wieder für das Ordnungsamt arbeitete. Im Gegenzug durfte Hundtsack seinen klapprigen BMW 707 Touring hinstellen, wo er wollte, falls er es nicht übertrieb und den Parkplatz des Oberbürgermeisters belegte.

Mit einem Räuspern trat der Detektiv von hinten an Kujauch heran. Er liebte solche Auftritte. Aus der rechten Manteltasche fischte er ein Päckchen Zigaretten, aus der linken eine Handvoll Strafzettel, die er Kujauch wortlos in die Hand drückte. Trotz seiner Immunität schaffte Hundtsack es immer wieder, sich Knöllchen einzufangen. Er war ein ausgemergelter Mann, der für seine Arbeit lebte und nur von Koffein, Nikotin und Alkohol zusammengehalten wurde. Wegen Letzterem hatte er eine vielversprechende Karriere aufgegeben, die ihn vom Landeskriminalamt zum Bundesnachrichtendienst katapultiert hatte, bis er schließlich im Nichts gelandet war. Nun rückte er den Besitzern von illegal im Park entsorgten Müllsäcken aufs Dach.

Hundtsack hörte sich Kujauchs Problem an. »Der Kerl hat was zu verbergen, soviel ist klar. Will nicht gefunden werden. Wir brauchen ein Gesicht, dann kommt auch der Rest.«

»Kriegst du das hin, Arno?«

Hundtsack deutete auf die Knöllchen in Kujauchs Hand. »Kümmere du dich um deinen Scheiß, dann kümmere ich mich um meinen Scheiß.«

Der Detektiv installierte eine Überwachungskamera im Flur des Abbruchhauses, ein Hightech-Spielzeug, das kleiner als ein Daumennagel war und hinter einer Schicht Putz versteckt werden konnte, die sich halb von der Wand gelöst hatte. Die Linse wies direkt auf den Briefkasten mit dem Namen *Anton Müller.* Wenn der Corvette-Mann kam, um seine Post zu holen, würde er in die Falle tappen. So lautete die Theorie.

Die Wirklichkeit sah anders aus. Der Briefkasten wurde in unregelmäßigen Abständen geleert, aber die Kamera zeigte nur einen leeren Flur. Hanna Reuter lief Sonderschichten, damit die Stadt den Einsatz des Gerätes bezahlen konnte, doch Arno Hundtsack lieferte nichts als Spesenrechnungen.

Hanna war frustriert. Sie griff zum letzten Mittel und beantragte eine Parkkralle für die Corvette. Walter Kujauch warf seine Unterschrift auf den Antrag. Hanna ging auf Nummer sicher und nahm zwei Krallen mit.

Mit schönen Grüßen von Willi, Arschloch.

Dann rief Hundtsack an. Er klang angefressen. »Dieser Müller. Er hat die Kamera mit einem Bild des leeren Flurs überbrückt. Ich habe damit gerechnet, aber der Kerl hat es nur gemacht, wenn er seine Post abholen kam. Danach hat er die Überbrückung jedes Mal beseitigt. Bin erst jetzt dahinter gekommen. Das ist ein cleverer Bastard.«

Kujauchs Kiefer mahlten. »Egal, nächste Woche muss er Farbe bekennen. Die ersten Bußgeldverfahren sind jetzt soweit. Er hat eine Vorladung vom Gericht. Wenn er da nicht erscheint, verliert er. Falls er dann nicht zahlt, kann ich ihm die Polizei auf den Hals hetzen.«

Kujauch war überzeugt, dass der Corvette-Mann vor Gericht keine Chance hatte. Sein Argument mit dem fehlenden Parkverbotsschild war zwar nicht ganz verkehrt, aber Richter nahmen einen Tatort nur selten in Augenschein. Sie hörten Zeugen. Und in diesem Fall würde die härteste Politesse Sachsens im Zeugenstand stehen, die darüber hinaus einen toten Kater zu rächen hatte.

Am Abend vor der Verhandlung zeigte Hanna jedoch zum ersten Mal Nerven. Sie schien von dunklen Vorahnungen ergriffen zu sein: »Und wenn wir verlieren?«

»Unsinn. Der deutsche Bußgeldkatalog kennt mehr als 300 Verkehrsverstöße fürs Halten und Parken. Irgendwie kriegen wir den Kerl. Außerdem hat Hundtsack eine Idee.«

Am Tag der Verhandlung lungerte der Detektiv als Journalist verkleidet im Gericht herum. Er hatte sein Aussehen nicht groß verändern müssen, weil die meisten Reporter ein ähnlich problematisches Leben führten wie Arno Hundtsack. Eine kleine Kamera am Handgelenk schlurfte er durchs Gebäude. Ab und zu verschwand er im Klo. Kujauch hoffte, dass die Linse keine Spritzer abbekam.

Der Corvette-Mann erschien nicht. Auch Hanna Reuter war nirgends zu sehen. Kujauch begann zu schwitzen. Als der Richter die *Bußgeldsache gegen Anton Müller* aufrief, war er noch immer allein. Er fluchte und betrat den Saal.

Drinnen waren nur er und der Richter. Der Mann in der schwarzen Robe wirkte ungeduldig. Vielleicht stand im Richterzimmer eine Kanne Kaffee auf der Wärmeplatte.

Das war gut. Das Ordnungsamt war erschienen, der Delinquent fehlte. Der Richter würde gegen ihn entscheiden.

In diesem Augenblick ging die Tür auf, und in den Verhandlungssaal trat … nein, nicht Hanna Reuter, sondern ein älterer Herr im Wollmantel. Anthrazitfarben, erlesene Qualität, Bugatti vielleicht oder Brioni. Hoher Kaschmiranteil. Hatte der Corvette-Mann die Stirn besessen, sich einen Anwalt zu nehmen?

»Und Sie sind …«, polterte der Richter.

»Müller ist mein Name, Anton Müller.«

»Sie sind zu spät.«

»Ich entschuldige mich dafür. Aber diese Leute« – er nickte in Kujauchs Richtung – »haben mir zwei Parkkrallen ans Auto geklemmt. Ich musste laufen.«

»Zwei Krallen?« Der Richter hob eine Braue.

»Doppeltes Unrecht, wie Sie feststellen werden.«

»Das Feststellen überlassen Sie mir.«

Kujauch presste die Lippen zusammen. Nun wurde es eng. Wo blieb Hanna? Sie musste den Parksünder mit ihrer Aussage in die Enge treiben. Er musterte Müller. Ein älterer Herr, 55, vielleicht 60 Jahre, graumeliertes Haar. Was wollte so einer mit einer Corvette? In Müllers Teint war ein Hauch Olive, seine Stimme hatte einen leichten Akzent, wie bei einem Südländer, der zu lange im Norden gelebt hat. Ein seltsamer Kerl.

Hanna Reuter kam nicht. Der Richter trommelte mit den Fingerspitzen auf seinen Tisch. Wie lange brauchte ein Kaffee auf der Wärmeplatte, bis er sich in die Glaskanne brannte? Nicht lange genug. Der Richter wandte sich an Kujauch: »Ist noch mit dem Erscheinen Ihrer Zeugin zu rechnen?« Kujauch war nicht sicher. Nicht mehr.

Der Richter blickte zum Corvette-Mann. »Sind Sie bereit zu warten?«

»Ich habe Zeit. Jede Menge davon.«

Ein selbstsicherer Bastard.

»Ich aber nicht.«

Der Richter eröffnete die Verhandlung. Kujauch hatte keine Chance. Der Corvette-Mann erläuterte seine Sicht der Dinge. Das Parkverbot in der Gasse wurde durch die Zufahrt zum öffentlichen Parkplatz aufgehoben. Außerdem: Wer die andere Zufahrt nutzte, quer über den Parkplatz fuhr und in die Gasse bog, hatte keine Chance, das Verbotsschild zu sehen. Kurz, das Ordnungsamt hatte Scheiße gebaut.

Der Richter gab ihm Recht. »Sie hätten ein zweites Schild aufstellen müssen.« Er erklärte sämtliche gegen Anton Müller verhängten Knöllchen für nichtig. Er forderte das Ordnungsamt auf, die Parkkrallen umgehend zu entfernen. Und er legte der Stadt die Kosten des Verfahrens auf. Der Corvette-Mann lächelte kalt. Kujauch fuhr protestierend hoch.

»Haben Sie noch etwas zu sagen?«

»Oh ja. Wir werden dieses zweite Schild aufstellen, und es wird kein Parkverbot sein, sondern ein Halteverbot. Dann ist Schluss!« Die letzten Worte waren an den Corvette-Mann gerichtet. Dieser erwiderte Kujauchs Blick gleichgültig.

»Natürlich.«

Die Verhandlung war geschlossen.

Draußen tauchte Arno Hundtsack aus dem Klo auf. Er schwenkte seine Kamera. »Hab den Scheißkerl. Jetzt kriegen wir ein Gesicht, dann kommt eins zum anderen.«

Hanna Reuter kam nicht mehr zur Arbeit. Walter Kujauch wusste, dass etwas nicht stimmte, denn Hanna liebte es, mit dem Schreibcomputer durch die Straßen von Chemnitz zu laufen und Parkverstöße zu erfassen. Einmal hatte sie ihm anvertraut, dass sie sich dabei vorkam wie Captain Janeway, die mit ihrem Tricorder Borgdrohnen aufspürte. Die Borg waren eine Bedrohung der öffentlichen Ordnung, genau wie Falschparker. Hanna Reuter mochte *Star Trek*, und sie liebte ihre Arbeit über alles. Wenn sie fortblieb, war etwas faul.

Oberfaul, denn Hanna blieb verschwunden. Es war, als wäre seine beste Politesse von einem Schlagloch verschluckt worden. Ein Nachbarsjunge erzählte, er habe Frau Reuter vor drei Tagen zum letzten Mal gesehen. Gegen acht Uhr hatte sie das Haus verlassen, am Tag der Verhandlung. Zweieinhalb Stunden später war der Corvette-Mann vor Gericht erschienen. Kujauch machte sich Sorgen.

Wenigstens hatte er dem Kerl noch einen Tiefschlag verpasst. Zwar musste er anordnen, die Parkkrallen zu entfernen, aber danach hatte er Müllers Wagen abschleppen lassen. Ein bedauerliches Versehen. Der alte Sack würde eine Menge Lauferei haben, ehe er seinen Sieg feiern konnte.

Es war später Nachmittag, als das Telefon in Kujauchs Büro klingelte. Arno Hundtsack war dran. Endlich.

»Etwas Neues?«, bellte Kujauch.

»Scheiße noch eins, ja.« Der Detektiv klang gehetzt. »Das Foto von dem Kerl kam gut. Ich hab es ein bisschen rumgeschickt, E-Mail und so. Ein paar alte Kollegen waren mir was schuldig.« Kujauch hörte, wie der andere hastig etwas in sich hineinschüttete. Seinem Keuchen nach zu urteilen war es 60-prozentiger Whisky. Dann würgte der Detektiv einen Namen hervor: »Toni di Marco.«

Der Corvette-Mann hieß nicht Müller. Er war der Sohn eines GIs mit italienischen Wurzeln, der am Ende des Zweiten Weltkriegs ein sächsisches Mädchen geheiratet hatte. Die beiden gingen nach Amerika. Bekamen einen Sohn. Toni di Marco, Italoamerikaner, Deutschamerikaner, ein bisschen von beidem. Das erklärte einiges, aber nicht, wieso Hundtsacks Freunde bei LKA und BND über den Kerl Bescheid wussten.

Der Detektiv kippte noch einen Whisky. »Toni di Marco hat für die Mafia gearbeitet. Als Auftragskiller. Hat Politiker eingeschüchtert, indem er ihre Hunde tötete. Hat Zeugen verschwinden lassen, sodass man ihre Leichen niemals fand. Als die Cosa Nostra ein Problem hatte, das keiner ihrer Leute lösen konnte, flog er nach Sizilien. Er ist der Mörder von Comissario Corrado Cattani, dem berühmten Mafiajäger. Er galt als effizient, aber auch als krankhaft nachtragend. Ein Staatsanwalt kriegte ihn wegen Alkohol am Steuer dran. Hat di Marcos Führerschein kassiert. Di Marco sprengte ihn in die Luft, mitsamt seinem Chauffeur und der Tausend-Dollar-Hure, die der Staatsanwalt gerade durchziehen wollte. Marcos Bosse legten ihm nahe, in den Ruhestand zu gehen. Wir dachten, er sei in Italien untergetaucht. Ist er aber nicht.«

Kujauch wusste nicht, was er sagen sollte. Wahrscheinlich hätte er ohnehin nichts herausgebracht, denn sein Hals wurde eng. »Warte mal«, sagte Hundtsack. »Da ist was auf dem Monitor.« Kujauch fiel die Überwachungskamera in dem Abrisshaus ein. Ihr Objektiv zeigte auf di Marcos Briefkasten.

»Was zum Teufel ist das? Sieht aus wie eine Sanduhr oder so … Oh, mein Gott!«

»Was ist los, Arno?«

»Ein Stundenglas. Es ist abgelaufen.«

Dann ein Klicken im Hörer. Die Leitung war tot. Kujauch schluckte schwer. Seine Gedanken wirbelten. Toni di Marco, ein Mafiakiller, nachtragend. Kater Willi ausgeweidet, Hanna Reuter spurlos verschwunden, Arno Hundtsack verstummt.

Er musste sofort zur Polizei.

Walter Kujauch schnappte sich seine Jacke und lief über den Hof zu seinem Auto. Als er den Zündschlüssel drehte, sah er den Strafzettel unter dem Scheibenwischer.

Aber nur eine Sekunde lang.

Die Schauplätze und Verkehrsschilder in dieser Geschichte sind real, alle Personen frei erfunden. Beim Schreiben wurden keine Tiere oder Politessen verletzt. Die Stadt Chemnitz hat das fehlende Parkverbotsschild inzwischen aufgestellt.

SYLKE TANNHÄUSER
MATTHEIS PLAN

»Du ruinierst uns!«, schrie Gerald Matthei und schlug wutentbrannt die Wohnungstür hinter sich zu.

Er stürzte aus dem Haus und stieg in den alten Ford. Beim ersten Versuch würgte er den Motor ab, seine Hände zitterten zu stark. Dann gelang der Start. Die Reifen quietschten, als er vom Parkplatz fegte. Er fuhr viel zu schnell, doch er merkte es nicht einmal. Er dachte nur an Monika.

Immer musste sie ihren Kopf durchsetzen! Hielt sich nicht an die Absprachen! Diesmal nun war es eine neue Couch. Monika hatte sie bestellt, ohne ihn zu fragen. Natürlich, er hätte es wie immer verboten. Sie hatten ohnehin zu wenig Geld, sie kamen gerade so über die Runden. Doch seiner Frau war das egal. Sie ließ sich ständig verführen. Sonderangebote, Zahlungsaufschub, geringe Raten. Im Laufe der Zeit waren daraus Schulden geworden. So hoch, dass kein Ende abzusehen war. Seit Jahren ging der Gerichtsvollzieher bei ihnen ein und aus.

Früher, da war das anders gewesen. Da hatte er eine gut bezahlte Arbeit gehabt. Jahrelang hatte er an der Kasse gesessen. Hatte Karten verkauft, Broschüren, Andenken. Dort, am Völkerschlachtdenkmal. Dem ›Völki‹, wie er es liebevoll nannte. Manchmal hatte er Besucher geführt. Die Arbeit hatte ihm Freude bereitet, aber eines Tages war es damit vorbei. Sparmaßnahme, unumgänglich, hatte der Chef gemeint und die Stelle gestrichen. Seitdem teilten sich zwei Pauschalkräfte stundenweise seinen alten Job. Und er? Er saß zu Hause herum. Niemand wollte ihn haben. Er musste sich mit dem geringen Arbeitslosengeld abfinden. Ein Almosen, das Monika, seine Frau, wieder einmal mit vollen Händen zum Fenster hinausgeworfen hatte. Sein Geld. Monika selbst trug ja nichts bei. Wollte nicht. Sie war sich zu fein. Sagte, in ihrer Familie hätten die Frauen noch nie arbeiten müssen. Lächerlich!

Matthei fuhr den Stadtring entlang, dann links ab und die Prager Straße hinaus. Es war voll, der Verkehr beanspruchte seine ganze Aufmerksamkeit und verdrängte die Gedanken. Auf dem Parkplatz, dem Völkerschlachtdenkmal gegenüber, fand er eine Lücke.

Er betrachtete den Koloss. Erbaut in Erinnerung an die größte Massenschlacht in den Befreiungskriegen gegen Napoleon. Preußen, Österreicher, Russen und Deutsche gegen den Franzosen. Der wurde geschlagen, doch zu welchem Preis! Über 120.000 Tote. Ihnen zu Ehren und eingedenk des Sieges war das Denkmal entstanden. Europaweit das größte, 91 Meter hoch. Hoch genug, um bei einem Sturz den sicheren Tod zu finden. 500 Stufen sollten im Innern des Granitporphyrs bis zur Plattform führen. So hatte es Matthei gelesen und auch selbst gezählt.

Er überquerte die Straße und begab sich zur Kasse. Die junge Frau am Kartenverkauf schaute kaum auf, als er zahlte.

Matthei blickte zum Eingangstor, das sich 23 Meter oberhalb des Straßenniveaus befand. Es wurde von Michael, dem Erzengel bewacht. Bedächtig stieg Matthei die breite Treppe empor. Er warf einen flüchtigen Blick in die Krypta. Gerüste, Absperrbänder. Man werkelte also immer noch. Matthei verspürte keine Lust, die Baustelle zu begutachten. Er wandte sich der nächsten Treppe zu und trat durch die schwere Tür.

Im Inneren war es angenehm kühl. Er stand in der Ruhmeshalle. Hier herrschte Stille. Keine Menschenseele war zu sehen. Während Matthei eine Runde drehte, musterte er die über neun Meter hohen Figuren, die Tapferkeit, Volkskraft, Opferfreudigkeit und Glaubensstärke darstellten. Die deutschen Tugenden. Sie waren ihm vertraut, unzählige Male schon hatte er sie betrachtet. Heute schienen sie ihm bedrohlich.

Ihn fröstelte, und er flüchtete in den engen Aufgang, der zu den Plattformen führte. Ohne aufzuschauen setzte er die Füße. Schritt für Schritt, Stufe für Stufe. Keuchend erreichte er den mittleren Aussichtspunkt und gönnte sich einen Moment der Ruhe. Doch noch war er nicht am Ziel. Das letzte Stück lag noch vor ihm, die Wendeltreppe, die ganz nach oben führte. So eng, dass sie jeweils nur in einer Richtung passiert werden konnte. Eine Ampel regelte den Verkehr. Brav wartete er, bis sie grün zeigte.

Auf der Plattform angelangt, sah er sich um. Er war allein. Ihm war es recht. Zügig schritt er die Mauern ab. Nach der ersten Umrundung begann er von vorn. Diesmal nahm er sich Zeit und ließ den Blick ins Land schweifen. Es war ein sonniger Tag, klare Sicht.

Westlich sah er die Wälder. Nonnenwiese, Ratsholz und Wildpark. Dann das Blau des neuen Sees, des Cospudener. Ein Naherholungsgebiet. Im Süden das alte Schlachtfeld, nur für Eingeweihte zu erkennen. Matthei war ein solcher.

Er wandte sich nach Osten, dann Norden, dann in Richtung Stadtzentrum. Rathaus, Russische Kirche, Uniriese. Das spitze Gebäude, in dem ehemals die Universität untergebracht war, überragte alles, selbst das Messehochhaus. Überall waren Kräne zu sehen. Die Stadt vibrierte.

Matthei atmete tief ein. Wie sehr er diese Aussicht vermisst hatte! Früher hatte es ihn stolz, ja glücklich gemacht, die Stadt unter sich liegen zu sehen. Auch heute. Warum konnte das Leben nicht immer so schön wie in diesem Augenblick sein? Warum musste ausgerechnet er eine Frau wie Monika haben?

Wenn er nur mehr Geld hätte! Dann wäre Monikas Verschwendungssucht, ihr Kaufzwang besser zu ertragen.

Aber er hatte kein Geld. Kein großes Einkommen, keine Ersparnisse. Er war arm.

Er müsste sich von Monika trennen, fuhr ihm durch den Kopf. Doch er konnte ja nicht einmal die Kosten einer Scheidung tragen. Zumal sich das ewig hinziehen konnte. Monika würde niemals einwilligen. Dann hätte sie niemanden mehr, der für ihre Verschwendungssucht aufkam. Niemanden, der die Miete trug. Niemanden, der ihre Lebensversicherung bezahlte.

Bei dem Gedanken an die Lebensversicherung wurde Matthei erneut wütend. Auch damals hatte sie ihn nicht gefragt. Hatte behauptet, es wäre bloß zu seinem Nutzen. Seine Absicherung quasi. Dabei hatte er das nicht nötig, fand das Ganze sogar unsinnig. Schließlich war immer er der Ernährer der Familie gewesen. Wenn schon einer eine Absicherung brauchte, dann eher Monika. Die hatte bloß gelacht und auf der Versicherung bestanden. Dem netten Vertreter zuliebe, und weil alle ihre Freundinnen eine hatten.

Matthei stieg auf eines der Podeste an der südwestlichen Seite und stützte die Arme auf die steinerne Brüstung. Unter ihm lag der Südfriedhof, in dessen Mitte sich die markante Krematoriumsanlage befand.

Plötzlich durchfuhr es ihn. Schuldbewusst wies er den Gedanken von sich, doch der kehrte zurück, hartnäckig. Was wäre wenn? Wenn Monika etwas zustieße? Eine verlockende Aussicht!

Doch nein, es war zu gefährlich. Er würde den Rest seines Lebens im Gefängnis verbringen.

Aber wenn er klug vorginge? Wenn ihn niemand überführen könnte?

Angestrengt überlegte er. Die Furchen um den verbitterten Mund verstärkten sich und gaben ihm ein böses und fast brutales Aussehen. Er starrte in die Tiefe, hin- und hergerissen.

Als er an diesem Nachmittag nach Hause kam, hatte er rote Rosen für Monika dabei, und er versprach ihr, in den nächsten Tagen einen gemeinsamen Ausflug zu machen.

Eine Woche später liefen sie nebeneinander die Prager Straße entlang. Monika hatte Matthei untergehakt, und er erwog sogar, seinen Plan fallen zu lassen. Die letzten Tage waren harmonisch gewesen wie lange nicht mehr. Monika hatte sich liebevoll gezeigt. So konnte er mit ihr leben.

Als das Völkerschlachtdenkmal in Sicht kam, blieb sie abrupt stehen. »Du willst doch nicht etwa auf dein olles Denkmal?«

Matthei nickte.

»Das hätte ich mir denken können! Du denkst nur an dich! Ausflug! Dass ich nicht lache!«

Monika schimpfte wie ein Rohrspatz. Es dauerte geraume Zeit, bis er begriff, dass seine Frau sich den Tag anders vorgestellt hatte. Spazieren gehen, ein gemütliches Essen, Blicke in schön gestaltete Schaufenster, vielleicht einige Einkäufe.

In Matthei brodelte es, doch er beherrschte sich. Weggeblasen waren alle Skrupel.

»Wir machen, was du willst.« Das Heucheln fiel ihm leicht. »Unter einer Bedingung!«

»Die wäre?«

»Erst schauen wir uns die Stadt von oben an. Es ist ein wunderbarer Blick.«

»Geh doch allein!«, entgegnete Monika schnippisch.

»Du wirst es bereuen, es wird dir mit Sicherheit gefallen.« Er sah Monikas zweifelnden Blick. Wenn er es jetzt verdarb, war es zu spät. »Tu mir doch diesen einen Gefallen. Danach darfst du kaufen, was du dir wünschst.«

»Wirklich?«

»Versprochen!«

»Also gut!« Ihr Widerwille war unüberhörbar.

Matthei war es egal. Hauptsache, seine Frau hatte nachgegeben.

Diesmal stieg er keine engen Treppen hinauf. Sie nahmen den Fahrstuhl, Endstation mittlere Aussichtsplattform. Matthei beschloss: Die Höhe musste reichen. Er führte Monika auf die Rückseite des Denkmals. Die Stelle war gut gewählt, uneinsehbar von Treppe und Lift. Ein kurzer Blick nach links und rechts, sie waren allein.

Monika lehnte an den Steinen und schaute gelangweilt in die Ferne. Sie könnte zumindest so tun, als mache ihr die Besichtigung Freude, dachte er. Wenigstens ihm zuliebe. Dass sie es nicht tat, erleichterte ihm die Entscheidung. Jetzt oder nie! Mit einem schnellen Schritt war er hinter ihr. Er bückte sich, umklammerte ihre dürren Fesseln und ehe es sich Monika versah, stemmte er sie mit einem Ruck über die Brüstung. Lautlos stürzte sie in die Tiefe.

Er konnte kaum glauben, dass alles so leicht vor sich gegangen war. Keine Gegenwehr, kein Widerstand. Monika war völlig ahnungslos gewesen, sie hatte nicht einmal geschrien.

Matthei lief zum Fahrstuhl, fuhr hinab und rannte um das Denkmal herum. Aufseher und Besucher folgten ihm, alarmiert durch seine Hilferufe. Dann sah er sie.

Monika lag zwischen Steinen und Brettern, Eisenteilen und Betonmischern. Ihr seltsam verdrehter Körper bildete einen bunten Kontrast zu dem grauen Einerlei des Baustoffplatzes. Einer der Handwerker kniete neben ihr. Als Matthei bei ihm ankam, richtete sich der Mann auf und schüttelte den Kopf. Verzweifelt brach Matthei über der Leiche seiner Frau zusammen. Eine bühnenreife Leistung. Selbst der kurz darauf eintreffende Notarzt ließ sich täuschen.

Die Polizei sperrte das Denkmal weiträumig ab. Die Beamten stellten Matthei Fragen. Er antwortete, so gut er konnte. Er spielte seine Rolle überzeugend, niemand schöpfte Verdacht. Selbstmord, so die allgemeine Vermutung.

Matthei wurde zur Beobachtung in die nahe gelegene Universitätsklinik gebracht. Eine Vorsichtsmaßnahme, zur Stabilisierung seiner Nerven. Monikas Leiche wurde in die Rechtsmedizin überführt. Routineangelegenheit.

Die Spurensicherung nahm die mittlere Plattform unter die Lupe. Sie fand nichts Verdächtiges.

Zwei Tage später wurde Matthei aus dem Krankenhaus entlassen. Er war froh darüber, dennoch fühlte er sich nicht wohl. Er schlief schlecht. Das kannte er früher nicht.

Vier Tage später klingelte es an seiner Wohnungstür. Matthei zuckte zusammen. Schuldbewusst. Er warf einen schnellen Blick in den Spiegel, registrierte erleichtert, dass ihm das schlechte Gewissen nicht anzusehen war, und öffnete.

»Kommissar Brauer«, stellte sich der Besucher vor und hielt Matthei einen Dienstausweis unter die Nase.

Matthei griff fahrig danach. »Kommen Sie wegen meiner Frau?«

Der Kommissar nickte. »Wir wollen drinnen sprechen«, schlug er vor, und Matthei führte ihn in das Wohnzimmer.

»Ich verstehe Ihren Schmerz, Herr Matthei«, begann Brauer. »Es tut mir leid, Sie zu belästigen. Doch es gibt etwas, das Sie wissen müssen.«

Matthei presste die Hände zusammen und verschränkte die Finger. Brauer sollte nicht sehen, wie sie zitterten.

»Die Obduktion ist abgeschlossen. Sie hat Überraschendes zutage gebracht. Ihre Frau war schwerkrank. Bauchspeicheldrüsenkrebs im Endstadium. Sie hatte nur noch wenige Wochen zu leben.«

»Davon wusste ich nichts«, stotterte Matthei.

»Vielleicht hat sich Ihre Frau das Leben genommen, weil sie nicht leiden wollte. Todkranke Menschen sehen darin oft die letzte Rettung. Ein schnelles Ende, Sie verstehen?«

Wie betäubt saß Matthei auf dem Stuhl. Er konnte es nicht fassen. »Ihre Frau wäre so oder so gestorben.« Brauer versuchte zu trösten.

Wenn du wüsstest!, dachte Matthei und gleich darauf: Wenn ich gewusst hätte!

Der Kommissar zog einen Zettel aus der Tasche. »Die Freigabe der sterblichen Überreste. Jetzt steht der Bestattung nichts mehr im Wege.«

Da Matthei keine Anstalten machte, legte Brauer den Schein auf den Tisch. Dann ging er.

Mechanisch griff Matthei nach dem Blatt. Bestattung! Was das wohl kosten mochte? Mit Sicherheit mehr, als er hatte. Er zog das Telefon zu sich heran und suchte im Telefonbuch nach der Nummer der Versicherungsgesellschaft. Die nette Stimme am anderen Ende machte ihm Mut, sein Anliegen vorzutragen. Es dauerte einige Sekunden, dann die Auskunft: bei Selbstmord keine Zahlungen, leider. Eine Floskel.

Der Hörer rutschte ihm aus der Hand. Keine Zahlung! Mit wenigen Worten war seine Zukunft zerstört. Er wollte es nicht begreifen und versuchte, die Stimme in seinem Kopf zu ignorieren. Es gelang ihm nicht. Kein Geld! Alles umsonst!

Hätte er gewartet, hätte er nur wenige Wochen länger Geduld gehabt, die Versicherung hätte gezahlt.

Verbittert fegte er den Tisch leer. Das Telefon polterte zu Boden und riss das Tischtuch mit sich. Zettel wirbelten. Typisch Monika. Überall hatte sie etwas versteckt, sogar unter der Decke. Quittungen, Ansichtskarten, ein Lottoschein. Matthei hob ihn auf und lachte verzweifelt. Er starrte auf die Zahlen, als trügen sie die Schuld an seiner Misere.

In ihm brodelte es. Natürlich hatte seine Frau auch an dem sinnlosen Lottospiel festgehalten. In den Ruin hatte sie ihn getrieben, selbst über den Tod hinaus quetschte sie ihn noch aus. Bestattungskosten!

Sein hässliches Lachen schlug in Weinen um. Er hatte gemordet, aber was hatte es ihm gebracht? Nichts!

Müde stand er auf und schlurfte in die Küche. Er wühlte eine Weile und fand schließlich, wonach er suchte. Mit der Wäscheleine in der Hand kam er zurück. Sorgfältig knüpfte er eine Schlinge, stieg auf den Stuhl und befestigte das andere Ende am Haken der Deckenlampe. Die Geräusche des laufenden Fernsehgerätes begleiteten ihn. Sie störten ihn nicht, er nahm sie kaum wahr.

Auf einmal war er ganz ruhig. Gefasst steckte er den Kopf durch die Schlinge und rückte sie zurecht. Sein Blick fiel auf die Mattscheibe. Die Lottozahlen. Idiotische Zahlen. Moment, das waren doch … natürlich! Er traute seinen Augen kaum. Monikas Zahlen! Die Rettung!

Hektisch zerrte er an der Schlinge. Der Stuhl kippte, Matthei ruderte, verlor den Halt. Kurzes Zucken, dann hing er still.

An einem trüben Tage wurde er gemeinsam mit Monika bestattet. Die wenigen Bekannten, die den Urnen folgten, waren sich einig: Gerald Matthei hatte seine Frau so sehr geliebt, dass er ohne sie nicht weiterleben konnte. Nun war er wieder mit ihr vereint.

EDI GRAF

DER SCHATZ IM HAUSTEINSEE

Rot.

Das Leuchten seiner Augen war ein feuriges Rot. Es war ihm bestimmt gewesen, zum Zeugen zu werden, zum Zeugen dieses Verbrechens. Vielleicht war dies der wahre Sinn seines Lebens, das er sonst allein und umgeben von ewiger Dunkelheit und Kälte fristete? Er allein war dabei gewesen, als die Tat geschehen war, lange geplant und perfekt umgesetzt.

Doch niemand interessierte sich dafür, was er mit eigenen Augen gesehen hatte, an jenem düsteren Abend im Jahre 2006, im Hausteinsee, nur wenige Kilometer nördlich von Dresden …

Kalt.

Sie fühlte die eisige Nässe wie ein Schock. Warum tat sie sich das an? Frieren! Besonders im Gesicht, wo kein Neopren schützte, und an den Körperstellen, wo Wasser trotz eng ansitzender Manschetten bis auf die Haut vordrang. Kalt umspülte es ihre Fesseln, kalt umklammerte es die Handgelenke, kalt rann es am Genick über den Rücken bis zum Steiß. Edeltraud spürte die Gänsehaut unter der Gummischicht ihres Tauchanzugs.

Mit der Zeit würde sich das Wasser zwischen Haut und Neopren erwärmen und wie eine Dämmschicht nach außen wirken. Das wusste sie und das machte die Kälte im Augenblick erträglich. Nur um Stirn, Wangen und Mund würde der stechende Schmerz lange nicht nachlassen, der Kältedruck des 15 Grad kalten Wassers im Hausteinsee.

Dunkel.

Die Nacht des schwarzen Wassers umfing sie wie ein Tuch, das sie einhüllte. Ein schwarzes Leichentuch. Wie durch eine Nebelwand glitt sie nach unten, das spärlicher werdende Licht der Abenddämmerung durchdrang nur bis kurz unter der Oberfläche die düstere Kälte um sie herum. Ihre Lampe flackerte kurz auf, um die Anzeige im Kompass zu kontrollieren. 260 Grad war der Kurs, acht Meter zeigte der Tiefenmesser. Die Lampe erlosch. Sie musste sparsam sein mit der Leistung des Akkus. Sie würde das Licht später noch brauchen. Im kalten Wasser des Hausteinsees.

Tot.

Die Leblosigkeit war gespenstisch. Tote Bäume ragten mit ihren kahlen Ästen vom Grund des abfallenden Ufers auf, starre Zweige ohne Blüten und Blätter schienen nach ihr greifen zu wollen, schwarze Löcher in der steilen Felsenwand zogen sie an wie ein Sog. Wasserpest und Tausendblatt hatten sie in der flachen Zone des Sees über sich gelassen, von den Schleien, Barschen und Karpfen war nichts zu sehen an diesem Abend.

Kein Fisch, kein Krebs, kein Leben im kalten Wasser des Hausteinsees.

Vor sich sah sie ihren ›Schatz‹. Elmar. Schwarz wie das Wasser sein Tauchanzug, die Konturen kaum zu erahnen, die rundliche Körperform verschwommen, verformt wie durch einen Schleier. Sie erkannte ihn nur durch den Schein seiner Lampe.

Seine brannte.

Ihre nicht.

Sie wusste, warum.

Er ahnte nichts.

Im kalten Wasser des Hausteinsees.

Für kurze Zeit leuchtete noch einmal ihre Lampe auf und sie blickte erneut auf ihren Tiefenmesser. Zwölf Meter. Tendenz steigend. Oder war ›fallend‹ das richtige Wort? Die Lampe erlosch. Auf 17 Meter lag der ›Schatz‹ verborgen, eine ›Schatztruhe‹, versteckt als Ziel für Tauchgänge im Hausteinsee.

Ihr Schatz hatte anderes vor: Sie würden auf 28 Meter gehen, das hatte ihr Elmar beim Briefing gesagt. *Briefing! Ha, dass ich nicht lache,* dachte sie. Eigentlich dazu da, sich und seinen Buddy, also den Tauchpartner, auf den gemeinsamen Tauchgang vorzubereiten, alles durchzusprechen, die Ausrüstung gegenseitig zu überprüfen.

Doch Elmar, wortkarg und kurz angebunden, wie er sich in der letzten Zeit immer gegeben hatte, war – ohne weiter auf sie zu achten – die steile Stahltreppe zum acht Meter unter der Bruchkante des ehemaligen Steinbruchs gelegenen Ufer hinuntergestiegen, hatte sich kurz umgewandt, gesehen, dass sie ihm folgte, »maximal achdnzwanzsch Meder« gesagt und war ins Wasser gesprungen.

Kein Wort über ihr Befinden, kein Ton zum Tauchgewässer, keine Erklärung zum geplanten Verlauf des Tauchgangs, keine Überlegung, wie sie im Notfall vorgehen würden. Und dies war nicht damit zu begründen, dass sie ein eingespieltes Team waren. Waren sie nicht. Edeltraud tauchte erst seit knapp einem Jahr.

Elmar war einfach zu bequem.

Zu faul.

So war Elmar.

Noch.

Wie hatte sich Elmar in den wenigen Jahren ihrer kinderlosen Ehe verändert! Wo war der liebevolle Charmeur geblieben, den sie damals als Kellner auf der Hochzeit ihrer Kollegin Amelie auf der Albrechtsburg in Meißen kennengelernt und Jahre später im selben Trauzimmer des ältesten deutschen Schlosses geheiratet hatte? Wie schnell war aus dem sportlichen, schlanken Mann, in den sie sich schon beim ersten Tanz verliebt hatte, ein muffliger, fetter Tagedieb geworden, der in abgewetzter Trainingshose und geriffeltem Unterhemd jeden Abend vor der Glotze hing, das Wernesgrüner auf dem Tisch, die Beine hochgelegt, die schmierigen Finger in der Chipstüte, und sie mit harschem Ton herumkommandierte.

Anfangs hatte sie den Wandel verstanden, nachdem das kleine Restaurant, das sie ihm eingerichtet hatte, immer schlechter lief, letztendlich schließen musste und er arbeitslos geworden war; hatte geglaubt, das renke sich wieder ein. Doch es war täglich schlimmer geworden. Sie hatte immer wieder Arbeit für ihn gefunden, doch keine war ihm gut genug gewesen.

»Isch hab keene Lusd mehr, fremde Leude ze bedien!«, hatte er gesagt, als sie ihm eine Stelle als Kellner in Dresdens Brauhaus am Waldschlösschen verschaffen wollte. Auch den Job als Fahrer der roten Doppeldecker, mit denen die Touristen die Stadt an der Elbe auf ausgedehnten Rundfahrten entdecken konnten, lehnte er ab.

»Keen Bock, dachdächlisch de selbe Schdregge ze fahrn! Das gannste dir abschmingn!«

Das waren seine Worte gewesen.

Sie dachte daran, während sie tiefer sank. Die Sicht war schlecht, maximal vier Meter, schätzte sie, und sie fragte sich einmal mehr, was sie eigentlich dazu bewog, an einem lauschigen Sommerabend, statt in einem Café an der Elbe zu sitzen und das Leben zu genießen, mit Elmar in einem düsteren Steinbruchsee zu tauchen und sich den Arsch abzufrieren. Tat sie es, weil es die einzige sportliche Betätigung war, zu der sich Elmar noch aufraffen konnte?

Hatte sie sich deshalb der Mühe unterzogen, die praktische und theoretische Prüfung für das bronzene Tauchsportabzeichen abzulegen? Hatte sie sich deshalb auch heute wieder in den engen, klammen Neoprenanzug gezwängt? Nein! Sie hatte all dies nur auf sich genommen, um Elmar endlich aus ihrem Leben verbannen zu können. Sie musste sich von ihm befreien, er ließ ihr keine andere Wahl. Hätte sie doch nur auf ihre beste Freundin Trude gehört und ihn nie geheiratet!

An Scheidung war nicht zu denken. Er würde die Hälfte ihres nicht unbeträchtlichen Vermögens, geschaffen aus dem Erbe ihrer Eltern und ihrer gefragten Arbeit als Architektin, an sich reißen und es in wenigen Jahren verprasst haben. Es gab nur eine Möglichkeit, ihn loszuwerden: Elmar musste sterben. Und sie würde dafür sorgen! Heute und hier, in 28 Meter Tiefe. Im nächtlich-trüben Wasser des Hausteinsees. Ein bedauerlicher Tauchunfall.

Ohne Zeugen.

Er musste nicht arbeiten. Nicht wegen des Geldes. Sie verdiente als Architektin und Spezialistin für archäologische Rekonstruktion genug, ihre Villa in Loschwitz war längst abbezahlt und ihre Beteiligung beim Wiederaufbau der Frauenkirche hatte lukrative Aufträge in Zwickau und Chemnitz nach sich gezogen. Seit dem 22. Juni 2004 erstrahlte das Wahrzeichen Dresdens wieder in altem Glanz, mit goldenem Kreuz über der kupfernen Turmhaube, und sie war damals mächtig stolz gewesen, an der Auferstehung des im Februar 1945 zerstörten Kirchenbaus beteiligt gewesen zu sein.

Elmar war nicht unter den über 50.000 Zuschauern gewesen, die der festlichen Zeremonie beigewohnt hatten. Er lag zu Hause auf dem Sofa und las Karl May. Nichts gegen diesen mit Sicherheit begabten und viel gelesenen Abenteuerschriftsteller aus Ernstthal, aber zum 13. Mal *›Der Schatz im Silbersee‹?*

Es hatte einen handfesten Streit gegeben, als sie am Abend euphorisch nach Hause gekommen war und Elmar unrasiert und durchaus nicht mehr nüchtern auf sie gewartet und sie mit dem Vorwurf konfrontiert hatte, ihn zu vernachlässigen und den ganzen Tag allein zu lassen.

Dann hatte er sie geschlagen.

Sie waren längst an der Ausbildungsplattform vorbeigetaucht, die von der Tauchschule Dresden in acht Meter Tiefe installiert worden war, in einem seltsamen Farbton leuchteten die von Steinbrucharbeiten gezeichneten steilen Felswände, wo der Strahl von Elmars Lampe auf sie traf. Der Hausteinsee war ein künstliches Gewässer, ebenso künstlich wie der ›Schatz‹, den sie hier versenkt hatten. Ein stillgelegter Steinbruchkessel, geflutet und durch Grund- und Niederschlagswasser gespeist, Fische und Krebse ausgesetzt, und schon war aus einem kahlen Felsenloch ein Biotop und Tauchereldorado geworden.

Grüne Algenvorhänge hingen vor den breiten Felsnasen und gaben der Unterwasserlandschaft ein schaurig-gruseliges Gesicht, besonders wenn Elmars unvorsichtige Flossenschläge die Algenfäden aufwirbeln ließen und sie wie lebendige Wesen vor einer düsteren Nebelwand einen unheimlichen Tanz vollführten.

Von gefräßigem Rost überzogene Kipploren erinnerten an die seit 1800 belegte Steinbruchtradition in der Gegend von Steina und Edeltraud hatte ein Schmunzeln nicht zurückhalten können, als sie auf zehn Meter Tiefe an der Werkbank nebst Telefon vorbeigetaucht waren, die hier als humorvolle Orientierungshilfe diente und von einem Schlumpf in Gartenzwerggröße bewacht wurde.

Abgestorbene Bäume versperrten ihr immer wieder den Weg, in den Rissen und Spalten der Felswand bewegten sich jetzt geisterhaft die Scheren der rotrückigen Edelkrebse, die Silhouetten von Silberkarpfen schwammen vorüber und Barsche gaben sich in kleinen Schwärmen ein Stelldichein.

Silbern leuchtend.

An jenem Abend vor zwei Jahren hatte sie zum ersten Mal daran gedacht, ihn umzubringen. Sie hatte sich an ihrem nächsten freien Tag zu Trude geflüchtet, die in

Bad Schandau wohnte und ihr Dasein als Single sichtlich genoss. Sie waren an der Kirnitzsch entlang Richtung Lichtenhainer Wasserfall gewandert und hatten viel geredet. Trude war es, die ihr schon zu Beginn ihrer Beziehung abgeraten hatte, Elmar zu heiraten. »Der passt nicht zu dir«, hatte sie gesagt. Und sie hatte recht behalten!

Mit der altehrwürdigen gelben Straßenbahn waren sie am Abend durch das kurvenreiche Tal an schroffen Felsen und grünen Wiesen vorbei nach Bad Schandau zurückgefahren, wo Edeltrauds Fiesta auf dem Parkplatz an der Elbe wartete, hatten unterwegs noch Halt im Forsthaus gemacht und sich auf der Sonnenterrasse einen Blaubeereierkuchen gegönnt.

Auf der Rückfahrt nach Loschwitz waren ihr Trudes Worte nicht mehr aus dem Kopf gegangen: »Du musst dich von ihm trennen. Er macht dich sonst kaputt!«

Sie hatte beschlossen, dieses Mal auf Trude zu hören.

Der Hausteinsee war wie geschaffen für ihren Plan. Sie waren schon öfter hier getaucht, die Anreise ging von Dresden aus rasch, über Radeberg und Pulsnitz bis Steina, dem kleinen, staatlich anerkannten Erholungsort im Nordwestlausitzer Bergland. Obersteina, Niedersteina, Weißbach lagen lang gezogen im Dreieck Pulsnitz, Kamenz, Bischofswerda, ein landschaftliches Kleinod, das den Namen Himmelreich, wie man auch die neueren Häuser in Steina genannt hatte, wahrlich verdiente. Doch sie hatten sich nie Zeit genommen, die von sanften grünen Hügeln geprägte Umgebung zu erwandern, vom Aussichtsturm auf dem 420 Meter hohen Schwedenstein, der früher Gickelsberg hieß, die Sicht auf die Lausitz zu genießen, zwischen Fachwerkhäusern und alten Bruchsteinmauern spazieren zu gehen oder sich den weiß getünchten Rundturm der alten Windmühle anzusehen.

Edeltraud hätte all das zu gern einmal getan, doch Elmar war durch nichts dazu zu bewegen. Es war schon verwunderlich, dass er wenigstens diese eine Sportart, Tauchen, noch immer betrieb, so phlegmatisch und unbeweglich er sonst geworden war. Einmal hatte Edeltraud, während sie im Winter auf dem Weg zum Besuch bei Freunden in Kamenz unterwegs waren, und der Schwedenstein im Schnee lockend leuchtete, den Vorschlag gemacht, hier ein Skiwochenende zu verbringen. Sie hatte dabei nur Elmars Hohngelächter geerntet. Nun, bald würde sie solche Entscheidungen allein treffen können.

Elmar war dem Himmelreich heute näher denn je.

Noch in den siebziger Jahren des vergangenen Jahrhunderts war im nahen Steinbruch Granodiorit abgebaut worden. Der Hausteinsee galt als lohnenswertes Ziel für Taucher aus der ganzen Umgebung, zumal es auch einfache Übernachtungsmöglichkeiten, einen Kompressor zum Flaschenfüllen, einen Tauchturm und eine Druckkammer – zur Benutzung nach Tauchunfällen – gab.

Doch heute waren sie allein. Zu schlechtes Wetter, schon seit Tagen. Kein Mensch außer ihnen tauchte an diesem düsteren Abend unter der Woche. Der letzte Tag im Leben ihres Mannes Elmar.

Ihm würde die Druckkammer nichts mehr nützen.

Er würde tot sein, wenn man ihn barg …

Edeltraud sah die spießartig aus dem Fels ragenden Äste und dachte daran, Elmars Leiche an einem von ihnen zu befestigen. Hier konnte er abhängen wie zu Hause auf dem Sofa, sich treiben lassen, vor sich hin dümpeln. Und es konnte Tage dauern, bis ihn jemand dort entdeckte. War es nicht möglich, dass er sich mit seinem Atemschlauch, mit einem Karabinerhaken, mit einer Schlaufe seiner Ausrüstung in den tentakelartig ins Wasser ragenden Zweigen verfing? In Panik geriet, Wasser schluckte und ertrank? Wie sollte sie ihm helfen, sie, eine schwache Frau, diesem Koloss von einem Mann?

Vielleicht war in diesem Augenblick unglücklicherweise die Akkuleistung seiner Lampe zu Ende gegangen und er hatte in der Dunkelheit keine Chance gehabt, sich zu befreien? Dummerweise war ihr beim Versuch, ihn loszumachen die eigene Taucherlampe entglitten und auf Nimmerwiedersehen in der Tiefe des Hausteinsees versunken. In finsterer Nacht hatte sie die Orientierung verloren, hatte sich immer weiter von ihrem in seinen letzten Atemzügen zappelnden Mann entfernt und war schließlich panisch aufgetaucht, um Hilfe zu holen.

Doch dafür war es – leider, leider – schon zu spät gewesen. Kein Mensch würde ihr einen Vorwurf machen können. Elmar war der erfahrene Taucher, er hatte die Gefahren eines nächtlichen Tauchgangs in diesem Gewässer gekannt. Er hätte es wissen müssen. So würde man sie kopfschüttelnd in die Arme nehmen und zu trösten versuchen, die traurige Witwe im Neoprenanzug, die ihren Schatz im Hausteinsee verloren hatte.

So könnte es funktionieren, dachte sie, während sie immer noch tiefer glitt, dem Lampenschein Elmars folgend. Die toten Bäume waren außer Sichtweite gekommen. Verpasste Chance, doch es gab noch bessere Möglichkeiten. Die kleinen Höhlen in der Tiefe, die Felsmonolithen oder der Canyon selbst, über dessen Ränder sich noch die Seile des alten Steinbruchbetriebs spannten.

Das Ziel ihres Tauchgangs auf 28 Meter.

Seile.

Erhängen? Sie hatte schon über diese Möglichkeit nachgedacht. Aber einen Selbstmord würde ihm keiner zutrauen. Außerdem war es unmöglich, bei seinem Gewicht die Leiche so zu arrangieren, dass es glaubhaft nach Selbstjustiz aussah. Sie hatte diesen Gedanken wieder verworfen, ehe sie ihn zu Ende gedacht hatte.

Erdrosseln? Auch das erschien ihr zu riskant. Wenngleich er phlegmatisch und unsportlich geworden war, konnte er doch im Todeskampf ungeahnte Kräfte mobilisieren, ihr das Seil entreißen und ihr selbst den Garaus machen. So schied das Seil als Hilfsmittel aus. Über Wasser.

Da unten sah es anders aus. Wie die Äste der abgestorbenen Bäume waren auch die Seile und all die anderen Überreste des ehemaligen Bergbaubetriebs hier unter Wasser Hindernisse auf dem Weg in die Tiefe. Dort hängen zu bleiben, sich zu verletzen, konnte den Tod bedeuten.

Man würde sich wundern – vielleicht – wie er mit dem Bein unter die rostige Lore geraten war oder sich zwischen Fels und Drahtseil einklemmen konnte, doch es war nun mal passiert, und sie, die schmächtige Frau, seine Tauchpartnerin, hatte zu wenig Kraft gehabt, um ihn zu befreien. So hatte sie hilflos mit ansehen müssen, wie ihn die ins

Rutschen geratene Lore erdrückt hatte oder er unter dem Druck des straff gespannten Seils erstickt war.

Welch grausames Ende einer Ehe …

Das erste Mal hatte sie es auf der Wanderung in der Sächsischen Schweiz versucht. Dort, wo vor ungefähr 100 Millionen Jahren das Meer der Kreidezeit seine sandigen Ufer ausgebreitet hatte, waren, geformt von den Bildhauern der Urzeit – Wasser und Wind – schroffe Felstürme und steile Schluchten zurückgeblieben, bizarre Sandsteingiganten in einem Waldmeer aufragend, durchflossen von wilden Bächen und gesäumt von Lerchensporn und Gelbem Buschwindröschen.

Vom Dresdner Hauptbahnhof aus waren sie mit der S-Bahn über Wehlen und Rathen – unter Jammern und Klagen von Elmar, dem dieser Wandertag von Anfang an ein Dorn im Auge war – bis Bad Schandau gefahren. Von dort aus hatten sie vor, die Schrammsteine zu erwandern, die zusammen mit den Affensteinen das Zentrum des Elbsandsteingebirges bilden.

»Was soll die Scheiße?«, hatte Elmar gegeifert und bissig gefragt, ob er denn »'n Schdeinbogg oder sonst so 'n Albndier« sei. Er gehe keinen Schritt mehr, »wenn's ni bald e Bier gibd!«

»Nu schdell disch ni so an!«, hatte Edeltraud zurückgegeben und innerlich gelacht bei dem Gedanken, welche Aufstiege und Klettereien über Eisenleitern sie noch erwarteten.

»Näschsdes Mal gehn wir nach Radebeul ins Garl-May-Museum, wenn's denn schon unbedingd 'n Ausflug sein muss!«, hatte er gewettert.

Es wird kein nächstes Mal geben für dich, mein Gudsder, hatte sie gedacht, während sie der blauen Strichmarkierung folgten, die in den Schießgrund hinunter und schließlich durch das Schrammtor zu den Schrammsteinen führt. Jetzt war es Edeltraud, die fluchte. Überall verhinderten Eisengeländer den Sturz über den Grat in die 400 Meter tiefe Schlucht. Sie konnte die imposanten Ausblicke in das Elbtal und die schroffen Felsen nicht so recht genießen. Plötzlich lehnte sich Elmar weit über das nabelhohe Geländer und stemmte sich auf die Zehenspitzen, um besser in die Tiefe blicken zu können.

Gefährlich ragte sein Oberkörper über die Geländerstange, deutlich verlagerte sich sein Körpergewicht in Richtung des Abgrunds und schon war sie auf ihn zugetreten, um der Erdanziehungskraft auf der anderen Seite des Geländers ein wenig nachzuhelfen, als sie die Stimmen zurückfahren ließen. Die Wandergruppe erstürmte den Schrammsteingrat, nahm die Aussichtsplattformen in Besitz und an ein Beseitigen Elmars ohne neugierige Zeugenblicke war nicht mehr zu denken. Immer wieder begegneten sie Wanderern, auch auf dem Abstieg, sodass jeder Mordgedanke sofort wieder von der Realität verdrängt wurde.

Ein tödlicher Sturz in eine Schlucht, ein Ende wie das des Oberschurken Schut bei Karl May – allein es wäre zu schön gewesen.

Der Tiefenmesser zeigte 25 Meter. Sie hatte ihre Lampe abermals kurz aufleuchten lassen und auf die Anzeige ihres Tauchcomputers geblickt. Sie waren schon fast eine halbe Stunde unter Wasser, in ihrer Pressluftflasche befanden sich noch knapp 110 Bar. Zeit, sich auf den Rückweg zu machen. Unter normalen Umständen hätte sie Elmar jetzt ein Zeichen geben müssen. *100 Bar, wir tauchen zurück!* Doch die Umstände waren alles andere als normal.

Elmars Taucherlampe begann zu flackern. Edeltraud registrierte es und wusste, dass sein Akku schlappmachte. Er würde die Leistung verringern, doch die Leuchtkraft würde nicht mehr lange vorhalten, dann würde er im Dunkeln sitzen. Edeltraud bückte sich und sah zwischen ihren gegrätschten Beinen den Weg zurück, den sie gekommen waren. Tiefste Finsternis umgab sie, kein heller Streifen am Horizont, keine Lichtreflexe von der Oberfläche des düsteren Hausteinsees. Ohne Lampe gab es keine Orientierung. Nicht einmal die Luftblasen, die zielstrebig nach oben stiegen, waren zu erkennen. Ihnen zu folgen war eine Möglichkeit, aus der Tiefe nach oben zu finden, wenn man sie sehen konnte. Ohne Lampe – keine Chance.

Jetzt musste sie handeln.

Jetzt konnte sie ihn loswerden.

Jetzt!

Sie benötigte vier, fünf kräftige Flossenschläge, um ihn einzuholen. Er würde sie nicht bemerken, denn er war zu träge, um sich nach ihr umzudrehen, und sie würde ihn, geleitet durch den nachlassenden Schein seiner Tauchlampe erreichen. Das Flackern war jetzt so nervös geworden, dass der Akku wohl keine zwei Minuten mehr durchhielt.

Ein Kinderspiel, mit der rechten Hand nach seinem Flaschenventil zu greifen und es zuzudrehen. Von einer Sekunde zur anderen wäre seine Luftzufuhr abgeschnitten. Er würde es beim nächsten Atemzug bemerken, doch er würde nicht wissen, was die Ursache war. Und selbst wenn er es erahnte, würden seine dicken Arme zu unbeweglich sein, um an das Ventil zu gelangen, um es aufzudrehen und sich die rettende Pressluft wieder zuzuführen.

Er würde panisch reagieren. Würde sich umdrehen nach ihr, das erste Mal bei diesem Tauchgang, denn bisher war es ihm gleichgültig gewesen, in welchem Abstand sie ihm gefolgt war und wie sie sich fühlte. *Sie wird sich schon melden, wenn etwas nicht stimmt,* hatte er sicher gedacht. Er würde sich umdrehen und sie nicht sehen, denn sie schwebte über ihm, außerhalb seines durch die Tauchmaske ohnehin eingeschränkten Sichtfelds. Außerhalb seiner Reichweite.

Er würde herumwirbeln, nach vorn starren, nach rechts, nach links, dabei die Enge in seinem Brustkorb spüren, das beklemmende Gefühl, keine Luft mehr zu bekommen. Die Augen panisch aufgerissen, würde er sich schließlich den Atemschlauch aus dem Mund reißen, versuchen, über seinen zweiten Automaten, den Oktopus, Luft zu bekommen, was irrsinnig war, da er am selben Ventil an die Flasche angeschlossen war. Dabei würde er Wasser schlucken, zu husten beginnen, wieder Wasser schlucken, sich vielleicht in Panik die Maske vom Gesicht reißen, die Kälte des Sees auf der Haut spüren, das Reißen in den Lungen, das Wasser in der Luftröhre, den kalten Tod des Ertrinkens.

Ihre Lampe würde ihn beleuchten, wenn sein Körper ohne Zuckungen tot im Wasser trieb, sie würde sich ihm vorsichtig nähern, langsam das Ventil seiner Flasche wieder aufdrehen, um die Spuren seines gewaltsamen Todes zu verwischen und etwas Luft aus seiner Tarierweste ablassen, damit ihn das bleibeschwerte Gewicht seines luftleeren Körpers in die Tiefe zog.

Es würde Tage dauern, bis man ihn fand.

Ihr Beinschlag war kräftig genug, um ihn einzuholen, doch sie sah ihn nicht. *Gut,* dachte sie, *hat seine Lampe jetzt schon den Geist aufgegeben?* Sie nestelte an ihrem Jackett, um ihre Lampe aus der Schlaufe zu lösen und bewegte den Drehknopf nach rechts. Kurz flackerte das Licht blinkend auf, dann blieb es dunkel. *Mist, wieder falsch herum gedreht!* Der Knopf bewegte sich nach links, ein kurzes Blinken – der helle Strahl durchschnitt in mattem Gelb das gespenstisch schwarze Wasser und verlor sich in der Unendlichkeit der Tiefe.

Kleinste Planktonteilchen und Schwebalgen tanzten im Lichtschein, trübten die Sicht und gaben dem Wasser das Aussehen einer milchigen Suppe. Was sie nicht erkennen konnte, war Elmar.

Dann begann ihr Licht, erneut zu flattern. Das irritierte sie, denn sie hatte den Akku frisch geladen, sie schaltete die Leistung der Lampe weiter zurück und suchte im trüben Schein weiter. Elmar war verschwunden!

Plötzlich gewahrte sie den zweiten Lichtschein. Strahlender und heller als der ihrer Lampe, der im selben Augenblick erlosch. Gleichzeitig spürte sie den Luftstrom versiegen. Sie wollte noch einmal einatmen, doch es war, als ob die Zufuhr unterbrochen war! Sie versuchte, mit der Hand ihr Flaschenventil zu erreichen, doch ihre Finger waren zu klamm und in den dicken Handschuhen zu ungelenk. Sie wirbelte panisch herum, sah für eine Sekunde Elmars Gestalt schattengleich über sich schweben.

Dann blendete sie der Strahl seiner Lampe, sie spuckte das Mundstück aus, griff Hilfe suchend nach ihrem Zweitautomaten, strampelte wild mit den Beinen, als sie fühlte, wie sich ihre luftleeren Lungen verkrampften. Ihre Augen weiteten sich, in einer letzten Panikattacke riss sie sich die Maske vom Kopf und fühlte nur noch die eisige Kälte des schwarzen Wassers, bevor ihr Körper leblos dem Grund des Sees entgegensank.

Eine halbe Stunde später stieg Elmar an Land.

»Erledischd. Gabiddl Edldraud abgeschlossn. Un reisch bin isch ooch«, sagte er leise, während er sich aus seinem Neoprenanzug schälte. Die Gestalt, die sich ihm unter den Bäumen näherte, bemerkte er nicht. Er nahm die Taucherlampe, nachdem er über Handy den Notruf abgesetzt und vom Unfall seiner Tauchpartnerin berichtet hatte, und ließ den Lichtschein über die Oberfläche des Hausteinsees gleiten. Düster hoben sich die Silhouetten der Bäume über dem glatten Wasserspiegel in den nächtlichen Himmel.

»Guhd, dass isch die neue Lambe midgenomm hab«, murmelte er. »Hab der alden einfach nisch mehr gedraud. Die habsch Edldraud unnergeschobn. Lieschd jedzd mit ihr da unden.«

Die Person, die sich leise hinter ihn geschlichen hatte, hörte jedes seiner Worte.

»Du hättest schon damals mich heiraten sollen, und nicht sie«, bemerkte Trude. Er drehte sich lächelnd zu ihr um und sie küssten sich leidenschaftlich.

Fast eine Woche später fanden Taucher während eines Nachttauchgangs, der sie in fast 30 Meter Tiefe geführt hatte, die Leiche der Taucherin, die an jenem düsteren Abend von ihrem Tauchpartner als vermisst gemeldet worden war. Es wurde vermutet, dass sie im Dunkeln die Orientierung verloren hatte und in Panik geraten war. In ihrer Pressluftflasche hatten sich noch knapp 100 Bar befunden, der Akku ihrer Taucherlampe war leer gewesen.

Ein prächtiger Edelkrebs war geisterhaft von dem leblosen Körper geglitten und seine Augen hatten das Licht aus den Lampen der Nachttaucher in einem feurigen Rot reflektiert. Doch keiner der Taucher interessierte sich dafür, was er mit eigenen Augen gesehen hatte, an jenem düsteren Abend des zu Ende gehenden Sommers 2006, im Hausteinsee, nur wenige Kilometer nördlich von Dresden …

RALF ALEX FICHTNER
OHNE SPUR

In der zweiten Märzhälfte zog eine breite Kaltfront langsam über Deutschland. Weiß wurde wieder zur alles beherrschenden Farbe. Die Heizkosten stiegen, die Autos rutschten und die Leute stöhnten. Alle erwarteten sehnsüchtig den Frühling. Wirklich alle? Nun ja, es gab auch Ausnahmen. Der 42-jährige Dachdeckermeister Detlef Deckel aus Schwarzenberg gehörte dazu. Obwohl der lange Winter einerseits seinem Gewerbe schadete, war er andererseits ein begeisterter Wintersportler.

Der letzte Sonntag im März war ein herrlicher Wintertag, märchenhaftes Wetter wie aus dem Bilderbuch. Gegen Morgen war Neuschnee gefallen und am Vormittag kam die Sonne heraus. Da gab es für Detlef kein Halten mehr. Die Skiausrüstung wurde herausgeholt und los ging es, die Schneeschuhe über der linken Schulter und in der rechten Hand die Stöcke. Erst am Ortsausgang, am Fuße des Hanges neben der Hauptstraße, schnallte er seine Bretter an, atmete tief durch und marschierte los, voller Energie und Abenteuerlust. Kraftvoll schritt er aus. Die Schneekristalle glitzerten in der Sonne, aber die grellweiße Fläche konnte ihn nicht blenden. Seine Augen wurden von einer modischen, silbergerahmten Sonnenbrille geschützt. Er war in seinem Element.

Schon nach wenigen Minuten hatte er den Waldrand erreicht. Hier gönnte er sich einen kurzen Halt und genoss einen Augenblick lang das wundervolle Panorama. Im Tal sein Heimatort und im Hintergrund die bewaldeten Berghänge. Einmalig.

Er musste sich mit Gewalt losreißen, denn er hatte noch eine weite Strecke vor sich. Zwischen hochstämmigen Fichten, deren Äste von der Schneelast heruntergedrückt wurden, und kahlen Buchen suchte er sich einen Weg. Nicht nur der sportliche Aspekt am Skifahren interessierte Detlef Deckel, nein, er hatte auch ein Auge für die Schönheiten der Natur. Wie doch das weiße Gold die Landschaft verzauberte. Die Formen wurden weicher und gleichzeitig bizarrer. Ein leichter Wind wehte, und ab und an wirbelten ihm Flocken von den Bäumen ins Gesicht. Immer wieder blitzte zwischen Stämmen und Zweigen die Sonne hervor. Vor ihm führte eine Wildspur durch den Schnee und verschwand zwischen zwei kleinen Felsen. Bis zur Lichtung konnte es nicht mehr weit sein. Es galt nur noch die Hasensenke und die Fichtenschonung zu durchqueren, vorbei am Hochstand und am alten Schacht. Hinter der krummen Eiche öffnete sich der Wald. Schwungvoll drückte sich Detlef Deckel mit den Stöcken ab und fuhr auf die Lichtung. Sie lag vor ihm wie eine Fläche geschmolzenen Metalls. Gemächlich glitt er bergab. Er befand sich ungefähr in der Mitte der Lichtung, als es geschah. Alles passierte im Bruchteil einer Sekunde. Der Schlag kam völlig unerwartet und war sofort tödlich. Wie ein Blitz aus heiterem Himmel …

Es war am frühen Nachmittag des gleichen Tages, als Bernd Steinfelder die Lichtung befuhr. Schon von Weitem sah er eine reglose Gestalt im Schnee liegen. Ein Skifahrer. Sein Kopf war blutüberströmt. Hier musste etwas Schreckliches passiert sein. Ungefähr fünf Meter neben dem Skifahrer steckte ein dunkler Gegenstand im Schnee. Was es genau war, konnte er nicht erkennen.

Was tun? Der Schreck saß ihm tief in den Knochen. Das Handy! Zum Glück hatte er sein Handy mitgenommen. Er wählte die Nummer des Notrufs, nannte seinen Standort und beschrieb kurz die Situation.

Eine halbe Stunde später war nicht nur der Notarzt, sondern auch Kommissar Schmidt vor Ort. Während der Arzt nur noch den Tod des Skifahrers bescheinigen konnte, stellte Kommissar Schmidt fest, dass er vor einem riesengroßen Problem stand.

Denn: Es gab nur zwei Skispuren auf der Lichtung, die des Opfers und die von Bernd Steinfelder, der die Leiche gefunden hatte. Ansonsten nichts, keine weiteren Abdrücke. Doch der Reihe nach. Schmidt untersuchte nochmals gründlich die Leiche. Mitten auf dem Kopf des Opfers bemerkte Kommissar Schmidt eine tiefe Wunde. Alles deutete darauf hin, dass der Mann erschlagen worden war.

Die Identität der Leiche konnte schnell ermittelt werden. Bei der Befragung Steinfelders stellte sich heraus, dass dieser das Opfer, den Dachdeckermeister Detlef Deckel, persönlich kannte. Weiterhin entpuppte sich der dunkle Gegenstand neben der Leiche als ein wuchtiges Fernglas. An diesem befanden sich eindeutige Blutspuren. Natürlich die Mordwaffe. Eigentlich war die Sachlage klar. Deckel war mit diesem Fernglas erschlagen worden. Aber von wem? Es gab weit und breit keine Fuß- oder Skispuren, nur die von Deckel und Steinfelder. Konnte Steinfelder das

Fernglas geworfen haben? Kaum. Eine andere Möglichkeit gab es aber nicht. Vom Waldrand her konnte keiner das Fernglas geschleudert haben. Völlig unmöglich, zumal in den angrenzenden Waldstreifen keine weiteren menschlichen Spuren gefunden wurden. Schmidt stand damit vor einem schier unlösbaren Fall. Ein Mord auf offenem Feld und keine einzige Spur von einem Täter.

Eine Woche später besah Schmidt sich noch einmal die Fotos vom Tatort und konnte sich immer noch keinen Reim darauf machen. Auch die Vernehmung Steinfelders warf kein neues Licht auf die verzwickte Angelegenheit. Dieser stritt vehement alle Anschuldigungen ab. Zudem besaß er keinerlei Motiv für die Tat. Und schließlich hatte er ja selbst die Polizei informiert. Obwohl, es konnte ja auch ein guter Trick gewesen sein, um sich zu entlasten. Aber Schmidt hatte irgendwie das Gefühl, dass Steinfelder mit der Sache nichts zu tun hatte. Der Mann war kein kaltblütiger Mörder. Aber wer war es dann gewesen?

In der ganzen Gegend hatte der Mordfall für großen Wirbel gesorgt. Die Leute wagten sich nicht mehr in den Wald. Die Tourismusbranche befürchtete, dass der Tod des Dachdeckermeisters zu einem Imageschaden für die Region führen könnte. Im Volksmund wurde die Lichtung bereits in Mordlichtung umgetauft. Schwarzenberg hatte die schneeweiße Unschuld verloren und sich in einen Ort der Angst verwandelt. Der Kriminalpolizei warfen die Bürger Untätigkeit vor, obwohl die Beamten redlich um die Aufklärung des Falles bemüht waren. Doch auch die unzähligen Befragungen unter Nachbarn und Verwandten blieben ergebnislos. Es gab außer Steinfelder keine weiteren Zeugen und er hatte die Leiche ja auch nur zufällig entdeckt. Trotzdem wurde er von den Leuten gemieden und misstrauisch beobachtet. Steinfelder belastete das sehr. Wie sollte er seine Unschuld beweisen? Zum Glück hielt ihn wenigstens der Kommissar für unschuldig. So ein Fernglas, wie es am Tatort gefunden worden war, hatte er auch nie besessen, das konnten mehrere Zeugen bestätigen. Die Fingerabdrücke auf der Tatwaffe stimmten ebenfalls nicht mit den seinigen überein. Sie wurden auch in keiner Kartei gefunden.

Drei Wochen nach der mysteriösen Mordtat saß Kommissar Schmidt am Schreibtisch in seinem Büro und schaute gedankenverloren aus seinem Fenster in den Himmel. Er erstarrte. Was er da erblickte, fuhr ihm durch alle Glieder. Dies war die Lösung – völlig irr, aber die einzige Möglichkeit.

Ein hellblauer Flachbau in einem Gewerbegebiet. Kommissar Schmidt las das Schild und klingelte. Er wurde freundlich empfangen. Schmidt kam sofort zur Sache und legte alle Karten auf den Tisch. Die drei Herren, die ihm aufmerksam zuhörten, wurden bei seinen Worten immer bleicher. Die mysteriöse Sache war hiermit geklärt. Der brutale Mord war kein Mord, sondern ein unglücklicher, nahezu unwahrscheinlicher Unfall.

Kommissar Schmidt befand sich im Club der Ballonfahrer. Dort wurde ihm bestätigt, dass vor drei Wochen, an jenem letzten Sonntag im März, ein Ballon jenes Waldgebiet im Erzgebirge überquert hatte. Danach wurde ein Fernglas vermisst, aber keiner hatte sich weiter ernsthafte Gedanken darüber gemacht und den Verlust weder mit dem Flug noch mit dem Mord im Winterwald in Verbindung gebracht. Wie das Fernglas aus dem Korb fallen konnte, wurde nie geklärt.

STEFANIE BARTHEL / ALGIS SCHUHKNECHT / JOCHEN DIETEL

MORD UNTERM PORTIKUS

1

Der Raum war schwach beleuchtet. Aus den im Dunkel liegenden Ecken sprangen ihm angsteinflößende Schatten entgegen. In einem Winkel glaubte er die Umrisse eines zähnefletschenden Löwen mit zu Berge stehender Mähne und scheinbar riesigen Pranken zu erkennen. Auf der anderen Seite blitzte ein Säbel und ein Pirat rasselte mit seinen Ketten. Einen solch starken Stoß hatte er dem Jungen nicht versetzen wollen, aber dieser Hänfling taumelte sofort, versuchte noch, sich an der Kette des Piraten festzuhalten und fiel dann, ins Leere greifend, doch zu Boden. Jetzt lag er da, dieser nichtsnutzige Dilettant. Worauf in aller Welt hatte er sich hier nur eingelassen? Er beobachtete den Jungen, der sich langsam vom Boden hochrappelte, seine Wut hinunterschluckte und gespielt sachlich hervorbrachte:

»Bis morgen, 14 Uhr. Das ist mein letztes Wort. Sonst …«

»Sonst was?«, fauchte er den Jungen an. »Was wirst du dann tun? Mit wem glaubst du, legst du dich hier an?«

Seine Angst versteckte sich gekonnt hinter seinem stetig wachsenden Zorn. Aber der Junge setzte noch eins drauf: »14 Uhr, ich habe Beweise.«

Augenblicklich geriet die Situation außer Kontrolle: »Schluss jetzt!«, schrie er, und mit einem Satz sprang er auf den Jungen zu.

Die beiden Männer rangen miteinander, als ginge es um Leben und Tod. Alles um sie herum drehte sich wie in einem skurrilen Tanz. Dabei stießen sie an Podeste, Puppen, Säulen und andere Attrappen, bis sie einen Baum umstürzten, der sie mit sich zu Boden riss. Durch den Schlag eines Astes benommen, konnte der Junge seinem Angreifer wenig entgegensetzen. Dieser atmete heftig, sah und hörte nichts mehr. In blinder Wut schüttelte und würgte er den Jungen. Langsam erkannte er wieder grüne Punkte vor sich, die Blätter zwischen ihnen. Von der anderen Seite des Raumes zwinkerte der Pirat ihm zu und klirrte mit seiner Kette.

2

Schweißgebadet schreckte Oberkommissar Fuchs aus dem Schlaf. Was war das für ein Geräusch? Erst letzte Woche hatte er die Klingel reparieren lassen. Warum nur? Damit sie ihn nun um sechs Uhr in der Frühe aus dem Schlaf riss. Jemand klingelte Sturm. Wer zum Henker konnte das sein, um diese Zeit? Schlaftrunken wankte der Oberkommissar zur Wohnungstür. Das Klingeln riss nicht ab. Wütend öffnete er, um dem schrillen Ton ein Ende zu setzen.

»Du kannst dir gar nicht vorstellen, was passiert ist!«

Wild gestikulierend stand sein Assistent, den alle nur Peter S. nannten, vor der Tür. Verstört blinzelte Fuchs ihn an.

»Ich bin draußen.« Aufgeregt schnappte Peter S. nach Luft.

»Ja, das sehe ich.«

Peter S. blickte seinen Kollegen verwirrt an: »Nein, du verstehst nicht – ich bin draußen und das so kurz vor der Rente!«

»Ach so, ja, na dann komm doch erst mal rein.« OK Fuchs begriff gar nichts.

»Nein, ja, was ich dir sagen will, die haben mich rausgeschmissen!«

»Wie? Wurdest du versetzt?«

»Was? Wie? Ach nein. Ich meine doch meine Laienschauspielgruppe. Stell dir vor, gestern bei der Probe: Angeblich passe ich mit meinen Ansichten nicht mehr ins Team. Dabei gehöre ich doch zu denen, die wirklich talentiert sind. Na ja, ich sag's ja immer: Wenn Neid, Missgunst und Dummheit zusammenkommen, dann ist das eine gefährliche Mischung!«

Immer noch fassungslos, irgendwo zwischen Traum und Wirklichkeit, starrte Fuchs auf seinen Assistenten. »Weißt du eigentlich, wie spät es ist? Und deshalb klingelst du mich aus dem Bett?«

»Nein, deshalb nicht, obwohl es beinahe genauso schlimm ist.«

»Also?«, fragte Fuchs ungeduldig.

»Ich komme als Kollege. Wir müssen wieder mal ran.«

»Was ist denn passiert?«

»Gerade haben sie ihn gefunden. Einen jungen Kerl, vielleicht 30 Jahre. Ausgerechnet jetzt – im ungünstigsten

Moment. Nun steht alles still. Wo doch in zwei Tagen der ganze Presserummel ist.«

»Ich versteh nur Bahnhof.«

»Genau!« Die Augen von Peter S. weiteten sich unnatürlich: »Bayrischer Bahnhof! Genau da haben sie ihn gefunden. In einer alten Baracke, direkt neben dem Portikus.«

OK Fuchs verstand immer noch nicht ganz. »Der Portikus? Soll der nicht übermorgen verschoben werden?«

»Genauer gesagt: zurückverschoben. Deshalb der ganze Presserummel. Also los jetzt, wir müssen.«

Draußen wurde es allmählich hell. Und so langsam dämmerte es auch bei Oberkommissar Fuchs. Es stand ja fast täglich etwas in der Zeitung. Beim Bau des ›millionenschweren‹ City-Tunnels, der quer durch die Leipziger Innenstadt verlaufen sollte, stand der Portikus des Bayrischen Bahnhofs im Weg. Die denkmalgeschützte Säulenhalle musste deshalb verschoben werden. Begleitet wurde alles wie immer von einem riesigen Medienaufgebot.

Aber das ganze Theater interessierte Fuchs überhaupt nicht, schon gar nicht um diese Zeit.

3

Die ersten Sonnenstrahlen warfen gerade ihr morgendliches Licht auf die Baustelle. Doch etwas an diesem Morgen war anders als sonst. Nichts schien sich zu rühren. Kein Baulärm, kein Geschrei, keine dröhnenden Baufahrzeuge. Noch während OK Fuchs diese friedlich wirkende Atmosphäre in sich aufnahm, kam ein Streifenpolizist auf die beiden Beamten zugerannt und erinnerte sie an den Grund ihres Einsatzes.

»Gut, dass Sie da sind. Wir haben schon gewartet. Da drüben liegt er.«

»Gibt's hier auch Kaffee?« Oberkommissar Fuchs war immer noch nicht ganz munter und der abrupte Frontalangriff von Peter S. an diesem Morgen hatte ihn seines gewohnten Frühstücks beraubt. Sein Magen protestierte.

»Das Bahnhofsrestaurant hier ist noch geschlossen. Aber versuchen Sie es doch mal drüben im ›Backparadies‹.«

Fuchs blickte auffordernd zu Peter S. Doch der hatte gerade seinen Schlips im Reißverschluss seiner Aktentasche eingeklemmt.

›Wie ungeschickt er doch manchmal ist‹, dachte Fuchs, konnte sich jedoch ein Schmunzeln nicht verkneifen: »Na los, worauf wartest du noch?«

Sein Assistent blickte erschrocken auf: »Ach so, ja …«

Während er weiter mit seinem Missgeschick kämpfte, folgte er wie gewohnt den Aufforderungen seines Chefs. Dieser machte sich inzwischen auf den Weg zum Fundort der Leiche.

Vor der alten Baracke lagen pink- und türkisfarbene Rohrleitungen. »Was das wieder für ein Mist ist …«, knurrte OK Fuchs. Die bunten Rohre schmückten seit einiger Zeit die halbe Stadt. Den genauen Sinn verstand Fuchs nicht. Er vermutete, sie wurden vorübergehend als Abwasserrohre genutzt, solange sich der umstrittene City-Tunnel im Bau befand. Aber warum sie nun so schrecklich bunt sein mussten?

Die Baracke dahinter wirkte in ihrem trostlosen Grau umso fahler. Das Dach hatte sich teilweise gelöst und dicke Holzbalken ragten aus ihrem Inneren heraus. Unter den Resten des eingestürzten Daches lag der Tote. Viel war nicht zu sehen von ihm. Eine Hand ragte hervor und ein Schuh lag etwas weiter entfernt. Selbst der Kopf war größtenteils mit Trümmerteilen bedeckt.

»Ach Heinz, du bist's.«

Der Leiter der Spurensicherung blickte auf: »Aha, haben sie also gleich den Herrn Oberkommissar persönlich an den Tatort beordert.«

Fuchs grinste kurz, wurde sich jedoch gleich wieder des Ernstes der Lage bewusst: »Na, was haben wir denn hier?«

»Einen Toten, männlich, Alter circa 30.«

»Todeszeitpunkt?«

»Nach ersten Erkenntnissen zwischen 23 Uhr abends und ein Uhr morgens.«

»Gibt es irgendwelche Hinweise auf die Identität des Opfers?«

»Nein, keinerlei Papiere. Nichts.« Heinz Fussel erhob sich und fuhr fort: »Zunächst sah alles nach einem Unfall aus. Doch der lässt sich mit Sicherheit ausschließen. Aber jemand wollte wohl, dass es so aussieht.«

Vorsichtig hob Heinz einen der umgestürzten Balken an. Auf dem seitlich gedrehten Kopf des Opfers klaffte eine dunkle Wunde: »Hier hat ihm jemand einen ganz schönen Schlag versetzt.«

»Bist du sicher, dass die Wunde nicht von dem eingestürzten Balken herrührt?«

»Möglich«, antwortete Heinz. »Aber mein Gefühl sagt mir, dass der Tatgegenstand nicht hier zu finden sein wird. Und wie sollte das bei einem Unfall möglich sein? Anhand der Blutgerinnung ließe sich feststellen, ob die Wunde früher existiert hat, als die Blessuren durch die eingestürzten Balken. Außerdem scheinen mir die Blutergüsse hier am Hals garantiert nicht vom Einsturz herzurühren.«

Resigniert zuckte Fuchs mit den Schultern. Für einen kurzen Augenblick hatte er gehofft, dies sei doch kein Mordfall und er könne wieder nach Hause. Wo blieb denn nur sein Kaffee?

Den Schlips hatte Peter S. inzwischen abbinden müssen. Er hing immer noch im Reißverschluss seiner Aktentasche fest: »Dass immer mir so was passiert«, murmelte er vor sich hin. Nach einem langen Schwätzchen mit der Bäckersfrau, der er ausführlich vom Rausschmiss aus seiner Theatergruppe berichtet hatte, war er nun beladen mit Kaffee und belegten Brötchen auf dem Rückweg.

»Na endlich!« Fuchs riss ihm einen der Becher aus der Hand. »Wo warst du denn so lange? Inzwischen hab ich ja schon die halbe Belegschaft hier befragt.«

»Ich war auch nicht untätig! Also im ›Backparadies‹ hat niemand was Auffälliges bemerkt. Die Bäckersfrau war sehr nett. Sie ist übrigens auch der Meinung, dass es nicht in Ordnung war, wie meine Theatergruppe mich behandelt hat.«

»Bleiben wir beim Thema. Die Bauarbeiter hier wollen nichts bemerkt haben. Und der Zeuge steht noch unter Schock.«

Reifen quietschten und Peter S. verschwand fast in einer Staubwolke. Aus einem schwarzen Geländewagen sprang ein kleiner dicker Mann mit Schnurrbart. Eine überdimensionale Spiegelsonnenbrille verdeckte fast die ganze obere Hälfte seines Gesichtes.

›Der sieht ja aus wie Biene Maja‹, grinste Fuchs innerlich.

»Was ist denn hier los? Wieso wird denn nicht gearbeitet? Und was haben Sie hier zu suchen?« Der Blick des hochroten Bauleiters Dümpel fiel auf Peter S., welcher gerade aus der Staubwolke wieder auftauchte.

»Die Fragen stellen wir hier!«, versetzte Fuchs barsch. Ich bin Kriminaloberkommissar Fuchs und das ist mein Assistent. Wir untersuchen einen Mordfall auf Ihrer Baustelle. Wo waren Sie heute Nacht zwischen 22 und zwei Uhr?«

»Ich? Was? Wieso? Zu Hause, meine Frau kann das bestätigen. Was ist denn passiert?« Den Blicken der Beamten folgend, starrte er auf den Leichnam, der gerade in den Sarg gelegt wurde.

»Kannten Sie den Toten?«, fragte Fuchs. »Nein«, antwortete der Bauleiter zögernd und drehte sich schnell weg. Doch das nervöse Zucken seines Schnurrbartes entging dem Ermittler nicht.

»Ist das nicht einer von den Fernsehfritzen?«, fragte eine Stimme aus dem Hintergrund.

»Und wer sind Sie?« OK Fuchs drehte sich erwartungsvoll zu der giraffenähnlichen Gestalt im Blaumann um.

»Ecke. Unser Kranführer«, nahm der Bauleiter ihm die Antwort ab und fügte hinzu: »Wie immer zu spät.«

Den Kommentar ignorierend fuhr Ecke fort: »Erkennst du ihn nicht wieder, dich haben sie doch auch interviewt?«

»Sie kennen den Toten also doch?« Der Ton des Kommissars wurde schärfer.

»Mit Gesichtern hab ich es nicht so, aber jetzt, wo Sie es sagen, kann schon sein, dass er dabei war.«

»Was denn nun?«

»Ja, er war auch dabei. Die vom MDR machen irgend so eine Reportage, stellen dumme Fragen und halten meine Leute von der Arbeit ab. Aber wenn Sie Näheres wissen wollen, fragen Sie Herrn Wiesel, den Baudezernenten; der weiß genau Bescheid. Und nun müssen wir weitermachen. Übermorgen muss das Ding wieder am richtigen Fleck stehen.«

»Solange der Fall noch nicht aufgeklärt ist, tut sich hier gar nichts.« Und zu seinem Assistenten gewandt fügte Fuchs hinzu: »Nun knöpfen wir uns den Baudezernenten vor.«

4

»Nicht mal in Ruhe austrinken kann man.« Fast beleidigt kippte Peter S. den letzten Schluck seines Kaffees hinunter. Und während er noch an To-go-Coffee-Cups und die Weiten der Prärie dachte, stieß ihn Fuchs leicht an und deutete in Richtung Auto.

»Bin gespannt, was es mit der Reportage auf sich hat. Ich glaube, das ist eine ganz heiße Spur«, riss Fuchs ihn aus seiner Cowboywelt.

»Mhm.« Peter S. fiel es schwer, seine mit Müdigkeit gepaarte schlechte Laune zu verbergen, die erst wieder umschlug, als er die hohe, fast kreischende Stimme hörte, die hinter der Tür mit dem Schildchen ›Sekretariat Baudezernat, Viola Hummel‹ hervorschallte.

»Das tut mir leid, der Herr Wiesel ist noch nicht im Haus«, lautete die entscheidende Information, bevor Frau Hummel zu einem Wortschwall ansetzte: »Ach, der Gute, wo er doch so viele Sorgen hat, zurzeit. Ständig ist er unterwegs, hilft, wo er kann, er kann sich ja schließlich nicht zerteilen, jeder will was von ihm und dann kommen auch noch diese aufdringlichen Fernsehleute mit ihren dreisten Unterstellungen, richtig in die Mangel genommen haben sie ihn, er wusste gar nicht mehr, wo ihm der Kopf steht, kein Wunder, dass er das auf Dauer nicht aushält, mehrmals sogar kamen sie hierher und mich haben sie auch befragt, wegen irgendwelcher Auftragsgelder, und ich muss es ja schließlich wissen, dass der Herr Wiesel sich da auf nichts einlassen würde, schließlich geht ja alles über meinen Tisch.« Frau Hummel schnappte nach Luft.

Geistesgegenwärtig hakte Fuchs ein: »Also war Herr Wiesel auch gestern mit den Fernsehleuten im Interview?«

»Rausgeschmissen hat er sie. Er kam wutentbrannt aus seinem Büro und ist dann eher gegangen. Aber warum fragen Sie?«

Erst jetzt sah sich Frau Hummel die beiden Ermittler genauer an und war gerade dabei, eins und eins zusammenzuzählen, als Herr Wiesel zur Tür hereinflog.

»Ah, der Herr Baudezernent.« Schwungvoll drehte Fuchs sich in seine Richtung.

»Guten Tag die Herren, wie kann ich Ihnen helfen?« Abrupt stoppte Wiesel seinen Landeanflug.

»Ich würde Ihnen gern ein paar Fragen stellen.«

»Selbstverständlich, worum geht es?«, fragte der Baudezernent und begleitete die Frage mit einer einladenden Geste in Richtung seines Büros. Frau Hummel und Peter S.

blieben allein zurück. Selbst der ungeübte Blick erkannte sofort: Hier sind zwei, die sich verstehen.

»... und dann haben sie mich einfach gefeuert. Nun stellen Sie sich das mal vor«, jammerte Peter S. nach der zweiten Tasse Kaffee, die ihm Frau Hummel tröstend serviert hatte. »Ja, ja, ich kenn das, während die Weisen grübeln, erobern die Dummen die Festung, aber das wird nicht das letzte Engagement für Sie gewesen sein.«

Gerade als sie zu einem aufmunternden: »Kopf hoch!« ansetzen wollte, kam Fuchs eilig aus dem Büro des Baudezernenten, und ohne Rücksicht auf die zarten Bande im Raum platzte es aus ihm heraus: »Peter, wir wissen, wer das Opfer ist. Die Spurensicherung hat gerade angerufen. Wir müssen los.«

»Ja und, wer ist es denn?«, fragte sein Assistent, nach dem Gespräch mit Frau Hummel wieder versöhnlich gestimmt. »Der Verdacht hat sich bestätigt, das Opfer war Kameraassistent beim MDR. Dort fahren wir sofort hin. Auf Wiedersehen, Frau Hummel.«

»Alles klar«, pflichtete Peter S. ihm bei und zu Frau Hummel gewandt: »Verehrteste.«

5

Sie betraten das Büro des Chefredakteurs Henner Eden. Der saß gerade an seinem Schreibtisch, die qualmende Zigarette in der einen Hand, den Telefonhörer in der anderen und einen Berg voller leerer Plastikkaffeebecher auf seinem Schreibtisch.

»Ach so, ja, die Quote … wie … wieder mal im Keller … Kündigung … bessere Leute … Praktikanten … wissen Sie eigentlich … gut, ja dann bis gleich!« Entnervt warf Henner Eden das Telefon auf den Tisch.

»Und was wollen Sie?«, herrschte er im Berliner Dialekt die beiden Kommissare an, die er eben erst zu bemerken schien.

»Ich bin Oberkommissar Fuchs und das hier ist mein Assistent Peter S. Wir ermitteln in einem Mordfall.«

Der Chefredakteur zuckte nervös mit seinem rechten Augenlid. »Ein Mordfall? Ja aber … Wie kann ich Ihnen da weiterhelfen?«

»Es handelt sich um einen Ihrer Mitarbeiter. Seine Leiche wurde heute Morgen in einer Baracke am Bayrischen Bahnhof gefunden.«

»Mitarbeiter, Leiche. Ja, aber wer denn?«

»Max Schulte, Ihr Kameraassistent.«

»Sind Sie denn sicher, dass es Mord war?«

»Absolut sicher. Aber jemand wollte wohl, dass es wie ein Unfall aussieht.«

»Ja, aber dann, das ist ja schrecklich, unmöglich«, nervös riss Henner Eden eine neue Packung auf und steckte sich mit zitternden Händen eine Zigarette an. Er wirkte sichtlich mitgenommen.

Sein Schreibtisch war mit zahllosen Papierstapeln übersät. Das reinste Chaos. ›Dass der hier überhaupt noch den Überblick behält‹, dachte Fuchs bei sich. Henner Eden bemerkte seinen argwöhnischen Blick. »Keine Zeit für Ordnung. Seit ich keine Praktikantin mehr habe, komm ich mit dem Aufräumen nicht mehr hinterher. Und jetzt auch noch ein toter Mitarbeiter.«

»Kannten Sie denn das Opfer privat?«, fragte Peter S. mit hüstelnder Stimme.

»Nein, wir hatten nur dienstlich im Sender miteinander zu tun. War ein netter Kerl, der Junge. Sie müssen wissen, wir sind hier alle eine große Familie.«

»Haben Sie eine Vorstellung davon, wer ihn umgebracht haben könnte?«

»Nein, überhaupt nicht.«

Henner Eden öffnete das Fenster, gerade noch rechtzeitig, um Peter S. vor dem sicheren Erstickungstod zu retten.

»Denken Sie denn, die Dreharbeiten am Bayrischen Bahnhof haben etwas mit dem Mord zu tun? Obwohl, na ja, das könnte schon sein. Wir waren da einer ziemlich heißen Geschichte auf der Spur. Brisantes Material, Sie wissen schon. Also, es ging um Betrug beim Bau des City-Tunnels. Da wurden Gelder veruntreut, keine kleinen Summen, nein, es scheint da um Millionen zu gehen. Sowohl Bauleiter Dümpel, als auch der städtische Baudezernent Wiesel hängen mit drin. Die Verstrickungen gehen bis in höchste Kreise. Schon möglich, dass da einer die Nerven verloren hat. Aber wir sind noch ganz am Anfang unserer Recherchen.«

Der Zigarettenqualm hatte sich allmählich verflüchtigt und von draußen drang der leckere Duft eines Bratens aus der MDR-Kantine herüber. Dabei fiel Peter S. ein, dass er wieder mal seine Bemmbüchse vergessen hatte.

»Haben Sie Material über die Geschichte, das uns weiterhelfen könnte?«

»Aber natürlich.« Henner Eden blickte auf den Papierberg seines Schreibtisches. »Irgendwo hier muss unser

Recherchematerial sein. Aber besser, Sie sprechen mal mit unserem Redakteur Malte Fahrich. Er kennt sich am besten mit der Geschichte aus. Er wird morgen mit den anderen am Portikus drehen.«

»Gut, dann werden wir ihn da treffen. Vielleicht nehmen Sie sich in der Zwischenzeit mal ein paar Minuten, um die Sachen zu finden. – Und warten Sie damit bitte nicht erst auf die nächste Praktikantin.«

Als sich die beiden Ermittler gerade auf den Weg machen wollten, betrat Programmchefin Henriette von Floez das Zimmer.

»Aha, ich sehe, die Herren von der Kripo sind schon da. Guten Tag. Mein Name ist Henriette von Floez«, stellte sie sich in reinem Hochdeutsch vor. »Der Polizeipräsident hat mich bereits informiert.«

›Ein bisschen übertrieben die Tante‹, dachte Fuchs.

Noch bevor er sich und seinen Assistenten vorstellen konnte, fuhr die Programmchefin zu Henner Eden gewandt fort: »Es tut mir ja wahnsinnig leid, Henner, für deinen Mitarbeiter, aber sieh es mal positiv. Vielleicht ergibt das eine heiße Story und so etwas ist schließlich gut für uns. Du weißt ja, die Quote, die Quote!«

Fuchs schaute missmutig: »Immerhin geht es hier um ein Menschenleben. Da ist uns Ihre Quote schei…, ich meine egal.« Und noch einen flüchtigen Blick auf Henner Eden werfend: »Wir sehen uns später. Suchen Sie die Akten so schnell es geht raus.«

Beim Verlassen des Raumes murmelte Peter S. seinem Chef bedeutungsvoll zu: »Da siehst du, ich sag's ja immer: Wenn Neid, Missgunst und Konkurrenzkampf zusammenkommen, dann ist das eine gefährliche Mischung.«

6

Das Herz schlug ihr bis zum Hals. Der Puls raste. Die Hand umklammerte fest den Griff des Messers in ihrer Tasche. Trotzdem wusste sie, was zu tun war. Die Gänge erschienen endlos, viel länger als sonst. Endlich angekommen, öffnete sie leise die Tür. Von drinnen sickerte nur spärliches Licht durch. Dort links im Halbdunkel erkannte sie eine reglose Gestalt. Erst beim Näherkommen bemerkte sie den Piraten mit der Augenklappe. Plötzlich hörte sie hinter sich eine vertraute Stimme.

»Ich habe dich schon erwartet. Wir haben uns ja eine Weile nicht gesehen.«

»Von mir aus hätte das auch so bleiben können. Aber … – du Schwein! So schnell hat sich das Blatt gewendet. Ich gehe zur Polizei. Alles werde ich denen sagen, alles. Dann bekommst du endlich, was du verdienst!«

»Willst du mich auch erpressen? Nur zu!«

»Ich will wissen, was passiert ist!«

»Es war ein Unfall, das wollte ich nicht.«

»In den Nachrichten sprachen sie von Mord. Ich hasse dich! Du hast mein Leben zerstört!«

Plötzlich ging alles ganz schnell. Das Messer in ihrer Tasche, Gerangel, ein kurzer Schrei, Blut, dann Stille. Mit einem Klicken schloss sich die Tür zum Fundus.

7

Das scheinbare Idyll der Baustelle vom Vortag war verflogen. Überall dröhnten und tuckerten die Baufahrzeuge. Riesige Staubwolken zogen in Richtung Innenstadt. Beim Anblick der beiden Beamten wurde Bauleiter Dümpel aschfahl im Gesicht.

Von dem Kamerateam fehlte jede Spur.

»Versuchen Sie es mal bei der Baracke. Sie wissen schon«, rief Dümpel erleichtert, als er begriff, dass sie nicht zu ihm wollten.

Tatsächlich trafen sie das Team vor der Baracke stehend und tuschelnd.

»Ob wir wohl mal stören dürften? Wir hätten noch ein paar Fragen«, schrie Fuchs, gegen den Baulärm ankämpfend, und winkte das Trio in Richtung ›Schalterhalle‹, dem angrenzenden Restaurant.

Das Fernsehteam beschuldigte sich gegenseitig: Der Redakteur sei in das Opfer unglücklich verliebt gewesen, die Kabelhilfe hätte nach Max' Tod dessen Platz eingenommen und der Kameramann schien von Anfang an neidisch auf seinen Assistenten gewesen zu sein, weil dieser einen viel besseren Blick fürs Bild hatte als er.

So viel zu: ›Wir sind alle eine Familie‹, sinnierte Fuchs.

Wie sich jedoch bald herausstellte, hatten zur Tatzeit alle drei gemeinsam im Sender gearbeitet und somit ein Alibi.

Ein Name tauchte jedoch immer wieder auf: Wiesel, der Baudezernent.

»Der hat Dreck am Stecken!«, hatte der Kameramann mit großen Augen versichert. »Und wir sollten das im Interview verschleiern. Ich kann Ihnen sagen: Hier geht alles den Bach hinunter. Früher, da haben wir wenigstens noch Fernsehen gemacht, aber heute …«

Während Fuchs sich eine halbe Stunde lang die Vorzüge zu Zeiten des DDR-Fernsehens anhören musste, versuchte Peter S. die immer wieder auftretenden Weinkrämpfe des verschmähten Redakteurs Malte Fahrig unter Kontrolle zu bringen. Durch das Kundtun seiner eigenen Leidensgeschichte gelang ihm das schließlich.

Nun blieb nur noch Kabelträger Mario, der seit dem Mord zum Kameraassistenten aufgestiegen war. Fuchs rechnete nicht mit neuen Informationen. Doch er sollte sich täuschen.

»Hat denn schon jemand seine Freundin benachrichtigt?«, fragte Mario.

»Welche Freundin?«

»Na, Susi, die ehemalige Praktikantin vom Chef.«

»Welcher Chef?«, hakte Fuchs nach.

»Herr Eden. Wir nennen ihn im kleinen Kreis auch ›VoKuHiLa-Ede‹, weil er die Achtziger sowohl musikalisch als auch optisch noch nicht ganz verarbeitet hat. Unter uns«, die Kabelhilfe winkte Fuchs verheißungsvoll näher, »er soll ihr ja ein paar Mal an die Wäsche gegangen sein. Das hat Max natürlich nicht gefallen. Aber das haben Sie nicht von mir.«

Fuchs notierte sich die Adresse des Mädchens.

Als er näher herantrat, hörte er den Redakteur gerade sagen: »Also Laienschauspieler sind für mich wie Kinder. Sie können so nett, aber auch so brutal und gemein sein.«

»Genau!«, setzte Peter S. erfreut an. »Und ich sage dazu immer: Wenn Neid, Missgunst und …«

»Das reicht!«, unterbrach ihn Fuchs barsch.

8

»Gut, also auf zu dieser Praktikantin, und danach knöpf ich mir noch mal den Dezernenten vor. Der steckt tief in der Sache drin. Das spür ich in meiner rechten Zehe, und die hat mich noch nie belogen.«

»Das kannst du dir sparen. Ich war doch gestern mit Viola im Theater in ›Hamlet‹.«

»Viola – wer?«

»Na Frau Hummel, die Sekretärin von Dezernent Wiesel.«

»Und?«

»Sie ist ja so kulturinteressiert. Würde bestimmt eine tolle Schauspielerin abgeben. Genau wie ich.«

»Das perfekte Paar …«, knurrte Fuchs vor sich hin. »Nun komm doch mal auf den Punkt! Was ist mit dem Wiesel?«

Ausführlich berichtete sein Assistent von den vielen Affären des Dezernenten. Eine davon entpuppte sich als Alibi der Mordnacht. Viola Hummel wusste einfach alles über ihren Chef.

Die Wohnung der Praktikantin war nicht weit vom Portikus entfernt. Wie viele der MDR-Mitarbeiter wohnte sie in der von Studenten bevorzugten Südvorstadt Leipzigs.

Während Peter S. Sturm klingelte, läutete Fuchs' Telefon. »Du kannst aufhören, die kann nicht mehr aufmachen.«

»Wieso das denn?«

»Sie liegt tot im Kostümfundus des MDR.«

9

Mit Blaulicht und quietschenden Reifen erreichten die Beamten das Gelände des MDR. Wie immer war die Spurensicherung schon zur Stelle.

»Ach du wieder, Heinz«, bemerkte Fuchs.

»Ahhh, der Oberkommissar. Du gehst wohl nie in Rente.« Heinz Fussel reichte dem Kollegen die Hand.

»Wann ist es denn passiert?«

»Gestern am späten Abend, vermutlich so gegen zehn. Genaueres wie immer nach der Obduktion.«

»Und sonst?«

»Na ja, geht schon. Der Große hatte ja am Wochenende Jugendweihe – äh, ich meine Konfirmation.«

»Nein, ich rede doch von dem Fall!«

»Ach so, ja. Mehrere Messerstiche, mindestens zwei davon tödlich. Es hat wohl einen Kampf gegeben.«

Gedankenversunken betrachtete Peter S. die Leiche: »Oh, wie gestern mit Viola bei ›Hamlet‹.«

Fuchs warf ihm einen bösen Blick zu: »Wer hat sie denn gefunden?«

»Der Requisiteur. Sitzt da drüben, noch völlig unter Schock. Kannst ihn gleich befragen, aber sieh dir vorher das hier mal an.«

Heinz zeigte auf eine überdimensionale Rolle schwarzen Leinens, deren Ende in Fetzen hing. »Bei dem Portikusopfer haben wir schwarze Faserspuren gefunden. Ich wette beim Leben meiner Schwiegermutter, dass die von hier stammen.«

»Mit deinen Vermutungen lagst du ja bisher immer richtig. Demnach könnte das hier auch der Tatort des ersten Mordes sein. Wir sollten uns die ›MDR-Großfamilie‹ doch mal genauer ansehen«, überlegte Fuchs laut und sah sich nach dem Requisiteur um. Der war bereits in ein angeregtes Gespräch mit seinem Kollegen vertieft. Das konnte nur eines bedeuten.

»… ist das eine gefährliche Mischung«, ereiferte sich Peter S. gerade. »Und falls sich doch mal was ergibt: Hier meine Handynummer.«

Auf dem Weg zum Fahrstuhl in die Führungsetage berichtete er seinem Vorgesetzten knapp von der Befragung des Requisiteurs, welcher zufällig auch Peter hieß. Der hatte die Tote am Morgen gefunden, als er gerade die Wetterdrehscheibe für die Außenaufnahmen des Wetterberichtes holen wollte. Gestern, am späten Abend, als er mal wieder Überstunden schob, hatte er Geräusche aus dem Fundus vernommen und sich gewundert, dass außer ihm noch andere ›so spät im Sender sind‹. Verdächtig war ihm aber nichts erschienen. Gesehen hatte er auch niemanden und da er es eilig hatte, nach Hause zu kommen, schenkte er dem Ganzen keine weitere Beachtung. Die Tote kannte er von einem Betriebsfest, als sie noch Praktikantin bei Henner Eden war. Ein Garten Eden schien es für sie nicht gewesen zu sein. Sie soll unter dem cholerischen Chefredakteur sehr gelitten haben. Dass sie die Freundin des toten Assistenten gewesen war, hatte er nicht gewusst, auch nichts von Belästigungen. Doch es gab da wohl noch einige Gerüchte um Manipulationen der Einschaltquoten. Genaueres wusste der Requisiteur nicht.

»Ich hab ihm übrigens meine Nummer gegeben«, schloss Peter S. seine Ausführungen ab.

»Gut«, lobte Fuchs, »dann wird er sich melden, sobald ihm noch etwas einfällt.« Peter S. schaute verständnislos. Schließlich meinte er zögernd: »Eigentlich ging es eher darum … weil Deko-Peter doch meinte … die brauchen immer mal talentierte Nachwuchsdarsteller. Aber natürlich kann er auch gern wegen des Falles anrufen.« Resigniert schüttelte sein Vorgesetzter den Kopf.

10

Während die Ermittler auf den Fahrstuhl warteten, rief eine aufgeregte Stimme von hinten. »Herr Fuchs, ich muss dringend mit Ihnen sprechen. Es geht um die Verbrechen.« Mario, die Kabelhilfe, war sehr blass und wirkte aufgeregt. »Später, wir sind gleich zurück.«

Ohne anzuklopfen, stürzten die beiden Ermittler in das Büro des Chefredakteurs. Hinter dichtem Zigarettendunst erkannten sie die Umrisse einer Gestalt. Die Person, die hektisch auf dem Schreibtisch etwas suchte, entpuppte sich als Henriette von Floez, die Programmchefin.

»Was machen Sie hier, wo ist Herr Eden?«, brach es aus Fuchs heraus.

»Das frage ich mich auch. Bereits vor einer Stunde sollte er mir den Drehplan für die morgige Rückverschiebung des Portikus vorlegen. Ich hab ihn heute noch nicht gesehen. Aber schauen Sie mal, was ich hier gefunden habe«, erwiderte sie und hielt den Kommissaren ein verunstaltetes

Foto der Praktikantin Susi entgegen. »Das ist ja widerlich.« Noch bevor Fuchs eine passende Antwort geben konnte, klingelte das Handy seines Assistenten. Ein Blick auf das Display zeigte die Nummer des Requisiteurs an. »Das ging aber schnell. Deko-Peter scheint gute Beziehungen zu haben. Ob es eine Hauptrolle sein wird?«

Für eine Sekunde sah sich Peter S. auf dem Bug der Titanic. Neben ihm Viola, beide flogen mit ausgebreiteten Armen der untergehenden Sonne entgegen. Erwartungsvoll nahm er das Gespräch an. Statt Wellenrauschen hörte er nur Lärm. Die erregte Stimme ließ ihn auf der Stelle vor Anker gehen. »Wie? Wo? Gut, wir kommen sofort. – Wir müssen in den Kostümfundus. Dort spielt sich gerade ein Drama ab.«

»Ob das gut für die Einschaltquoten ist?« Henriette von Floez blieb entgeistert zurück.

11

Schon von Weitem hörten sie die Schreie. Sie waren völlig außer Atem, als sie Deko-Peter, hilflos und kreidebleich im Gesicht, erreichten. »Er hat Mario gesehen und sich sofort auf ihn gestürzt. Ich hatte gar keine Zeit, zu reagieren. Die Tür ist von innen verriegelt. Ich weiß überhaupt nicht, was das soll?«

Es musste etwas passieren und zwar schnell. Aus dem Nichts drang die grelle Stimme von Henriette von Floez.

»Halt drauf …!« Der Kameramann im Gefolge der Programmchefin richtete seine Kamera auf den Eingang zum Fundus.

›Für die Quote würde die auch ihre Mutter vor laufender Kamera erdrosseln‹, dachte Fuchs angewidert.

Dagegen witterte Peter S. seine große Chance. Endlich. Der Moment, auf den er sein ganzes Leben lang gewartet und den er so emsig angestrebt hatte, schien gekommen. Das war seine Stunde. Laut schallte seine Stimme: »Weg von der Tür.«

Blitzschnell hatte er seine Dienstwaffe aus der Aktentasche gezogen. Nun bot sich ihm die Gelegenheit, vor laufender Kamera sein wahres schauspielerisches Talent zu beweisen. Die Schreie aus dem Fundus hatten sich inzwischen in klägliche Würgelaute verwandelt. Es wurde höchste Zeit. Er fühlte sich wie in einem Hollywoodstreifen. Mit einem gezielten Schuss versuchte er, die Fundustür zu öffnen. Das hatte er mal in einem ›Tatort‹ gesehen. Klick! Sekunden verstrichen, doch nichts passierte. Klick, klick und noch mal klick … es passierte immer noch nichts. Da fiel es ihm wieder ein. Klar doch, die Patronen. Vergessen.

Während Peter S. noch seinem verpatzten Debüt hinterhertrauerte, zerschmetterte sein Chef mit einem Fußtritt die Fundustür. Bruce Lee wäre vor Neid erblasst. Doch im Moment erblasste nur Peter S. Im Fundus bot sich ihnen ein Bild des Grauens. Überall lagen umgestürzte Dekorationsteile und Filmrequisiten. Inmitten des Chaos sahen sie die Umrisse von Mario, der Kabelhilfe, im Würgegriff einer großen Gestalt.

Für eine halbe Sekunde schien selbst Henriette von Floez die Einschaltquote zu vergessen und starrte fassungslos auf die sich ihr darbietende Szene. Doch kurz darauf hatte sie sich wieder im Griff. »Lass laufen …«, zischte sie dem Kameramann zu. Irritiert ließ die Gestalt von ihrem Opfer ab, doch nur scheinbar. Taumelnd stürzte Mario zu Boden. Noch bevor einer der Beamten eingreifen konnte, hatte sich der Täter einen Säbel, welcher inmitten der Requisiten lag, geschnappt und hielt ihn der benommenen Kabelhilfe an die Kehle.

»Keinen Schritt näher«, rief die Gestalt drohend. Im Halbdunkel war immer noch kein Gesicht zu erkennen. Nur die Stimme kam ihnen seltsam bekannt vor. »Machen Sie jetzt keinen Fehler. Wir können doch über alles reden. Sie sind doch noch jung, haben das ganze Leben noch vor sich.« Die Stimme des Ermittlers klang beschwörend. »Na ja, jedenfalls fast.« Warum hatte er nur die Fortbildungen in Kommunikationspsychologie immer sausen lassen? Dieser neumodische Schnickschnack hatte nichts mehr mit dem zu tun, was er auf der Polizeischule gelernt hatte. Aber jetzt könnte er das vielleicht brauchen.

Völlig unbeeindruckt von Fuchs' laienhaften Versuchen, verschwand der Täter mit Mario im Schlepptau durch den Notausgang des Fundus. Peter S. stürzte sofort hinterher.

»Wohin führt die Tür?«

»Zum Parkplatz, die wollen sicher abhauen!«

12

›… es gibt Tage, an denen geht einfach alles schief‹, dachte er. Alles war außer Kontrolle geraten. Warum hatte diese hintertriebene Praktikantin bloß in seinen Unterlagen rumgeschnüffelt? Sie hätte es ja so gut bei ihm haben können. Er war fast wie ein Vater zu ihr gewesen. Doch dieses naive, hohlköpfige Ding wusste seine fürsorglichen Bemühungen nicht zu schätzen. Dabei wollte sie es schließlich auch. So wie die sich immer anzog und ihn ständig anhimmelte. Nein, stattdessen erzählt dieses geschwätzige kleine Biest auch noch alles ihrem Freund, diesem nichtsnutzigen, karrieregeilen Kameraassistenten. Was glaubten die eigentlich, wer sie waren, dass sie sich mit ihm anlegten. Aber so nicht, nicht mit ihm. Wo er doch nur für den Sender lebte. Dabei schien anfangs alles so wunderbar. Niemand wäre je auf die Idee gekommen, dass sein Schwager vom ›QFIörS‹ die Einschaltquoten manipuliert hatte. Seit der den Job beim ›Quotenforschungsinstitut der öffentlich-rechtlichen Sendeanstalten‹ innehatte, lief alles wieder wie geschmiert. Die Programmchefin gab grünes Licht für neue Ideen und auch seine Medikamentendosis konnte er langsam halbieren.

Und dann machte dieses undankbare Ding mit ihrer Schnüffelei alles zunichte, erpresste ihn mit seinen eigenen Unterlagen. Scheiß Praktikantinnen. Wäre ja nicht das erste Mal, dass jemand deshalb von der Spitze der Karriereleiter fiel. Selbst Präsidenten waren vor ihnen nicht gefeit. Und nun?

›Nun sitze ich hier und bedrohe diese gescheiterte Existenz neben mir mit einem Säbel. Wenn diese Kabelhilfe weiter so fährt, haben die Bullen uns gleich.‹

Ein kurzer Blick in den Seitenspiegel verriet das sich nähernde Blaulicht. So weit war es nun mit ihm gekommen.

Erst jetzt fiel ihm auf, dass sie geradewegs in Richtung Bayrischer Bahnhof fuhren. Ausgerechnet dahin, wo er die erste Leiche versteckt hatte. Wie ein Unfall sollte es aussehen, deshalb hatte er ja auch die Baracke endgültig zum Einsturz gebracht. Aber offenbar war die Polizeiarbeit doch besser als ihr Ruf. Was ihn sehr verwunderte bei den beiden Witzfiguren, die ihn nun verfolgten.

»Jetzt gib doch endlich Gas!«, brüllte er den verstörten Mario an. Langsam verlor er die Nerven. Mario drückte das Gaspedal bis zum Bodenblech durch. Viel zu schnell schleuderte das Auto in die Kurve. Er verlor die Kontrolle über das Lenkrad. Ungebremst raste er in die Baustelle des Bahnhofsgeländes. Vorbei an der eingestürzten Baracke holperte der Wagen geradewegs auf den Portikus zu.

Endstation Bayrischer Bahnhof.

Sekunden später erreichten auch die beiden Kommissare den Portikus.

»Um Gottes willen«, rief Fuchs und rannte auf das Autowrack zu, dessen Fahrt jäh an einer der Portikussäulen geendet hatte. Sein Kollege war ihm gefolgt. Nun starrten sie beide fassungslos ins Wageninnere.

Henner Edens Kopf lag blutüberströmt auf der Konsole.

DER TAG DANACH

Alle Scheinwerfer waren auf ihn gerichtet. Es herrschte Totenstille. Ehrfurchtsvoll starrten sie ihn an. Dann endlich folgte der tosende Applaus. Das Publikum feierte ihn wie niemals jemanden zuvor. Steven Spielberg lächelte ihm gönnerhaft aus der ersten Reihe zu. ›Du hast es geschafft‹, dachte Peter S. und ein wohliger Schauer durchrieselte seinen Körper. Gerade als ihm Sharon Stone den Oscar überreichen wollte, wurde er unsanft aus dem Schlaf gerissen.

»Peter! Du musst aufstehen. Ich hab dir deine Bemmbüchse wie immer auf den Küchentisch gelegt«, weckte ihn seine Mutter.

Peter S. konnte es nicht fassen. Der größte Moment seines Lebens – und doch nur ein Traum.

»Beeil dich, der Herr Oberkommissar hat schon nach dir gefragt.«

»Ach du Schande! Der Portikus!« Gazellengleich sprang er aus dem Bett und rannte, dem imaginären Oscar noch hinterhertrauernd, los.

Das Gelände des Bayrischen Bahnhofs war nicht wiederzuerkennen. Von der ehemaligen Baustelle war so gut wie nichts mehr zu sehen. Wo sich eben noch Baumaschinen, herumliegende Rohre und Schutt befunden hatten, versammelten sich nun unzählige Menschen, um das große Ereignis zu verfolgen.

In Gedanken war Peter S. noch immer in Hollywood. Er stellte sich gerade vor, wie er am Tag nach der Ehrung mit dem Oscar in seiner Aktentasche durch die Universal

Studios schlenderte. Da mal einen Rat gebend und dort eine Frage beantwortend.

»Mach's gut, Steven!«, verabschiedete er sich wehmütig: »Und nimm ruhig Sharon. Sie ist die Idealbesetzung für die neue Hauptrolle.«

»Danke Pieter. Wir sehen uns bei meinem nächsten Film!«, kam es erfreut zurück.

Geschmeichelt verließ er das Gelände seiner Träume. Die Wirklichkeit holte ihn am zurückgebliebenen Bauzaun des Portikus wieder ein.

Betroffen betrachtete er das zerschlissene Leder seiner Aktentasche. Er öffnete sie und holte die Bemmbüchse heraus, die Mutter ihm wie immer liebevoll zurechtgemacht hatte. ›Das ist nun die Realität‹, dachte er. ›Na ja, es gibt Schlimmeres.‹

»Na, auch einen Kaffee?« Überrascht blickte er auf und sah seinen Chef mit zwei Plastikbechern in den Händen.

»Ja, da staunst du«, meinte der sichtlich erfreut über das verblüffte Gesicht seines Kollegen. »Ich wollt doch auch mal das ›Backparadies‹ kennenlernen. Die Bäckersfrau ist wirklich sehr nett.«

Peter S. nahm dankend den Kaffee entgegen.

Ein paar Meter von ihnen entfernt stand Bauleiter Dümpel mit seiner Truppe und blickte fasziniert auf das hektische Treiben.

Langsam bewegte sich der Portikus und näherte sich kaum sichtbar seinem ursprünglichen Platz.

»Nun fügt sich am Ende mal wieder alles zusammen«, bemerkte Fuchs.

»Wie geht es den beiden Unfallopfern?«

»Nun, Mario hat Glück gehabt. Nur ein leichtes Schleudertrauma. Henner Eden dagegen wird wohl noch einige Zeit im Haftkrankenhaus verbringen, bevor er in die JVA überführt wird.«

»Wie konnte er das alles nur tun? Er hatte doch so einen festen Platz im Sender.« Kopfschüttelnd schaute er seinen Kollegen an.

»Nun ja. Letztlich lebte auch er nur von einem Honorarvertrag zum nächsten. Und jeder neue Vertrag war abhängig von guten Einschaltquoten. Das kann sich auf Dauer schon auf den Magen schlagen, wie es bei Eden ja der Fall war. Aber deshalb zwei Menschen umzubringen …«

»Wieso wusste Mario eigentlich davon? Er wollte uns doch alles sagen, bevor er gekidnappt wurde.«

»Nach dem Tod ihres Freundes hat sich Susi, die Praktikantin, ihm wohl anvertraut. Er hatte ihr geraten, zur Polizei zu gehen. Aber Susi wollte ihre eigene Rache. Tja«, OK Fuchs sah seinen Kollegen vielsagend an, »Verbrechen lohnt sich eben nicht!«

Peter S. hob eine Augenbraue, so wie es Clint Eastwood in vielen seiner Western getan hatte: »Und ich sag's ja immer: Wenn Neid, Missgunst und Quotendruck zusammenkommen, dann ist das eine gefährliche Mischung!«

WOLFGANG KEMMER
DER BESORGER

»Roßwein? Was soll das sein? Irgendein Gesöff? Kommen Sie mir bloß nicht mit Saufgeschichten, pseudosächsischen Sprüchen und den üblichen Ossi-Klischees!«

Dieckmann warf den roten Schnellhefter, den er wie ein Zepter geschwungen hatte, theatralisch auf den riesigen Aktenberg. »›Mir Sachsn, mir sin helle, dos weeß de ganze Welt …‹ Wenn ich so was bei Ihnen lese, können Sie Ihren Schreibtisch räumen!«

Solltest du mit deinem auch mal wieder machen, dachte Dörner und sagte beflissen: »Ach was, Chef, natürlich nicht, Chef, ich …«

»Keine faulen Witzchen wegen der Sprache, keine naiven Ossis, die von superschlauen Wessis über den Tisch gezogen werden. Das Tal der Ahnungslosen ist Geschichte.«

Dörner nickte. »Nein, nein …«

Dieckmann hatte wieder den Hefter gepackt.

»Auch nicht die üblichen Enthüllungen über Stasi-Machenschaften, keine Neonazis und fremdenfeindliche Dumpfbacken, keine brennenden Asylantenheime und quengeligen Hartz-IV-Empfänger!«

»Natürlich nicht, ich …«

»Auch keine dieser albernen Ostalgie-Geschichten mit Trabbis, Broilern, Jugendweihe und Blauhemdromantik.«

Dörner schüttelte nur noch den Kopf.

Dieckmann knallte den Hefter erneut auf den Tisch, zog die Brauen hoch und musterte ihn voller Missbilligung. »Also: Was hat es auf sich mit diesem Dingswein?«

»Roßwein. Es heißt Roßwein und ist ein kleines Nest in der Nähe von Mittweida. Bekannt für sein Schul- und Heimatfest und die Bundesfachschule fürs Metallhandwerk.«

Dieckmann glotzte ihn verständnislos an. »Und?«

»Ich fahr morgen für 14 Tage hin und bringe Ihnen Ihre Story.«

Dieckmann runzelte die Stirn. »Ich warne Sie, Dörner! Wenn das wieder eine dieser Außer-Spesen-nichts-gewesen-Touren wird, schmeiß ich Sie nicht nur raus, ich mach Sie fertig, ein für alle Mal!«

»Nein, nein, das wird echt die Mörderstory, ich schwör's Ihnen. Außerdem wohne ich im Studentenwohnheim …«

*

Die Sonne brezelte immer noch gnadenlos vom Himmel und ließ das Wernesgrüner schneller warm werden, als es selbst der dicke Martin in sich hineinschütten konnte. Über der Freiberger Mulde hing ein Hauch von Kloake und mischte sich bei jedem noch so kleinen Luftzug mit dem Geruch des Grillguts.

Dörner beäugte misstrauisch die mittlerweile schon um die Hälfte ihrer einst stattlichen Größe geschrumpften Steaks und dachte an den Besoffski vom Schrottplatz, der in dem Flüsschen seine Notdurft zu verrichten pflegte. Ein Wunder, dass er noch nicht aufgekreuzt war, um das eine oder andere Bier und ein paar Kippen zu schnorren. Vielleicht hatte er noch die Schnauze voll vom letzten Mal.

»Jungs«, hatte er da gesagt, »Jungs, ihr wisst gar nicht, wie gut es euch geht in eurem schnieken Wohnheim. Braucht euch nur jeden Tag ein paar Stunden den Hintern platt zu sitzen und seid dann irgendwann fein raus. Und unsereins muss sich sein Leben lang plagen und kommt doch nie auf einen grünen Zweig ...«

Den Jungs war sein Geschwätz herzlich egal gewesen, aber Tamara, die rothaarige Slowakin, die schon seit vier Semestern mit Klaus, dem Kölner Stahlbauer, zusammen war, hatte ihm ordentlich Zunder gegeben und wegen seiner Sauferei die Hölle heiß gemacht.

Das Ende vom Lied: Der Alte hatte ihr gestanden, drei uneheliche Kinder in die Welt gesetzt und samt der beiden dazugehörigen Mütter schmählich im Stich gelassen zu haben. Als er sich an Tamaras beachtlicher Brust ausweinen wollte, hatte Klaus ihn kurzerhand zur Ausnüchterung in die Mulde geschubst, wo er um ein Haar ersoffen wäre.

Silvio hatte ihn rausgefischt. Silvio, die gute Seele, Silvio, der Gerechtigkeitsfanatiker und Jungsiegfried, um dessentwillen sich noch am selben Abend die holde Weiblichkeit die Augen rot geheult hatte und dem zu Ehren sie diese Grillfete nun gleichsam als Leichenschmaus abhielten.

Dörner nahm den letzten lauwarmen Schluck aus der Pulle und warf sie dann Richtung leere Kiste. Martin, der schon wieder dabei war, Nachschub aus dem Wasser zu fischen, sah ihn fragend an. Dörner nickte. Er spürte zwar schon deutlich, wie ihm der Alkohol in den Kopf stieg, aber wenn er jetzt nicht weiter mithielt, würde er nie etwas erfahren, was sich für Dieckmann ausschlachten ließ.

Dabei war er, nachdem er Jennie kennen gelernt hatte, wirklich fest davon überzeugt gewesen, in Roßwein das perfekte Feld für seine Zwecke vorzufinden, eine Art natürliches Laboratorium, in dem sich mittels einiger simpler dramaturgischer Kunstgriffe die Probleme des wiedervereinigten Deutschlands exemplarisch verdichten ließen.

Hier im Studentenwohnheim lebte genau die richtige Zusammensetzung von Ossis und Wessis im Zielgruppenalter auf engstem Raum zusammen. Hier gab es genau die richtige Mischung aus Technikern mit begrenzter sozialer Kompetenz und Sozialfuzzis mit zwei linken Händen. Und – so hatte er Jennies Erzählungen entnommen – hier gab es nicht zuletzt jede Menge Zündstoff, der nur darauf wartete, von einem Experten wie ihm in die Luft gejagt zu werden.

Tatsächlich hatte sich auch alles ganz prächtig angelassen. Bereits an seinem ersten Abend im Studentenkeller hatte er Flocki kennengelernt. Flocki hieß eigentlich Mario Schnieders und war schon 37, aber im Gegensatz zu den typischen Langzeitstudenten, die Dörner sonst kannte und die aus Prüfungsangst, Geldmangel oder Trägheit kein Ende fanden, war Mario weder furchtsam noch arm und erst recht nicht träge. Er war sogar außerordentlich wagemutig, geschäftstüchtig und in jeder Beziehung überaus rührig. Flocki der Besorger, so nannte er sich selbst gern, weil er immer einen locker-flockigen Spruch auf den Lippen hatte, es ihm nie an Flocken zu mangeln schien und alle immer zu ihm kamen, wenn es darum ging, etwas zu organisieren oder günstig zu besorgen.

Nachdem der Versuch, seine Kasse mit Hilfe eines Telefonsexservices noch weiter aufzubessern, an den katastrophalen Telefonleitungen im Wohnheim gescheitert war und auch die tschechischen Nutten, mit denen er es anschließend versucht hatte, aufgrund des mangelnden Bedarfs schnell wieder abgezogen waren, verscherbelte er neuerdings ausgemusterte Devotionalien der alten demokratischen Republik, die er bei heimlichen Expeditionen auf den Dachböden und in den Kellern der Hochschule aufgetan hatte.

Außerdem war Mario ein Glückspilz, wenn es darum ging, in der ›Wartburg‹ mit dem Wirt um die Zeche zu würfeln. Um dies richtig schätzen zu können, musste man wissen, dass das Essen in der ›Wartburg‹ dem in der Mensa turmhoch überlegen war.

In der Tat war der ›Smutje‹, wie die Studenten den Mensa-Betreiber nannten, für Dörner lange Zeit erste Wahl gewesen als potenzielles Opfer der Gewalt, die, seiner Meinung nach, in diesem Pulverfass früher oder später einfach hochkochen musste.

Dörner nahm die neue, wenigstens noch halbwegs kalte Bierflasche von Martin entgegen und rülpste. Der bloße Gedanke an die als Jägerschnitzel verkaufte Jagdwurst mit aufgewärmter Soljanka trieb ihm die Tränen in die Augen und ließ ihn das fettige Rindswürstchen, das er vor einiger Zeit nur mit viel Ketchup hinuntergewürgt hatte, im Nachhinein noch als Delikatesse empfinden.

Neben Mario und dem Smutje hatte Jennie ihm noch von weiteren Attraktionen in Roßwein erzählt. Beispielsweise von den drei Stahlbauern (zwei aus dem Osten, einer aus dem Westen), die den ohnehin schon geringen Raum in ihrem Dreibettzimmer noch dadurch verkleinerten, dass sie eine Palette Ytong-Steine darin deponiert hatten, um jederzeit bei Streitereien quer durch ihre Bude die Mauer wieder errichten zu können.

Und natürlich gab es die üppige Tamara, die es nicht nur verstand, den hartgesottenen Besoffski zum Weinen zu bringen, sondern auch über die Treue ihres Klausis mit Argusaugen wachte und selbst nicht davor zurückschreckte, mit dem Küchenmesser gegen vermeintliche Rivalinnen vorzugehen.

Dabei war Dörner sich gar nicht so sicher, wie es mit ihrer eigenen Treue bestellt war, wenn sie nur erst genug Wodka intus hatte. Allerdings hatte er beobachtet, wie sie bei einer Party das Zeug aus einem Zahnputzbecher in solch rauen Mengen verkonsumiert hatte, ohne nennenswerte Wirkung zu zeigen, dass ihr, was das Saufen anging, ohne faule Tricks sicher wohl keiner der Jungs beikommen konnte. Allenfalls Professor Döbel war vielleicht in der Lage, mitzuhalten. Aber der stand eigentlich mehr auf Bier als auf Wodka und schien sich auch nicht mehr sonderlich für Frauen zu interessieren.

Dörner seufzte und sah zu den anderen vier Grazien hinüber, die sich mit Philipp, Lennart und Augustin ein wenig von den Säufern distanziert hatten. Jennie zwinkerte ihm mit Verschwörermiene zu.

Es wurde allmählich dunkel und Zeit, Mario zu einem kleinen Spielchen herauszufordern. Wenn's um Kohle ging, würde er wohl kaum ablehnen. Nicht mehr lange und Tamara und Klausi würden sich auf die Bude zurückziehen, Martin war sicher bald so blau, dass er in seinem Klappstuhl wegschnarchte, und die anderen würde Jennie noch zu einem Discobesuch in Chemnitz überreden. So war es abgemacht.

Dörner brachte die Rede auf seinen letzten Besuch in der ›Wartburg‹, bei dem es ihm endlich einmal gelungen war, den Wirt beim Würfeln um die Zeche zu besiegen. Er bauschte seine Erzählung so auf, dass Mario einfach anbeißen musste.

Aus all den vielen brauchbaren Ansätzen für Dieckmanns Story war nichts geworden. Und dann, zwei Tage bevor Dörner es schon endgültig hatte aufgeben wollen, war Silvio nach dem Grillabend vom Dach des Wohnheims gepurzelt. ›Gesprungen‹, so lautete der polizeiliche Befund, und niemand hatte etwas dagegen einzuwenden gehabt.

Silvios Vater war schwer krank und nicht mehr der Jüngste. Er hatte einen Metallbaubetrieb, den der Junior übernehmen sollte. Silvio hatte die Nachprüfung zweimal verhauen. Damit war für ihn Schicht in Roßwein.

Für Dörner war das trotzdem noch lange kein Grund, sich aus mehr als 15 Metern Höhe aufs Pflaster zu stürzen und von einem eigentlich doch recht hoffnungsvollen, blond gelockten Frauenliebling in einen fühllosen, blutigen Klumpen Fleisch zu verwandeln. Zumal Dörner beobachtet hatte, wie Mario, kurz bevor die schrillen Entsetzensschreie unten vor dem Eingang ertönten, die Treppe aus dem sechsten Stock heruntergekommen war.

»Ha«, sagte Mario und rieb sich die Hände, »denn mal locker flockig her mit der Knete!« Er wandte sich an die anderen: »Was ist mit euch Frauenverstehern? Haltet ihr mit? Mario besorgts euch. Martin frag ich erst gar nicht, der hat eh wieder keine Flocken.«

Letztgenannter nickte, offenbar keineswegs unglücklich über diese Missachtung seiner Person, und rückte den Klappstuhl näher an den Tisch heran, um wenigstens zuzusehen, während die anderen nur stumm die Köpfe schüttelten und dann langsam zum Aufbruch rüsteten. Jennie kam noch einmal zu Dörner und küsste ihn auf den Mund, bevor sie sich ihnen anschloss.

»Glück in der Liebe, Pech im Spiel!«, sagte Mario spöttisch und ließ die Würfel hüpfen.

*

Anderthalb Stunden später hatte Dörner 93 Euro verloren und Martin schnarchte mit der halbvollen Bierflasche in der Hand lautstark auf seinem Klappstuhl vor sich hin.

»Also«, sagte Mario, »was ist denn nun Sache? Wird Zeit, dass du die Hosen endlich runterlässt. Was willst du von mir?«

Dörner zuckte die Achseln. Er hatte, seit sie mit dem Würfeln angefangen hatten, nichts mehr getrunken, und sein Mund war trocken.

»Warum hast du Silvio vom Dach gestoßen?«

Mario sah ihn einen Moment ungläubig an. Dann lachte er, ein seltsames, lautloses Lachen, dass es ihn nur so schüttelte und die kleine Campinggaslampe auf dem Tischchen wild zu tanzen begann.

»Wusste ich's doch, dass du ein Schnüffler bist!«, sagte er, nachdem er sich endlich wieder beruhigt hatte. »Kam mir gleich so komisch vor, als Jennie dich hier angeschleppt hat. Was will ein Kerl wie du auch sonst mit so einer halbgaren Schnepfe. Was hat sie dir denn erzählt? Dass hier in

Roßwein im Studentenwohnheim dunkle Geschäfte abgewickelt werden?«

Dörner nahm den langen Ast, der griffbereit neben seinem Stuhl lag.

»Silvio hatte etwas entdeckt, was dir nicht in den Kram gepasst hat!«

Er stocherte mit dem Ast im Feuer herum, um etwas mehr Licht zu bekommen. Der Schein der letzten Flammen huschte über Marios Gesicht, das ansonsten völlig ruhig wirkte.

»Und was soll das gewesen sein?«

»Ich habe gesehen, wie du vom Dach runterkamst, kurz bevor sie Silvio gefunden haben.«

»Na und?«

»Du gibst also zu, dass du da oben warst?«

»Ja.«

Dörner starrte ihn an. Fassungslos über so viel Kaltblütigkeit. Eine Weile waren nur Martins Schnarchen und die Schläge des Schmiedewerks, die durch die Nacht herüberhallten, zu hören.

»Er war ein prima Kumpel«, sagte Mario. »Ich wollte ihn davon abhalten, dass er springt.«

Dörner schüttelte den Kopf. »Vielleicht war er ja tatsächlich ein prima Kumpel. Auf jeden Fall aber wusste er zu viel von deinen krummen Touren.«

»Du hast überhaupt keine Ahnung wovon du sprichst. Du stocherst einfach nur im Dunkeln herum, um mir irgendwas anzuhängen.«

»Silvio ist dahintergekommen, dass du die Telefonleitungen angezapft und auf Kosten deiner Kommilitonen telefoniert hast.« Neben Marios Anwesenheit auf dem

Dach war das Dörners einziger Trumpf. Er hatte gehofft, ihn gar nicht ausspielen zu müssen.

»Pah!« Mario lachte auf. Kurz und freudlos. »Nicht mal 3.000 Euro! Du glaubst doch nicht im Ernst, dass ich mir wegen solcher Peanuts einen Mord aufhalse!«

»Warum nicht?« Dörner merkte, wie die Sache den Bach runterging. Mario wollte nicht einmal wissen, woher die Informationen kamen, so sicher schien er sich zu fühlen. »Es gab schon Morde wegen viel geringerer Summen. Wahrscheinlich hat er versucht, dich zu erpressen. Schließlich ging es dabei nicht nur um die Kohle, sondern auch um deinen Ruf hier im Wohnheim. Wenn das rauskommt, bist du bei deinen prima Kumpels unten durch.«

Mario zuckte die Achseln. »Ist der Ruf erst ruiniert, lebt es sich ganz ungeniert. Ob du's glaubst oder nicht: Ich habe ihm gesagt, dass ich das Geld zurückzahle. Und damit war der Fall erledigt.«

»Aber du hast es nicht zurückgezahlt.«

Mario schüttelte den Kopf. »War ja auch nicht mehr nötig, nachdem Silvio die Flatter gemacht hat.«

Einen Moment lang war Dörner sprachlos vor Entrüstung. Dann stieß er die Astspitze in Marios Richtung und sagte hart: »Silvio hat die Flatter gemacht, weil du ihn vom Dach gestoßen hast.«

»Nein.«

Dörner fuhr herum.

»Nein«, sagte Martin fröstelnd. »Silvio ist abgerutscht. Ich hab's von unten beobachtet. Er stand vorne an der Kante und schien sich's gerade anders zu überlegen, und sonst war niemand zu sehen.«

»Was aber nicht ausschließt, dass trotzdem jemand oben war. Immerhin hat Mario es selbst zugegeben.«

»Ich mein ja auch nur, dass ihn niemand geschubst hat …«

»Vielleicht hab ich ihn ja mit dem bösen Blick runterbefördert«, schlug Mario vor. »Oder auch nur kräftig geblasen.«

»Du könntest ihm zum Beispiel einen Stein ins Kreuz geschleudert haben. Liegen ja genug da oben«, sagte Dörner und wandte sich dann wieder Martin zu: »Warum hast du nie was davon gesagt?«

»Hat mich ja niemand danach gefragt.«

»Und die Bullen?«

»Denen war sofort klar, dass er abgerutscht ist«, sagte Mario. »Tja, du hast schlecht recherchiert, Schnüffler! Ich wette, du warst nicht mal oben auf dem Dach, um dir deinen vermeintlichen Tatort anzuschauen.«

»Was wirds da auch schon groß zu sehen geben?«

»Na schaus dir halt an, wenn du dich traust!«

»Das hättest du wohl gerne, was?«

Mario lachte. Sein Gesicht lag nun fast gänzlich im Schatten. Dörner stieß den Ast wieder in die Glut. Ein flüchtiger roter Schein ließ Marios Augen für ein paar Momente aufblitzen.

»Okay«, sagte Dörner. »Aber Martin kommt mit.«

»Ich hab Höhenangst«, protestierte der Dicke.

»Wenigstens bis zur Luke, sodass du sehen kannst, was auf dem Dach vor sich geht«, sagte Dörner. »Für drei Kisten Bier.«

»Fünf«, bestimmte Martin.

*

Dieckmann wälzte sich unbeholfen in dem tiefen Sessel herum und grunzte. Auf seiner dunkelblauen Krawatte prangte ein Fettfleck, gleich unterhalb des schon reichlich schiefen Windsorknotens.

»Also, was wollen Sie noch?«, fragte er ungeduldig.

»Ich liefere Ihnen die Story, an der Sie so interessiert sind.«

»Ja, ja, das hatten wir schon. Das hat Dörner auch behauptet. Und was ist draus geworden? Abgerutscht! So ein Idiot!«

»Er war eben ein etwas labiler Typ. Einfach nicht stabil genug gebaut für so einen harten Job.«

Dieckmann grinste den Mann vor seinem Schreibtisch höhnisch an. »Aber Sie sind stabil genug, das sieht man gleich.«

Der Mann nickte.

»Und Sie können auch schreiben?«

Der Mann schüttelte den Kopf. »Aber ich kenne da jemanden, den muss ich nur ein bisschen kitzeln.« Jennie, die immer davon faselte, eigentlich viel lieber ›was mit Medien und Schreiben‹ machen zu wollen. Kein Wunder, dass ausgerechnet sie diesen Dörner angeschleppt hatte. »Keine Sorge, Chef, ich besorge Ihnen Ihre Story.«

»Und wer sagt Ihnen, was ich für eine Story will?«

»Na, wenn ich das richtig verstanden habe, wissen Sie selbst nicht genau, was Sie eigentlich wollen: eine zündende Ost-West-Story, so eine Art Bestandsaufnahme 15 Jahre nach der Wiedervereinigung, einerseits spektakulär, andererseits aber auch wieder nicht, typisch, aber nicht mit Klischees beladen, provinziell aber auch global, einzigartig und universell und überhaupt …«

»Überhaupt?« Dieckmann grunzte. »Und warum sollten nun *überhaupt* diese verfluchten Unfälle so eine Geschichte ergeben?«

»Na, liegt doch auf der Hand, oder? Was wollen uns die drei Unfälle denn wohl sagen: Ob Besser-Wessis wie Dörner, helle Sachsen wie Silvio oder tumbe Säufer wie Martin, der Tod besorgt es allen gleich.«

FLORIAN SCHEIBE
DAS ELFTE GEBOT

Das Konzert steuerte auf seinen Höhepunkt zu. Für einen Moment lang schloss er die Augen und die Welt um ihn herum verschwand wie in einem Zaubertrick: Der riesige, goldverzierte Saal mit seinen Rängen und samtbeschlagenen Logen. Die große Bühne mit den schweren, roten Vorhängen. Die gewaltige Decke mit dem barocken Stuck, die auf ihn wirkte wie ein Tor zum Himmel.

Es blieb nur die Musik.

Selten hatte er etwas so Schönes und Klares gehört. Und genau wie der Rhythmus der Trommeln zu seiner Heimat Afrika passte, so war Ludwig van Beethoven ganz zweifellos hier in Deutschland zu Hause. Seine Sinfonien waren so geordnet, so strukturiert und dabei doch so gefühlvoll.

Eine ganze Weile saß er auf diese Weise und lauschte.

Schließlich öffnete er die Augen und warf einen Blick auf seine Armbanduhr. Er hatte noch genau drei Minuten.

Mit einer unauffälligen Handbewegung zog er das dünne Bambusröhrchen aus der Tasche seines Jacketts. Dann holte er ein kleines, verschraubtes Glas hervor. Einen Moment lang starrte er fast andächtig auf den schmalen Holzpfeil, der darin steckte. Vorsichtig fingerte er ihn heraus und ließ ihn geschickt in das Röhrchen gleiten.

Noch eine Minute.

Prüfend blickte er hinunter.

Noch immer saß der Mann vollkommen unverändert. Sein breiter, weißer Hals bot eine perfekte Angriffsfläche.

Dennoch wusste er, dass er nur diesen einen Versuch hatte.

Diesen einzigen Versuch.

Die Musik kam ihm nun vor wie eine breite Wand, die sich von der Bühne aus gegen ihn stemmte.

Tief saugte er die Luft in seine Lungen.

Dann führte er das Röhrchen an seinen Mund und atmete aus. Das leise Zischen, das entstand, als der Pfeil die Öffnung verließ, legte sich wie ein unterdrücktes Niesen zwischen die Streicher und Bläser. Er sah, wie der Mann mit dem breiten Nacken den Bruchteil einer Sekunde zuckte.

Er hatte getroffen.

Im gleichen Augenblick begannen die Leute zu klatschen. Noch ein letztes Mal blickte er fast andächtig in den wundervollen Opernsaal. Dann schlüpfte er hinter dem Vorhang aus der Loge hinaus.

Erst als Wolf Schleicher die Kneipe verließ, bemerkte er, wie betrunken er wirklich war. Dennoch setzte er sich, ohne zu zögern, in sein Auto. Es waren nur drei Kilometer bis zu ihm nach Hause und die Wahrscheinlichkeit, dass einer der Kollegen von der Schutzpolizei, die heute Nacht Streife fuhren, ihn unterwegs kontrollieren würden, war gering. Erst vor einem halben Jahr waren erneut Stellen eingespart worden und die Funkwagen hatten strikte Anweisung, vornehmlich die eingehenden Notanrufe abzuarbeiten.

Zügig reihte er sich in den nächtlichen Verkehrsstrom ein, der über die Elbe in Richtung Altstadt floss.

Er stellte das Radio an und kurbelte das Fenster hinunter. Obwohl es noch recht warm war, roch die Luft bereits herbstlich und als er am Nachmittag das Polizeigebäude verlassen hatte, war ihm das erste Mal aufgefallen, dass sich die Blätter an den Kastanien, die das Elbufer säumten, bereits gelb und rot verfärbt hatten.

Im Radio kamen die Puhdys und wie aus dem Nichts verspürte er wieder diese quälende Gier nach einer Zigarette. Den ganzen Abend hatte er trotz Kneipe und Alkohol kein einziges Mal daran gedacht, zu rauchen, doch als er sich jetzt durch die Musik wieder an seine Jugendzeit erinnert fühlte, kam die Sucht wie eine große Welle, die ihn plötzlich überschwemmte.

Seit fast drei Monaten hatte er nun schon mit dem Rauchen aufgehört und immer wieder hatte er das Gefühl, dass er doch eigentlich über den Berg sein müsste. Doch jedes Mal, wenn er dachte, es nun wirklich geschafft zu haben, meldete sich der kleine Teufel wieder von Neuem.

Er griff in seine Jackentasche, zog eine Packung Kaugummis hervor und schob sich zwei Streifen hintereinander in den Mund.

Im gleichen Moment klingelte sein Handy. Ohne abzubremsen, zog er das alte, klobige Telefon aus seiner Jacke und schaute auf das Display.

Nummer unbekannt.

Es war zehn Minuten nach elf.

Um diese Zeit konnte es eigentlich nur noch ein einziger Mensch sein: Seine Mutter. Wahrscheinlich hatte sie sich wieder einmal heimlich aus ihrem Zimmer im Altersheim gestohlen und stand nun in der Männeretage am Münzfernsprecher.

»Mutti …?«

Für eine Sekunde war nur ein kurzes Rauschen in der Leitung zu hören. »Wie oft muß ich dir noch sagen, dass du abends auf deinem Zimmer bleiben sollst …?!«

Vom anderen Ende ertönte die Stimme von Bernd Winter. »Wolf? Bist du das?«

Schleicher verdrehte die Augen. Na, wunderbar. Jetzt hatte er es geschafft, dass sich die Kollegen die nächsten drei Wochen hinter seinem Rücken über ihn lustig machten.

Er räusperte sich. Seine Stimme war auf einmal eine Oktave tiefer. »Hallo Bernd, was gibt's …?«

Er spürte die leichte Verwirrung am anderen Ende. »Ich … Wir haben gerade einen seltsamen Anruf aus der Semperoper erhalten. Ein rätselhafter Todesfall.«

Schleicher schob seinen Kaugummi in die Backentasche. »Was ist passiert …?«

»Einer der Zuschauer ist nach dem Ende des Konzerts einfach im Parkett sitzen geblieben. Anfangs dachten die Angestellten, dass er noch ein wenig die Musik nachwirken lassen wollte, aber als nach einigen Minuten eine der Kartenabreißerinnen zu ihm hingegangen ist, hat sie festgestellt, dass er nicht mehr atmete. Sie wollte sich gerade umdrehen, um den Notarzt zu holen, da hat sie einen Pfeil entdeckt, der in seinem Hals steckte …«

»Was für einen Pfeil …?«

»Keine Ahnung. Irgendein Holzpfeil …«

Schleicher passierte gerade die Carolabrücke, die die Neustadt mit der historischen Altstadt verbindet. »Wann kam der Anruf …?«

»Vor vier Minuten. Ich habe eine Streife hingeschickt und werde selbst auch gleich losfahren. Aber ich dachte, ich gebe dir noch vorher Bescheid …«

Schleicher angelte sich den Kaugummiklumpen mit seiner Zunge. »Ich bin direkt um die Ecke. Wir treffen uns im Zuschauerraum.«

Ohne eine Antwort abzuwarten, legte er auf.

Bereits zwei Minuten später bog er in die Fußgängerzone vor der Semperoper ein. Er parkte den Wagen schräg vor einer Feuerwehreinfahrt und legte ein zerknicktes Berechtigungszertifikat der Kriminalpolizei hinter die Windschutzscheibe.

Er fühlte sich immer noch angetrunken und während er zwischen den vereinzelten Touristengruppen auf das riesige, nach wie vor hell erleuchtete Gebäude zusteuerte, musste er unwillkürlich an die Werbung für eine bekannte sächsische Biermarke denken. Er hauchte in seine hohle Hand. Hoffentlich merkte man ihm nicht an, dass er den ganzen Abend in einer Kneipe gesessen hatte.

Vor einer der großen Türen, die in das Foyer führten, stand ein junger Polizist, den Schleicher noch nie gesehen hatte. Er zückte seine Marke. »Schleicher, Kriminalpolizei …«

Der junge Polizist nickte diensteifrig. »Guten Abend Herr Kommissar. Mein Kollege ist drinnen.«

Schleicher schob sich an ihm vorbei.

Bereits von hinten erkannte er Herbert Döring, der mit zurückgeschobener Mütze neben einem Mann Anfang 30 stand und sich Notizen in einem Block machte. Obwohl Döring nur ein einfacher Schutzpolizist war, fühlte er sich gerne als verhinderter Chefermittler. »Guten Abend Herr Döring …«

Dörings breiter Körper fuhr herum. Trotz seiner erheblichen Fülle schien er immer noch sehr beweglich. Sein starkes Sächsisch erinnerte Schleicher jedes Mal an die alten DEFA-Lustspiele, die er als kleiner Junge vor dem Fernseher förmlich verschlungen hatte. Und obwohl er bereits als Zehnjähriger mit seiner Mutter von Rostock nach Dresden gekommen war, kam ihm Sächsisch oft immer noch vor wie ein seltsamer, fremder Gesang. »Ach der Herr Kommissar … Ich hab schon mal ein paar Aussagen aufgenommen«, sagte er in breitem Dialekt.

Schleicher unterbrach ihn mit einer Handbewegung. »Sie wissen genau, dass Sie am Eingangsbereich warten sollen, bis die Kripo eintrifft …«

»Ja natürlich, aber ich dachte nur …«

Doch Schleicher beachtete ihn nicht weiter. Er wandte sich dem Mann mit dem Cord-Anzug zu und hielt ihm seine Marke unter die Nase. »Kriminalpolizei. Schleicher mein Name.«

Der Mann blickte ein wenig unsicher von Döring zu Schleicher. Dann reichte er ihm die Hand. »Mattescheck … Ich bin der Inspizient …«

Seinem Dialekt war zu entnehmen, dass auch er, genau wie Schleicher, aus Norddeutschland kam. Dem Schnitt des Cord-Anzugs nach zu urteilen, allerdings eher aus dem Westen als dem Osten. Langsam und widerwillig wie ein getretener Hund entfernte sich Döring Richtung Tür.

»Ich würde gerne den Toten sehen …«

Der Inspizient nickte und lief mit kleinen, nervösen Schritten voran.

Durch den gebogenen, goldverkleideten Gang kamen sie zu den großen Türen, die zum Parkett führten. Schleicher konnte gut verstehen, warum die Leute aus aller Welt kamen, nur um einmal diese Architektur zu bestaunen. Sie war tatsächlich immer wieder von Neuem beeindruckend.

Die Tür öffnete sich und wie in einer Filmszene breitete sich der gewaltige Saal vor ihnen aus. Auch hier waren die Decken mit Malereien verziert und die Stühle breiteten sich wie ein großer, roter Fächer über dem Parkett aus.

Der Mann saß einsam in der Mitte der achten Reihe und aus der Ferne wirkte es tatsächlich so, als ob er immer noch andächtig zur Bühne blickte und der Musik lauschte.

Schleicher wandte sich an den Inspizienten. »Kennen Sie den Toten?«

Der Inspizient nickte. »Ja, er hat ... also, ich meine er hatte ein Abonnement hier bei uns. Er kam immer donnerstags.«

»Wie heißt er?«

»Gröneberg. Gerhard Gröneberg.«

Schleicher pfiff leise durch die Zähne.

»Der Wäschereibesitzer ...?«

Der Inspizient nickte. Seine Stimme klirrte. »Daher werden Sie sicher auch verstehen, wie unangenehm diese Situation für uns ist. Das Haus hat einen guten Ruf und wir wollen nur ungern ins Gerede kommen ...«

Schleicher kramte in seinem Gedächtnis zusammen, was er zu Gerhard Gröneberg wusste. Er war ein Westdeutscher, der Anfang der Neunziger im Zuge der Goldgräber-Stimmung nach Dresden gekommen war. Mit geerbtem Geld hatte er in der Innenstadt zwei Wäschereien und einen Münz-Waschsalon aufgemacht. In den darauffolgenden Jahren folgten weitere Filialen, die er über die ganze

Stadt verteilte und bald darauf gründete er in der zweiten Hälfte der Neunziger am Stadtrand von Dresden eine riesige Industriewäscherei, die die Hotels und Firmen in der gesamten Region belieferte. Über 200 Arbeitsplätze hatte er im Laufe der Jahre auf diese Weise geschaffen und sich dabei immer wieder als Wohltäter der Stadt Dresden erwiesen. Erst vor einigen Monaten hatte Schleicher in der Zeitung gelesen, dass Gröneberg dem Hygiene-Museum 25.000 Euro gespendet hatte.

Ohne den Inspizienten weiter zu beachten, näherte Schleicher sich zwischen den Reihen hindurch dem Sitzenden. Vor einigen Jahren hatte er einmal ein Foto von ihm in einer Zeitschrift gesehen, doch er konnte kaum eine Ähnlichkeit zwischen der Gestalt in dem Sessel und seiner Erinnerung feststellen.

Je näher er kam, desto unwirklicher wirkte Grönebergs Haltung.

Er sitzt dort, wie plötzlich erstarrt, schoss es ihm durch den Kopf.

Fast wie verhext.

Grönebergs Augen waren weit geöffnet und sein Mund zu einem leichten ›O‹ geformt. Seine Hände ruhten auf den Armlehnen, als ob sie dort festgeklebt waren.

Vorsichtig fühlte Schleicher den Puls. Einen Moment lang war er erschrocken, wie warm sich die Haut noch immer anfühlte.

Einundzwanzig, zweiundzwanzig, dreiundzwanzig.

Nichts.

Er beugte sich über die Lehne. Der Pfeil steckte in einem leicht schrägen Winkel direkt neben der Halswirbelsäule. Er war zwei bis drei Zentimeter in die Haut eingedrungen und um die Eintrittsstelle hatte sich ein kleiner, roter Hof gebildet. Nirgendwo war Blut zu sehen. Der Schaft des Pfeils war handgeschnitzt, aus dunklem Holz, mit feinen Verzierungen. An seinem Ende befand sich eine Art Korken, in den weiße und schwarze Federn eingearbeitet waren.

Er hörte, wie hinter ihnen die Tür aufging. Bernd Winter kam gemeinsam mit dem Notarzt herein. Wie immer trug Winter einen Dreitagebart und eine Lederjacke und sah aus wie das geborene Klischee eines Kriminalpolizisten.

Schleicher begrüßte beide und zeigte ihnen den Pfeil. Dann wandte er sich an den Inspizienten, der ihn die ganze Zeit über misstrauisch beäugt hatte. »Wenn es möglich ist, dann würde ich mich gerne mit Ihnen ein wenig umsehen …«

Bewacht von den riesigen Kronleuchtern, die den Gang in goldenes Licht tauchten, gelangten Schleicher und der Inspizient in die erste Etage.

Die erste Loge war noch zu nah an der Bühne, doch die zweite schien geradezu perfekt. Von hier aus hatte man völlig freie Sicht auf Grönebergs Hals und seinen Hinterkopf.

Schleicher sah sich um und entdeckte vier Stühle. »Kommt es denn auch vor, dass jemand allein eine ganze Loge für sich in Anspruch nimmt?«

Der Inspizient zuckte mit den Schultern. »Das können wir nur selten überprüfen …«

»Aber möglich wäre es, dass hier heute Abend nur eine einzige Person saß …?«

»Wenn diese Person alle vier Karten gekauft hat, dann ja …«

Nachdenklich betrachtete Schleicher die Stühle.

Plötzlich entdeckte er etwas neben dem Vorhang. Auf den ersten Blick sah es aus wie ein Zettel, den jemand aus Versehen fallen gelassen hatte. Er ging in die Hocke. Es war ein Foto.

Er zog ein Taschentuch aus seiner Jacke, griff danach und hielt es ins Licht. Zwei junge Afrikanerinnen waren darauf zu sehen. Sie hielten einander im Arm und lächelten in die Kamera. Im Hintergrund sah man weiße, flache Häuser zwischen roter, trockener Erde.

Was hatte das zu bedeuten? Ein Pfeil mit einem selbstgeschnitzten Schaft und ein Foto mit zwei afrikanischen Frauen?

Einen Moment lang blieb er stehen und hing seinen Gedanken nach. Dann blickte er hinunter ins Parkett. Inzwischen war auch die Spurensicherung eingetroffen.

Er schaute auf seine Uhr und fluchte leise.

Sie würden noch eine lange Nacht vor sich haben.

Als Schleicher am nächsten Morgen um halb neun aufwachte, hatte er hämmernde Kopfschmerzen.

Bis viertel nach vier waren sie noch in dem Zuschauerraum der Semperoper hin und hergelaufen, hatten Fotos machen lassen, sich Listen von Abonnement-Inhabern geben lassen und überlegt, was genau sie am nächsten Morgen der Presse erzählen sollten. Um halb drei hatte ihnen eine der Garderobieren in breitestem Sächsisch bestätigt, dass sie während der heutigen Vorstellung in der Pause einen ›Schwarzen‹ gesehen hatte. Leider konnte sie sich weder daran erinnern, wie er aussah, noch, wie alt er war. »Na, Sie wissen doch wie das ist.

Da kann man doch den einen nicht von dem anderen unterscheiden …«

Als Schleicher schließlich um halb fünf draußen auf dem Opernplatz stand, hatte er sich gefühlt wie tot.

Sein Kneipenbesuch wenige Stunden zuvor war ihm vorgekommen, als wäre er bereits einige Tage her.

Wieder hatte er brennende Lust auf eine Zigarette verspürt und instinktiv seinen Blick auf der Suche nach einem Passanten über den Platz schweifen lassen. Doch nur die schweigende Fassade des Residenzschlosses blickte leicht spöttisch auf ihn herab.

Im gleichen Augenblick hatte er eine Bewegung gesehen. Einen Schatten, der plötzlich in einer dunklen Ecke verschwand.

Einen Moment lang hatte er überlegt, ob er ihm hinterherlaufen sollte, doch dann hatte er an die Jungs gedacht, die sich seit Monaten einen Spaß daraus machten, nachts Touristen in der Altstadt zu erschrecken, war in sein Auto gestiegen und nach Hause gefahren.

Aber aus irgendeinem Grund musste er heute morgen vor dem Spiegel wieder daran denken.

Zehn Minuten später war er schon wieder unterwegs ins Revier. Es war ein grauer, regnerischer Tag. Die Reifen trommelten unruhig auf dem Kopfsteinpflaster und die Menschen klammerten sich an ihren Regenschirmen fest.

Aus einem vagen Gefühl heraus blickte er in regelmäßigen Abständen in den Rückspiegel. Doch außer der nassen Straße, die sich wie ein dunkler Fluß hinter ihm herzog, entdeckte er nichts, was ihm auffällig erschien.

Als er im Revier ankam, herrschte bereits rege Betriebsamkeit. Er setzte sich in sein Büro und machte sich ein paar Notizen. Erst einmal mussten sie den Obduktionsbericht abwarten und schauen, ob die Analyse der Fingerabdrücke auf dem Foto irgendetwas ergeben hatte.

Dann mussten sie sich ein Bild von Gröneberg machen. Was war er für ein Mensch gewesen? Hatte er irgendwelche Feinde gehabt? Konkurrierende Wäschereibesitzer, die ihm nach dem Leben trachteten? Oder hatte er vielleicht vor kurzem einen Angestellten fristlos entlassen? Möglicherweise einen ›Schwarzen‹?

Zu guter Letzt hatte er noch gestern Nacht angeordnet, dass man alle Hotels in Dresden darauf überprüfen lassen sollte, ob in den letzten Tagen ein Afrikaner zu Gast war.

Eine Weile hing Schleicher seinen Gedanken nach und erst das Klingeln des Telefons holte ihn wieder zurück in sein Büro.

Es war der Pathologe aus dem Leichenschauhaus.

Er hieß Dr. Rinke.

Seine Stimme klang aufgeregt und es dauerte eine ganze Weile, bevor Schleicher begriff, was er ihm mitteilen wollte. Er fragte drei Mal nach, doch er bekam immer die gleiche Antwort. Schließlich legte er auf und einen kurzen Moment saß er wie festgefroren auf seinem Schreibtischstuhl.

Dann stürmte er aus seinem Büro, die Treppe hinunter, warf sich in sein Auto und fuhr mit quietschenden Reifen vom Parkplatz.

Während er mit 90 am Terrassenufer entlangraste, hingen die Worte von Dr. Rinke immer noch in seinem Kopf wie eine Endlosschleife: »Herr Kommissar, Sie werden mich für verrückt halten, aber Gerhard Grönebergs Herzschlag hat vor einigen Minuten wieder eingesetzt. Er lebt!«

Nur zu gerne hätte Wolf Schleicher den Pathologen für verrückt gehalten. Sogar in eine geschlossene Anstalt hätte er ihn einweisen lassen, wenn er nicht gewusst hätte, dass Dr. Rinke einer der Besten seines Fachs in ganz Sachsen war.

Wenn Rinke sagte, dass Gröneberg wieder lebte, dann lebte Gröneberg auch. Punkt.

Aber wie konnte das nur sein? Hatte er gestern Nacht nicht eigenhändig Grönebergs Puls gefühlt?! Und was war mit dem Notarzt? Hatte der nicht ohne jedes Zögern den Totenschein ausgestellt? Wie war es möglich, dass jemand zwölf Stunden tot war und dann plötzlich wieder erwachte?!

Dr. Rinke erwartete ihn oben beim Empfang in der Pathologie. Äußerlich wirkte er ruhig, aber auf seinem Hals zeichneten sich hektische rote Flecken ab. Schleicher war außer Atem.

»Wo ist er …?«

»Er ist hier im Erdgeschoss in einem kleinen Behandlungszimmer. Seit einigen Minuten ist er wach …«

»Weiß er, was passiert ist?«

Dr. Rinke schüttelte den Kopf. »Wir haben ihm gesagt, dass er in eine tiefe Ohnmacht gefallen ist. Aber er ist sehr aufgebracht. Momentan ist eine Schwester bei ihm.«

Sie gelangten zu einer kleinen Tür. Dr. Rinke blieb davor stehen. Seine Stimme war auf einmal ruhig und fest. »Es gibt nur zwei logische Erklärungen für dieses Phänomen. Entweder die Wirkung des Giftes hat nicht ausgereicht, um ihn wirklich zu töten, oder derjenige, der diesen Pfeil abgeschossen hat, wusste ganz genau, was er tat …«

»Was meinen Sie damit …?«

»Damit meine ich, dass es wahrscheinlich sehr genau geplant war, dass Gröneberg nach einer gewissen Zeit wieder aufwacht. Es gibt Gifte, die einen stundenlangen Scheintod auslösen können …«

»Aber was hätte das denn für einen Sinn …?!«

Das erste Mal huschte ein kleines Lächeln über das Gesicht des Arztes. »Das, Herr Kommissar, müssen Sie schon selbst herausbekommen …«

Entschieden drückte Schleicher die Klinke hinunter. Vor ihm öffnete sich ein schmaler Raum, an dessen Ende eine Liege stand, um die verschiedene medizinische Geräte gruppiert waren. Der Mann, der gestern Abend noch mit einem Pfeil im Hals reglos in Richtung Bühne gestarrt hatte, saß nun in einem weißen Kittel auf einer Plastikunterlage und ließ sich unwillig von einer Schwester den Blutdruck messen.

Seine Augen wirkten wach und misstrauisch.

Schleicher reichte ihm die Hand. Dr. Rinke war an der Tür stehengeblieben.

»Kriminalkommissar Schleicher. Wie geht es Ihnen, Herr Gröneberg …?«

Gröneberg musterte ihn abschätzig von oben bis unten. Es war genau die Art von Blick, die Schleicher von manchen Begegnungen mit Westdeutschen kurz nach Wende kannte: Arrogant und kalt. »Danke der Nachfrage, aber ich würde mal gerne wissen, was hier eigentlich los ist …«

Die Schwester nickte Dr. Rinke kurz zu, wickelte das Blutdruckmessgerät zusammen und verschwand dann in einem Nebenzimmer.

Schleicher kratzte sich an der Schläfe.

»Ja, das wüssten wir auch gerne …«

Er setzte sich auf einen kleinen Hocker neben die Liege.

»Gestern abend in der Oper hat jemand eine Art Attentat auf Sie verübt. Sie waren die vergangenen zwölf Stunden scheintot.«

Gröneberg sah ihn an, als ob er nicht mehr alle Tassen im Schrank hatte. »Wie meinen Sie das …?«

Schleicher blickte ihm direkt in die Augen. »Jemand hat Ihnen gestern während der Vorstellung einen Pfeil in den Hals geschossen.«

»Was denn für einen Pfeil …?«

»Wir wissen es noch nicht genau. Er sieht irgendwie exotisch aus, wahrscheinlich war er mit Gift getränkt.«

Bei dem Wort exotisch zuckte Gröneberg plötzlich zusammen.

»Verbinden Sie damit denn irgendetwas …?«

Gröneberg schüttelte den Kopf.

»Nein, keine Ahnung …«

Doch sein Gesichtsausdruck war auf einmal nachdenklich geworden. Schleicher zog das Foto von den beiden afrikanischen Mädchen aus seiner Tasche. »Haben Sie dieses Foto zufällig schon mal irgendwo gesehen …?«

Obwohl er nur einen kurzen Blick darauf warf, wirkte er plötzlich wie ein Tier, das in die Enge getrieben worden war.

»Was soll das hier eigentlich werden? Ein Verhör?! Dann würde ich aber gerne vorher meinen Anwalt anrufen.«

Schleicher hob beschwichtigend die Hände.

»Aber nein, Gott bewahre, wir wollten doch nur …«

Doch weiter kam er nicht. Gröneberg wandte sich an Dr. Rinke, der immer noch wartend an der Tür stand.

»Ansonsten würde ich gerne meinen Anzug wiederbekommen und mir ein Taxi rufen lassen.«

Dr. Rinke zuckte mit den Schultern. »Wenn Sie das wirklich wünschen, kann ich Sie nicht aufhalten. Aber Sie handeln damit gegen ärztlichen Rat.«

Gröneberg machte eine wegwerfende Handbewegung.

Schleicher hatte das Foto wieder in seine Jackentasche gesteckt.

»Es tut mir leid, ich wollte Ihnen nicht zu nahe treten, aber wir werden Sie die nächsten Tage wohl noch einmal zu der Sache befragen müssen …«

Gröneberg richtete sich auf. Er wirkte noch ein wenig wacklig auf den Beinen. Doch seine Stimme war fest.

»Meine Nummer finden Sie im Telefonbuch. Und jetzt würde ich mich gerne anziehen. Auf Wiedersehen.«

Als Schleicher eine halbe Stunde später wieder im Revier ankam, war die Hölle los. Auch ohne eine ordentliche Pressekonferenz hatten einige Agenturen Gerhard Gröneberg bereits tot gemeldet und die Öffentlichkeitsabteilung hatte alle Hände voll zu tun, zu verhindern, dass diese Nachricht es bis in die Abendzeitung schaffte.

Schleicher rief Bernd Winter in sein Büro. Als Winter sich eine Zigarette anzündete und den Rauch tief inhalierte, fragte er ihn, ob er ihm auch eine geben würde. Winter lächelte müde.

»Ich werde mich ganz bestimmt nicht mitschuldig an deinem Rückfall machen …«

Anstatt zu diskutieren, begann Schleicher damit, Büroklammern zu verbiegen. Er schüttelte den Kopf.

»Ich verstehe das einfach nicht. Gröneberg Verhalten

war so seltsam. Auf die Nachricht, dass er zwölf Stunden lang tot war, hat er kaum reagiert, aber der Pfeil und das Foto haben ihn vollkommen aus dem Konzept gebracht.«

Winter zuckte mit den Schultern.

»Vielleicht stand er einfach noch unter Schock.«

»Das glaube ich nicht. Dazu wirkte er viel zu klar.«

»Menschen, die unter Schock stehen, wirken bekanntlich oft sehr klar …«

Schleicher dachte einen Moment lang nach. Natürlich konnte es sein, dass Gröneberg nach seinem Scheintod nicht mehr wirklich Herr seiner Sinne war. Aber was war mit dem Foto? Aus irgendeinem Grund war Schleicher davon überzeugt, dass Gröneberg die Mädchen darauf kannte. Woher kannte er sie? Und weshalb hatte er so unwirsch auf seine Frage reagiert?

Er beobachtete, wie Winter seine Asche kunstvoll in den halbleeren Kaffeebecher schnippte.

»Hat denn die Überprüfung der Hotels etwas ergeben …?«

Winter schüttelte den Kopf. »Nicht viel. Zwei Hotels hatten ›Schwarze‹ als Gäste, die aber schon vor einigen Tagen wieder ausgecheckt haben, im Parkhotel war ein amerikanischer Jazzpianist zu Gast, der gestern Abend ein Konzert hatte. Bleibt nur noch das ›Maritim‹. Sie haben einen Afrikaner, der zwar ein Zimmer für eine Woche gemietet hat, der aber die letzten Nächte gar nicht dort geschlafen hat …«

Schleicher nickte. »Gut. Ich werde mich darum kümmern …«

Nachdenklich blickte er auf seine Schreibtischunterlage, wo sich inzwischen zwei vollkommen entstellte Büroklammern ineinander verschlungen hatten. »Bleibt nur noch die Frage, auf welcher Basis man den Täter überhaupt anklagen kann. Es gibt ja kein Gesetz, das vorübergehenden Mord unter Strafe stellt …«

Winter lächelte.

»Das elfte Gebot: ›Du sollst nicht scheintöten‹ …«

Er stand auf. »Ich helfe noch ein bisschen dabei, die Jungs von der Presse zu beruhigen.«

Schleicher nickte. Überrascht stellte er fest, dass die Lust nach einer Zigarette wieder restlos verschwunden war.

Zehn Minuten später war er am Elbufer und lief an der Neuen Terrasse in Richtung des »Maritim«. Die frische Luft würde ihm sicher gut tun und vielleicht konnte er durch den kleinen Spaziergang sogar seine Kopfschmerzen endlich loswerden. Er ließ seinen Blick über die Elbe schweifen. In den vergangenen Tagen war der Wasserspiegel durch den Regen immer stärker angestiegen und wahrscheinlich würden sie in ein, zwei Wochen wieder ein richtiges Hochwasser haben.

Unwillkürlich sah er sich um. Wieder hatte er kurzzeitig das Gefühl gehabt, beobachtet zu werden. Aber außer einer japanischen Familie, die sich vor dem Ufer zu einem Foto zusammendrängelte und einem alten Ehepaar, das mit einem Schirm auf einer Bank saß und schweigend auf das Wasser starrte, war niemand zu sehen.

Mit zügigen Schritten steuerte er durch den einsetzenden Nieselregen auf das riesige Hotel zu, das wie eine moderne Burg über die Stadt wachte. Es war ein beliebter Ort für große Kongresse und im Sommer saßen Gäste aus aller Welt auf der breiten Terrasse und blickten auf die Elbe, die sich hinter einer Gruppe von Bäumen erstreckte.

Kurz bevor Schleicher die riesige, polierte Halle betrat, versuchte er seinen zerknitterten Mantel ein wenig zu glätten, doch vergeblich.

Das Mädchen, das ihn an der Rezeption begrüßte, hatte lange blonde Locken und ein Lächeln, das den gesamten Raum ausfüllte.

Tumb legte Schleicher seinen Ausweis auf den Tresen und fragte stockend nach dem Zimmer, das von dem verschwundenen Afrikaner angemietet worden war.

Mit einer fließenden Bewegung griff das Mädchen nach einer Chipkarte und glitt vor ihm in den Aufzug.

Krampfhaft versuchte Schleicher, ihr nicht auf den Hintern zu sehen.

Auf einmal kam er sich sehr alt vor.

Kurz darauf öffnete sie eine Tür in der zweiten Etage und bestätigte noch einmal, was Winter ihm bereits erzählt hatte: Vor drei Tagen hatte ein Afrikaner das Zimmer gemietet. Er hatte für eine Woche im Voraus bezahlt, eine Nacht hier verbracht und war dann nicht wieder aufgetaucht.

Schleicher blickte sich um. Das Zimmer war zwar kleiner, als er erwartet hätte, dafür hatte es aber ein großes Fenster, mit einem wunderschönen Ausblick auf die Elbe. Es wirkte vollkommen unbenutzt. Das Bett war frisch bezogen und auf den Kopfkissen lagen zwei unangetastete Bonbons.

In dem Bad ergab sich das gleiche Bild: Frische Handtücher, verpackte Seifen. Nichts deutete auf einen Bewohner hin.

Er öffnete den Schrank. Einen Moment lang war die Erwartung, auch hier nichts vorzufinden so groß, dass er die Türen beinahe achtlos wieder geschlossen hätte.

Mitten in der Bewegung hielt er inne.

Die Fotos standen fein säuberlich aufgereiht nebeneinander auf dem Schrankboden, mindestens 20, wenn nicht 30 Bilder. Schleicher beugte sich hinunter: Junge, afrikanische Frauen, genau wie auf dem Bild, das er am Abend zuvor in der Loge der Semperoper gefunden hatte. Einen Moment lang starrte er auf die Bilder wie auf ein ausgebreitetes Memory-Spiel.

Dann kramte er ein Taschentuch hervor und ließ die Fotos in drei Plastiksäckchen gleiten, die er aus seiner Innentasche zog.

Als sie wieder unten an der Rezeption angelangt waren, notierte er sich den Namen, den der Gast angegeben hatte.

Adem Atouba.

Noch ein letztes Mal sonnte er sich in dem Lächeln der Rezeptionistin.

Dann stand er wieder draußen im Regen.

Was hatte all das nur zu bedeuten?

Zuerst schoss jemand einem bekannten Dresdener Unternehmer einen Pfeil in den Hals, der ihn zwölf Stunden lang in den Scheintod schickte. Dann verteilte dieser Jemand, der möglicherweise Atouba hieß, überall Fotos von jungen afrikanischen Frauen. Und als er schließlich eines dieser Fotos dem vermeintlichen Opfer Gröneberg gezeigt hatte, war dieser in helle Aufregung geraten.

Das vermeintliche Opfer.

Eine knappe Minute stand Schleicher fast regungslos vor dem Eingang des Hotels.

Der Gedanke kam ganz langsam, aber er wuchs und wuchs, und schließlich war er so groß, dass er sich nicht mehr zur Seite schieben ließ.

Unwillkürlich griff er nach seinem Handy, rief im Revier an und ließ sich die Privatadresse von Gerhard Gröneberg geben.

Dann ging er mit schnellen Schritten die Straße entlang, in die Richtung seines Autos.

Adem Atouba stand auf der anderen Straßenseite hinter einem Baum und beobachtete den davoneilenden Kommissar.

Von seiner Position aus hatte er wunderbar beobachten können, wie die Erkenntnis in ihm gereift war, dass das Opfer in Wirklichkeit der Täter war.

Noch konnte er natürlich nicht genau wissen, worum es eigentlich ging, doch nun würde er wahrscheinlich zu Gröneberg fahren, um ihm weitere Fragen zu stellen. Und wenn Gröneberg ihm diese Fragen nicht befriedigend beantworten konnte, dann würde er weiterrecherchieren. Und je weiter er recherchierte, desto näher würde er auch der Wahrheit kommen.

Wenn nötig, mit seiner Hilfe.

Kriminalassistent Atouba.

Ein trauriges Lächeln umspielte seine Lippen.

Der Kommissar würde herausbekommen, dass Gröneberg zwischen 2002 und 2004 regelmäßig in Atoubas Heimatstaat Namibia war.

Er würde herausbekommen, dass Gröneberg dort fast 50 junge Frauen mit dem Versprechen, ihnen einen Job bei sich zu verschaffen, nach Deutschland gelockt hatte.

Und er würde herausbekommen, dass keine einzige dieser Frauen jemals in einer seiner Wäschereien gelandet war, sondern …

Ja, sondern …?

Atouba wusste es nicht.

Möglicherweise in irgendwelchen Bordellen hier in Deutschland. Vielleicht aber auch in England, in Belgien oder in Frankreich. Der Frauenhandel war international und jedes Jahr verschwanden Tausende junge Afrikanerinnen spurlos aus ihrer Heimat.

So wie Doto und Adanna, seine beiden kleinen Schwestern.

Das Foto, das er für die Polizei in der Oper gelassen hatte, war seine letzte Erinnerung an die beiden, so wie all die anderen Fotos die letzten Erinnerungen unzähliger Brüder, Väter und Mütter waren, in deren Auftrag er hier war. Der ganze Ort hatte seine Ersparnisse zusammengelegt, um ihm die Reise nach Deutschland zu ermöglichen. Mit gefälschten Papieren war er über Marokko nach Spanien gelangt, von Spanien nach Frankreich und schließlich, nach einer langen Reise, war er vor einer Woche in Dresden angekommen.

Und den ganzen beschwerlichen und gefährlichen Weg über hatte er den ›Pfeil der Geister‹ wie einen Schatz in seiner Tasche verborgen.

Denn natürlich wusste er, dass es als Afrikaner mit einem gefälschten Pass nur wenig Sinn machen würde, einen bekannten Dresdener Bürger wegen Menschenhandels anzuzeigen.

Er hatte ja nicht einmal Beweise.

Daher war es notwendig gewesen, einen anderen Weg zu gehen. Der Pfeil hatte ihm diesen Weg geebnet.

Aber er hatte auch Glück dabei gehabt. Vor allem mit dem Kommissar. Der Kommissar war wach, klug und feinfühlig, das hatte er von Anfang an gesehen, schon gestern Nacht, als er seinen Wagen vor der Oper geparkt hatte.

Denn obwohl Atouba die ganze Zeit über im Verborgenen geblieben war, hatte er immer instinktiv seine Anwesenheit gespürt.

In seiner Heimat nannte man diese Fähigkeit: Das dritte Auge.

Atouba blickte in die Richtung des Ufers.

Der Regen war inzwischen ein wenig schwächer geworden und am Horizont zeigte sich ein schmaler Streifen hellen Himmels.

Das erste Mal seit zwei Jahren hatte er die Hoffnung, seine beiden Schwestern bald wieder in den Armen zu halten …

MONIKA BUTTLER
DER BESUCH DES ALTEN HERRN

Er hatte lange gezögert. Noch einmal, am Abend seines Lebens zurück nach Zwickau? Heimat, ja. Sonntags am Ufer der Mulde, fein gemacht im Matrosenanzug … Aber doch auch Ort seiner schmerzlichsten Niederlage.

Trotzdem war er von dem fernen Kontinent gekommen und saß, alle Gebrechlichkeiten seines 90-jährigen Körpers vergessend, jetzt hier. Im August-Horch-Museum, dem Tempel legendärer sächsischer Autoklassiker. Auf diesem und dem benachbarten Gelände waren sie einst gebaut worden, der Horch, der Audi und der DKW. 1904 hatte Autopionier August Horch auf diesem Gelände seine Firma etabliert – er brauchte keinen Katalog, um das zu wissen.

Er war zurückgekehrt, weil er hierher gehörte. Und weil die Rechnung noch offen war …

Gelungen, dieser neue Museumsbau. Hinter Panoramafenstern waren die Oldtimer wie edle Schmuckstücke arrangiert. Auch der Slogan auf dem Spruchband gefiel ihm. ›100 Jahre automobile Geschichte erleben‹. Er hatte sich zu einem der wenigen Stühle gekeucht, am Rande der feierlustigen Menge, die, Sektkelche in der Hand, nach oben lauschte. Auf der Tribüne die wichtigen Männer: Ministerpräsident, Oberbürgermeister, Museumsleiter.

»70 Exponate, 70-mal sächsische Ingenieurskunst …« Er fühlte, wie seine geschwächte Brust sich spannte. ›Stolzgeschwellt‹ – er lächelte über sich selbst. Aber nein, **er** war ja nicht gemeint, **ihn** hatte man längst gelöscht. Gelöscht wie einen störenden Fleck. Nicht er, sondern Kurt Grosse wurde jetzt auf die Bühne geholt. Gehievt, fast getragen, nur noch gebeugte, zittrige Restexistenz. Er erschrak, als er in diesen Spiegel sah. Wie zum Trotz zog er an seiner Zigarette, doch sein Rauchen entgleiste zum Husten.

Kurt Grosse, sein Rivale. Noch immer dieses eingefräste Honiggrinsen. Und wie der jetzt stolz seinen Dank krähte!

Er zermalmte die Zigarette im Ascher. Seine Hand kroch in die Jacketttasche. Für ihn, den genialen Autoingenieur, war es natürlich ein Leichtes gewesen, diesen todbringenden Kugelschreiber zu konstruieren. Mit Projektilen, die auf Knopfdruck herausschossen und sich noch aus fünf Meter Entfernung in die Organe schlagen würden. Kurt Grosse würde ihn nicht erkennen, auch aus der Nähe nicht. Schon seit Langem hielt er seine Bitterkeit hinter einem Vollbart und einer halbdunklen Brille verborgen.

Er befühlte den kühlen Stift. Edelstahl. Langsam zog er die Waffe heraus. Was für eine elegante, schnittige Form. So elegant und schnittig wie die Autos, die er gebaut hatte.

»Cooles Teil!«, hörte er eine junge Stimme sagen. Und da sie weiblich war, blickte er auf.

Gebräunte Haut, die aus einem orangeroten Shirt wuchs, knabenhafte Schlankheit, Jeansröckchen.

»Wo kriegt man denn so was?«

»Ach, überall.« Hastig steckte er den Stift zurück. Er sah, dass sie einen Stenoblock und einen hellen Kuli in den Händen hielt. Auf dem Kuli eine Reklameschrift.

»Sie schreiben einen Artikel über das Jubiläum?«

»›Freie Presse‹«, sagte sie, als könne sie damit ihre Identität erklären.

Höchstens 24, dachte er. Genauso ahnungslos jung war **er** gewesen. Damals, 1938, als er seinen ersten Horch gefahren hatte. Was heißt gefahren ... Losgebrettert war er, die Leipziger Straße hinunter und wieder zurück. Erst allein, später Ilsa neben sich. Den Rausch des Rasens hatten sie geteilt, und nicht nur diesen ... Die Erinnerung stieg so heftig auf, dass er nach einer neuen Zigarette suchte.

»Haben Sie schon einen – Aufhänger für Ihren Artikel?« So hieß es doch wohl. Aufhänger.

»Nee. Hab nur die Pressemitteilung. Mann, ist das ätzend hier. Was soll man denn über Autos schreiben?«

Zum ersten Mal betrachtete er sie genauer. Nichts als Jugend im Gesicht, wahrscheinlich war sie Volontärin. Aber die Augen. Schräg gestellt und grün. Lagunengrün hatte er sie bei Ilsa genannt. Mit einem Zwinkern, denn natürlich war das etwas kitschig.

»Schreiben Sie über ein bestimmtes Auto«, sagte er. Die plötzliche Eingebung ließ ihn hochfahren. Natürlich war das mit dem Schießkuli nur eine Spielerei gewesen, ein ehrgeiziger, aber absurder Versuch. Den Grosse konnte er doch ganz anders erledigen ... Viel, viel einfacher: mit einem Zeitungsartikel. Damit würde er ihn ausstechen, und die Wahrheit käme doch noch ans Licht. Und diese kleine Motte würde das schreiben.

»Ein bestimmtes?«, wiederholte sie.

»Ja, kommen Sie! Kommen Sie nur.« Er besiegte ihr Zögern mit einem Lächeln. Wie unbeschwert er sich plötzlich fühlte. Er war wieder 24, als er um die Absperrung aus roten Seilen eilte und seine Hand auf den glänzenden, dunkelblauen Kotflügel legte.

»Wow!«, staunte sie.

Er zuckte zusammen, dann lachte er. »Aber mindestens. Ist das nicht ein Prachtstück?« Er nahm seine Brille ab. »Dieses Cabriolet gehört zu den schönsten Autos, die je gebaut wurden.«

»Cool«, hauchte sie.

Unbedarft, ihre Augen. Nur die Farbe war ähnlich. Ilsa … Langsam glitten seine Fingerspitzen über die Rundung des Radblechs, strichen über die lange Strecke der Motorhaube, den aufgesetzten Ersatzreifen, den tiefblauen Stoff des Daches. Er kreiste auf die andere Seite, zurück bis zur Front mit dem imposanten Flachkühler und den dicken Scheinwerfern. Zärtlich umfasste er die Kühlerfigur.

»Eine geflügelte Weltkugel«, bemerkte er. »Und hier das ›H‹ für ›Horch‹.«

Die angehende Reporterin trat näher. »Darf man denn diese Oldtimer anfassen?«

»Ich schon.«

»Und die Absperrung?«

Lächerlich, dachte er. Durfte er nicht sein eigenes Werk berühren? Da störten ihn auch die Polizisten nicht, die heute, am Jubiläumstag, die Politprominenz beschirmten.

Er fixierte sie, bis er ihren Blick hatte. »Ich habe diesen Wagen nicht nur gefahren, sondern auch entworfen.«

»Wow«, sagte sie, diesmal etwas verspätet.

Wie sie jetzt, die Augen geweitet, nach Worten suchte.

»Also, damals in den 30er-Jahren?«, fragte sie nach. »Da waren Sie doch sicher noch ganz jung?«

»Ja, Anfang 20 erst. Ein Frühstarter.« Er genoss ihre Verblüffung. »Ich war besessen von Autos.«

»Und was genau haben Sie an dem Modell entworfen?«

»Die gesamte Karosserie, bis hin zu dieser Farbkombination aus Dunkelblau und Fischsilber.«

»Wahnsinn!« Sie trat einen Schritt zurück. »Und wie sind Sie auf diese geile Silhouette gekommen?«

»Nun, die Form folgt der Funktion, wie man so sagt. Unter dieser langen Motorhaube steckt nämlich ein Achtzylinder. Der ›flüsternde Motor‹ wurde er genannt, so leise war er.«

Er registrierte, wie sie Kuli und Stenoblock in Position brachte.

»Können Sie doch alles nachlesen«, erklärte er.

»Ja.« Sie ließ den Block sinken und krauste die Stirn. »Wie heißen Sie eigentlich?«

Natürlich, woher sollte sie wissen … Niemand kannte ihn. Stumm reichte er ihr seine Visitenkarte. Er sah ihren flüchtigen Blick, sah, wie sie das Kärtchen in ihre Schultertasche steckte.

»Warum sind Sie nicht da oben?« Sie wies zur Tribüne.

Das Misstrauen ehrt sie, dachte er. Vielleicht wird doch noch was aus ihr.

»Man hielt mich für verschollen, seit Jahrzehnten schon.« Ich bin alt, sterbensalt, dachte er. Aber ich werde das zu Ende bringen. »Der Mann da oben ist ein Betrüger. Er hat sich als Gestalter **meines** Wagens ausgegeben, aber ich allein habe diesen Horch kreiert. **Ich** war der Pionier.«

Die Journalistin schaute zur Tribüne. Der verdiente Veteran verschwand gerade hinter einem Blumenpräsent.

»Das ist krass.« Sie dachte nach. »Können Sie das beweisen?«

»Nein. Dafür ist es zu spät.« Seine Hand fuhr in die Jacketttasche, umkrampfte den kühlen Schießkugelschreiber. Er bemerkte, dass sie ihren Block einsteckte.

Er senkte die Stimme. »Ich musste damals abhauen.«

»Abhauen??«

»Nun kriegen Sie doch noch Ihre Geschichte«, lächelte er. Seine trockenen Finger verhaspelten sich in der Brieftasche. Dann hatte er es. Das Foto. Unversehrt, nur entrückt durch den bräunlichen Gilb der Zeit. Mit einer Art Verbeugung übergab er es der fremden jungen Hand.

Sie nahm es verwundert entgegen, umschloss mit Bedacht den gezackten Rand.

»Oh!«, sagte sie.

Er war erfreut über dieses ›Oh‹, erfreut, dass sie nicht ›wow‹ oder ›cool‹ oder gar ›geil‹ gesagt hatte.

»Eine wunderschöne Frau«, stellte sie fest. »Und das ist wirklich dieser Wagen?« Vom Foto schaute sie vergleichend zu dem luxuriösen, langgliedrigen Cabriolet.

»Ja, das ist mein Horch. Jetzt sind wir beide Oldies.« Er lachte brüchig. »Nur, dass der sich besser gehalten hat.«

»Wie James Dean sehen Sie aus.« Sie starrte weiter auf das Foto.

»Danke. Allerdings ein James Dean mit Schiebermütze und in Knickerbockers.«

Der Schauspieler war in den Tod gerast. Er jedoch existierte noch. Damals, 1941, hatte ein anderer dran glauben müssen …

Er wünschte sich, dass die junge Frau das Foto nicht losließ. Dass sie sich in Details vertiefte, die seit Jahrzehnten in und mit ihm lebten. Ilsa im weißen, schmiegsamen Seidenkleid, ihr gebräunter Arm im Fahrtwind, ihre schrägen, grünen Augen unter der Federkappe.

»Eine wunderschöne Frau«, hörte er die Stimme der Journalistin. »Ihre Freundin, nicht wahr?«

»Freundin, Geliebte …« Er machte eine vage Handbewegung. Was sollte er sagen? Ilsa war seine Zukunft gewesen. Leidenschaftliche Gegenwart, die nie enden würde.

»Sie haben sie geliebt.«

Ja, so einfach konnte man es ausdrücken.

»Sie war älter als ich.« Am besten, er kam der Frage zuvor. »30. Sechs Jahre älter als ich.«

Die Volontärin gab ihm das Foto zurück und zog einen Recorder aus der Tasche. »Bitte, ich würde gern …«

»Ja, Sie dürfen das ruhig aufnehmen. – Ilsa war Schauspielerin. Kennen Sie ›Großstadtfieber‹?«

»Nein, es tut mir leid …«

»Da hat sie mitgespielt. Ilsa Löwy. 1938 hat man ihr zwangsweise noch den Zweitnamen ›Sara‹ gegeben. Sie verstehen?«

»Ja, ich verstehe.« Die Antwort kam leise.

Er las Angst in ihrem Gesicht, Angst, die sein Erinnern schmerzhafter machte. »Im selben Jahr haben wir geheiratet. Gegen den Willen unserer Eltern, in dieser Zeit …«

Sie schwieg.

»Ihre Eltern hatten gegen eine hohe Summe schon die Ausreisegenehmigung nach England erhalten und drängten ihre Tochter, mitzukommen. Aber Ilsa blieb in Deutschland. Bei mir.«

Dachte die kleine Reporterin nur an Romeo und Julia, oder begriff sie die Dimensionen?

»Als Jüdin durfte Ilsa ihren Beruf nicht mehr ausüben, ich verdiente nur wenig, und die Gestapo hatte uns schon ins Visier genommen. Eine Zeitlang ging es ganz leidlich, weil Ilsa mit Emmy Göring, der ehemaligen Schauspielerin, befreundet war. So erhielt sie durch die Verfügung ›Eine Nichtarierin, die nicht abgeholt werden darf‹ eine Art Gnadenfrist. Aber dann …«

»Das klingt nicht nach Happyend.«

»Nein. Am Ende konnte uns niemand mehr schützen. Ich gab vor, dass Ilsa ins Ausland geflohen sei, brachte sie aber in einem Gartenhaus in Cainsdorf unter. Das hat mein Vater herausbekommen. Als ich es weiterhin ablehnte, mich scheiden zu lassen, hat er Ilsa bei der Gestapo angezeigt. 1941 wurde sie nach Ravensbrück deportiert. Ich habe sie nie wieder gesehen.«

Er hatte sachlich gesprochen, mit einer Sachlichkeit, die ihn erschöpft hatte. War er überhaupt verstanden worden? Die Kleine wirkte etwas traurig, das beruhigte ihn.

»Aber wenigstens Ihren Horch haben Sie wieder gesehen.« Mit einem leichten Lächeln wies sie auf das Cabrio. »Erzählen Sie mir das auch?«

»Natürlich. Den hat erst ein SS-Offizier konfisziert, bei Kriegsende haben ihn die Amerikaner übernommen, dann kam er in die USA. Dort war er im Besitz eines vermögenden TV-Moguls, der ihn dem August-Horch-Museum geschenkt hat.«

»Danke für Ihre Geschichte«, sagte sie unvermittelt, »aber ich muss jetzt los. Deadline.« Er hörte das Klicken, mit dem sie den Recorder ausschaltete.

»Leben Sie wohl, Fräulein –«

Verwirrt schaute er dem Jeansröckchen hinterher. Nein, mit dem Artikel würde es nichts werden. Zehn Zeilen Nachricht, das würde man der Kleinen zugestehen. Wenn sie überhaupt schon ins Blatt kam.

Noch einmal blickte er zu dem blau-silbernen Cabriolet. Vorbei und entschwunden, als habe das alles nicht existiert. Sein Design, sein Horch, seine Ilsa.

Er spürte plötzlich eine Leere. Die Tribüne lag jetzt verwaist da, auf der anderen Seite zum Innenhof wogte hinter Glasfronten die feiernde Menge. Kurt Grosse war nicht zu entdecken.

Warum hatte ihn die junge Frau nicht gefragt, ob er seinem Vater verziehen hätte?

›Nein, ich habe ihm nicht verziehen‹, hätte er geantwortet.

Aber den Schluss hätte er der Journalistin sowieso nicht erzählen können.

In São Paulo ging er jetzt öfter in die Kirche. Doch nicht mal dem Pastor konnte er die Last aufdrücken.

Ein Hustenanfall ließ ihn zum nächsten Stuhl flüchten. Seine Lunge, die er eben noch vergessen hatte, brachte sich mit kurzen, geräuschvollen Stößen in Erinnerung, sodass er panisch nach seinem Spray griff. Endlich drang wieder Luft durch die Bronchien. Ermattet lehnte er sich zurück.

Zwei Polizisten kamen auf ihn zu, und er fühlte eine Hand auf seiner Schulter.

»Können wir Ihnen helfen?«

»Ja.« Er zögerte, machte eine letzte Pause. Dann schaute er hoch. »Ich habe meinen Vater ermordet.«

Na, na, na, sagten ihre Blicke, während ihre Gesichter ein gutmütiges Grinsen zeigten.

»Ich habe meinen Vater umgebracht«, variierte er.

Er bemerkte, wie sich die beiden ansahen.

»Wann soll denn das gewesen sein?«, versuchte es der eine.

»1941.«

»Bisschen lang her, nicht?«

Wie sie ihn abschätzten: Vom grauen Resthaar über den eingesunkenen Brustkorb bis zu den altersfleckigen Händen, die jetzt noch stärker zu zittern begannen.

Dumme Kerle. Hatte es Zweck, ihnen zu erklären, wie er seinen Alten beseitigt hatte?

Der Alte, das war er jetzt selbst. Er musste lachen.

»Wir rufen den Krankenwagen!« Der Polizist wirkte entschlossen.

»Psychiatrie«, zischelte der andere.

Wenn er es schaffte, auf die Wache zu kommen … dort würden sie ihn schon anhören … Eine Zigarette. Er musste sich beruhigen. Noch einmal lief alles wie ein Film vor ihm ab.

Sein Vater war betucht gewesen. Ein Wort, das passte. Textilfabrikant. Und natürlich hatte auch er einen Horch gefahren. Vorhin war er an dem repräsentativen dunklen Pullmancabriolet vorbeigekommen, hatte sich aber instinktiv wieder abgewandt. Der Mordwagen. Nein, natürlich nicht dieser, aber dennoch …

Über 20.000 Reichsmark hatte der Vater für das Automobil bezahlt. Damit war er bei den Zwickauer Honoratioren auf gleicher Augenhöhe gewesen, hatte standesgemäß bei ihren Villen vorfahren können.

Die Höchstgeschwindigkeit von 130 Kilometern pro Stunde hatte der Vater stets ausgereizt. Auf der langen Strecke, wenn er vom Privathaus seinen täglichen Weg zur Fabrik genommen hatte.

Man musste allerdings ein guter Fahrer sein, um den schweren Wagen auf Kurs zu halten. Sein Vater war **kein** guter Fahrer gewesen.

Pech für den Alten, dass sein ›verlorener Sohn‹ ausgerechnet Autoingenieur geworden war … In einer gut gewählten Feuchtperiode im November 1941 ließen manipulierte Bremsen und Lenkung den Pullman gegen eine Mauer prallen. Auf der Crimmitschauer Straße, präzise in Höhe des Friedhofs, auf dem der tödlich Verunglückte wenig später begraben wurde.

Um den ebenso unkenntlichen Horch hatte es ihm leidgetan … aber Hauptsache, man hatte nichts mehr feststellen können.

Er hatte sich, nach einer Trauer- und Sicherheitsfrist, ins Ausland abgesetzt. Die Kriegswirren hatten ihn bis Brasilien gespült, und auch nach Ende der historischen Katastrophe war er dort geblieben. Er galt als verschollen.

Er bemerkte, dass ihn die Polizisten unverwandt anstarrten. Sie sollen mich nicht beschützen, sondern bewachen, dachte er ärgerlich. Er drückte seine Zigarette aus und hielt ihnen die Handgelenke entgegen. »Bitte nehmen Sie mich fest, ich habe Ihnen die Wahrheit gesagt.«

Die Polizisten verdrehten die Augen.

»Sie glauben mir nicht?« Mit einem Ruck riss er den Schießkuli aus der Tasche. »Ich wollte auch Kurt Grosse ermorden. Hier auf dem Jubiläum.«

»Moment.« Der eine Beamte hob die Hand, während der andere langsam auf ihn zuging. »Geben Sie mal her.«

Mit Triumph im Blick überreichte er den Kuli.

»Alle Achtung, tatsächlich der Agentenschreiber«, hörte er neben sich sagen. »Bestell doch mal den Krankenwagen ab.«

Sie nahmen ihn rechts und links beim Arm. »Kommen Sie, wir bringen Sie jetzt zur Wache.«

Er nickte, nur wenig enttäuscht darüber, dass sie ihn nicht in Handschellen legten.

Endlich würde er gestehen dürfen. Höchstens noch drei Monate, hatte der Arzt gesagt. Lungenkrebs. Wenn die Prognose stimmte, würde er es vielleicht noch bis zum Urteil schaffen.

ANNE GRIESSER
MÄNNERTOUR

Vor der Dresdner Frauenkirche stehen drei Männer. Sie bemühen sich, einander nicht anzuschauen. Nervös wartet jeder von ihnen darauf, dass ein anderer die Entscheidung trifft. Sie scharren mit den Füßen, stecken ihre Hände in die Hosentaschen, räuspern sich. Ihnen ist nicht wohl in ihrer Haut, ganz und gar nicht wohl.

»Hm. Schön geworden, der Bau.« Der Mittlere, in Bundfaltenhosen und Mantel, hält das Schweigen nicht durch. Aber die anderen beiden bleiben stumm, nicken nur. Der schlanke Mann links, in Jeans und weißem Hemd, ist blass. Ziemlich blass sogar.

Auf der rechten Seite klopft sich der Dritte im Bunde auf die Wampe, die über seine Jeans gerutscht ist, und nur notdürftig von einem blauen Sweatshirt bedeckt wird. Es ist eine Geste der Verlegenheit.

Sie hätten nicht hierher kommen sollen, nicht zur Frauenkirche, gar nicht nach Dresden. Eine Schnapsidee.

Martin Breithaupt streicht noch einmal über seinen gewaltigen Bauch. Er tut es, weil er aufgewühlt ist, es beruhigt ihn irgendwie. *Unsere beschissenste Reise bislang,* denkt er und blickt zu dem blassen Mann im weißen Hemd hinüber. *Fuzzys Idee, natürlich. Warum hat er nicht gleich ›nein‹ gesagt?*

Jedes Jahr fahren sie ein Wochenende lang gemeinsam weg. Jedes Jahr, seit ihrer gemeinsamen Schulzeit. Männertour, Frauen unerwünscht. München, Berlin, Köln, Hamburg. Auch ausgefallenere Ziele, wie Sylt und Oberammergau. Nur den Osten haben sie bislang ausgespart. Und nun sind sie in Dresden gelandet. Ausgerechnet.

Martin Breithaupt mustert den schmächtigen Mann im Mantel. Hoffentlich hält Ralf die Klappe. Ihm ist es am ehesten zuzutrauen, dass er das Tabu bricht. Dass er den Namen ausspricht.

Dass er nach *Natalie* fragt.

Martin Breithaupt spielt ein Stakkato auf seinem Bauch. Er sieht sie noch ganz deutlich vor sich: Die blonden Haare, zum Zopf geflochten, die vollen Lippen, den Babyspeck im Gesicht. Die Augen beinahe so blau wie ihre FDJ-Bluse. Ihr wilder, einladender Blick ist ihm sofort aufgefallen. Damals war er der Aufreißer seiner Klasse. Noch ohne Bauch, ein bisschen stämmig vielleicht, alle Haare auf dem Kopf.

Klassenfahrten in die DDR sind eine echte Herausforderung, 1985. Zumindest für die Lehrer. Die Schüler haben eigentlich andere Interessen – Lloret de Mar, Paris oder Berlin. In die Disco gehen, Erfahrungen sammeln. Aber für Fahrten in die DDR gibt's Zuschüsse vom Staat. Und Disco gibts in Dresden schließlich auch.

Martin Breithaupt grinst, als er an den Tanzabend im volkseigenen Betrieb denkt. Die Klasse 11c kommt zu früh zur Party. Sie werden noch Zeuge, wie die kunstledergepolsterten Stühle aus dem Konferenzraum entfernt, ein paar bunte Stoffe an die Wand gepinnt und, absolute Krönung, zwei Discokugeln an der Decke befestigt werden.

Dann trudelt die rollende Diskothek ein. Eine altertümliche Musikanlage, ein paar bunte Glühbirnen, ein bierernster DJ. Und eine Invasion in Blau: eine ganze Busladung Freier Deutscher Jugendlicher. Immerhin soll das Ganze ja ein Begegnungsabend werden. Ein Austausch unterschiedlicher Lebenskonzepte.

Die Blaugewandeten sind deutlich in der Überzahl. Sie knöpfen sich Martin und seine Kumpels einzeln vor, stellen provokante Fragen: »Wie haltet ihr das nur aus, im Westen, mit all der Gewalt und den Drogen. Hattest du heute auch schon einen Schuss Heroin?«

Martin ist zu baff, um zu antworten. Heroin? In der kleinen Stadt, aus der er stammt, kennt man nur eine Droge: Bier. Und das hätte er jetzt verflucht gern. Aber hier gibt's nur klebrige Cola.

Damals kommen ihm die uniformierten Jugendlichen wahnsinnig linientreu vor. Heute ist er sich da nicht mehr so sicher. Vielleicht waren sie nur bessere Schauspieler – bessere als Natalie. Sie ist ihm gleich aufgefallen. Im Gegensatz zu den anderen hat sie kaum gesprochen, ist ganz allein auf der Tanzfläche. In sich versunken, wiegt sie sich zur Musik. Sie muss seinen Blick gespürt haben, denn plötzlich reißt sie die Augen auf und zwinkert ihm zu.

Trotz ihres kindlichen Gesichts sieht sie feurig und entschlossen aus. Sie tanzt noch eine Weile, dann deutet sie ihm mit einem Kopfnicken an, dass er ihr folgen soll.

Zur Mädchentoilette. Den einzigen Ort, an dem sie vor dem Reiseleiter sicher sind. Sie schließen sich gemeinsam ein. Kokett stützt sie ein Bein an die Wand.

»Ich will Architektin werden«, sagt sie unvermittelt. Trotzig.

Martin lächelt, ihr sächsischer Dialekt gefällt ihm.

»Ein schöner Beruf«, nuschelt er, ganz dicht an ihrem Ohr.

»Du verstehst mich nicht.« Sie reckt die Nase in die Luft. »Ich will bauen, wie und was mir gefällt. Ich will berühmt werden. Weltberühmt. – Ich will im Westen studieren.« Sie stockt. »Ich suche jemanden, der mich hier rausschmuggelt.«

Martin erschrickt. Das kleine Abenteuer nimmt eine völlig unerwartete Wendung.

»Ähm«, presst er hervor. Ihm fällt ein, dass erst vor wenigen Monaten eine Marburger Schulklasse einen DDR-Bürger im Reisebus in den Westen geschmuggelt hat. War tagelang Thema Nummer eins in allen Medien. Manche haben die Schüler als Helden gefeiert.

Aber Martin Breithaupt ist kein Held. Zumindest kein politischer. Höchstens ein Weiberheld. Deshalb sagt er auch nicht gleich ausdrücklich *nein.* Da geht was, bei Natalie, das spürt er.

»Komm heute Nacht zu uns in die Jugendherberge«, wispert er. »Da können wir reden.«

»Blödsinn«, kontert sie. »Wenn mich euer Aufpasser erwischt, dann hab ich ein echtes Problem.«

Na, dann nicht, möchte Martin am liebsten sagen. Er hat sowieso längst Muffensausen. – Wenn da nur nicht diese unwiderstehlichen blauen Augen wären. Und ihre Glocken sind, ehrlich gesagt, auch nicht von schlechten Eltern.

»Na, schön. Hast du einen besseren Vorschlag?«

Sie nickt. »Komm zwischen zwei und drei zur Ruine der Frauenkirche. Dort kenne ich ein Versteck …« Sie streicht ihm über die Hose. »Du wirst es nicht bereuen!«

Martins kleiner Freund reagiert sofort.

»Ich werde zwei Kumpels mitbringen«, sagt er und kommt sich ein bisschen blöd dabei vor. »Alleine schaffe ich das doch nicht, ähm, mit deiner Flucht.«

In Wahrheit hat er einfach nur Schiss, allein aus der Jugendherberge zu türmen. Er ist es gar nicht gewohnt, etwas ohne Ralf und Fuzzy zu unternehmen.

»Ihr seid willkommen«, wispert sie. Nimmt seinen Kopf in ihre Hände und küsst ihn, dass ihm Hören und Sehen vergeht. Fasst ihm noch einmal an die Hose. Dann geht sie.

Er bleibt noch; es dauert eine Weile, bis er sich wieder in Ordnung gebracht hat.

Tja, denkt Martin Breithaupt und klopft auf seine Wampe. Dabei hätte es bleiben sollen. Dann wäre es heute eine nette, belanglose Erinnerung.

Ralf Kleinschmied hüstelt.

»Was wohl aus Natalie geworden ist?«

Im gleichen Moment möchte er sich die Zunge abbeißen. Wie kann er nur den Namen aussprechen? Es ist ein ungeschriebenes, aber unumstößliches Gesetz, Natalie nicht zu erwähnen.

Martin und Fuzzy werfen ihm Blicke zu, als hätte er eben auf offener Straße ein Geschäft verrichtet. Als sei er ein Verrückter, mit dem man nicht gemeinsam gesehen werden möchte.

Pah! Die sollen sich bloß nicht so anstellen, die beiden! Haben sich wahrscheinlich genau die gleiche Frage gestellt, gerade eben. Heimlich.

Er blickt Martin herausfordernd an, doch der wendet sich ab. Klopft sich auf die Wampe. Sieht gar nicht mehr wie ein Weiberheld aus – die Glatze steht ihm ebenso wenig wie der Bauch. Inzwischen ist Fuzzy der attraktivste von den dreien. Er hat es zu etwas gebracht, ist Arzt geworden. Schlank, athletisch, braungebrannt. Normalerweise zumindest. Heute ist er fast so weiß wie sein Hemd.

Ralf Kleinschmied bewundert Fuzzy. Fuzzy, der Mitglied im Golfclub ist und im Tennisverein. Der über Leben und Tod entscheidet, und nicht nur über die Steuererklärung anderer Leute, so wie er selbst. Bei der Klassenfahrt 1985 war das allerdings noch ganz anders, da war eindeutig Martin sein Held. Und warum auch nicht? Er ist ja nicht schlecht damit gefahren. Selbst die Sache mit Natalie ließ sich ganz gut an, damals.

Er spürt wieder die Aufregung, die ihn ergreift, als Martin ihm in der Jugendherberge einen Zettel zusteckt. Sie haben ein Rendezvous! Die hübsche Blonde mit den großen Titten wartet bei der Frauenkirche!

Wow, denkt er. *Der Martin wieder. Der hat's voll drauf. Gut, wenn man so einen zum Kumpel hat.*

Ihm selbst ist Natalie auch aufgefallen. Sie sticht heraus. Sie hat einfach – das gewisse Etwas, genauer kann Ralf es nicht ausdrücken.

Zu dritt gelingt es ihnen, unbemerkt aus der Jugendherberge zu entkommen. Ralf hätte Fuzzy gern zu Hause gelassen, aber Martin zwinkert ihm zu – einer muss ja schließlich Schmiere stehen, nicht wahr?

»Und du glaubst wirklich, sie lässt uns ran, einfach so …?«

»Für ein bisschen westliche Luft würde *die* alles tun, Kumpel.«

»Aber wie sollen wir sie denn …?«

Martin schaut ihn mitleidig an. »Ach, hör bloß auf. Du glaubst doch nicht im Ernst, ich würde so ein Risiko eingehen – he?«

Ralf grinst. Ja, der Martin. Das ist schon einer!

Fuzzy sagt gar nichts.

Ein bisschen unheimlich ist es, und verdammt leer, dieses Dresden bei Nacht, 1985. Aber die schwarzen Reste der ausgebrannten Frauenkirche sind nicht zu verfehlen. Gespenstisch erhebt sich die Fassade aus dem Schutt. Natalie sitzt im Schatten verborgen und raucht. Sie sieht fast ein bisschen überrascht aus, als sie die drei entdeckt.

»Hallo«, sagt sie. »Ihr seid wirklich gekommen.«

»Klar«, grinst Martin und greift sich an die Hose. »Du hast mir was versprochen.«

Ohne die Musik und das Schummerlicht der Disco sieht Natalie gar nicht mehr wie eine Verführerin aus, nur noch wie ein ganz normales, sechzehnjähriges Mädchen. Aber sie nickt schließlich und lächelt. Ein wenig gekünstelt.

»Okay«, sagt sie. »Kommt mit.«

Sie führt die Drei auf verschlungenen Wegen zu einer Tür am Boden, unter ein paar Steinen versteckt, wie zu einem Kohlenkeller. Entschlossen stemmt sie die Luke auf und verschwindet im Dunkel*.

»He –«, ruft Martin. »Wohin, zum Henker?«

»Mein geheimes Versteck.« Ihre Stimme klingt dumpf. »Kommt runter. Was wir vorhaben, können wir ja schlecht auf offener Straße erledigen.«

Ein Lichtschein dringt zu ihnen hoch. Ralf ist mulmig zumute. Er möchte jetzt doch lieber Schmiere stehen. Aber was wird Martin von ihm denken, wenn er kneift?

Na schön. Mutig folgt er dem Mädchen. Unten, im Schein ihrer Taschenlampe, sieht er bleiche Knochen und Schädel. Es überläuft ihn eiskalt.

Sie grinst. »Nur ein Beinhaus,« erklärt sie. »In Vergessenheit geraten. Fürchtest du dich vor ein paar Toten?«

Ralf schüttelt den Kopf. Natalie sieht jetzt wieder sehr begehrenswert aus. Die merkwürdige Umgebung verleiht ihr eine ganz besondere Aura.

Fuzzy steigt als letzter herunter und schließt die Luke. An diesem Ort muss keiner Wache halten.

Kaum sind sie unten, beginnt Natalie sich auszuziehen. Langsam und bedächtig, ihre Kleidung faltet sie ordentlich zusammen und legt sie auf den Boden.

Ralf will unbedingt der Erste sein und stürzt sich auf sie. Sie beißt die Zähne zusammen und lässt es geschehen.

Dann ist Martin dran.

Fuzzy steht in der Ecke und will nicht.

Als sie fertig sind, raucht Natalie eine Zigarette. Ralf kommt sich schmutzig vor. Richtig beschissen.

»Wie heißt du eigentlich?«, fragt er.

»Natalie«, sagt Natalie.

»Natalie und …?«

»Das verrate ich euch erst im Westen.«

Da beginnt Martin nervös zu kichern. »Na dann, viel Glück!«, sagt er und öffnet die Luke. »Du findest sicher jemanden, der dich mitnimmt!« Flink schwingt er sich aus der Gruft, nach oben, den Sternen entgegen. Ralf und Fuzzy folgen.

Natalies Stimme ist noch eine Weile deutlich zu hören. »Hey, kommt zurück! Ihr Arschlöcher! Wir haben ein Abkommen!« Folgen kann sie ihnen nicht, nackt, wie sie ist. »Ihr blöden Wichser! Ich werde euch bei euren Lehrern verpfeifen. Euch anzeigen, wegen Nötigung, wegen Vergewaltigung!«

Ralf läuft schneller. Er will weg.

Fuzzy ist es, der als Erster stehen bleibt.

Ja, Fuzzy ist damals schon der Pfiffigste von ihnen, Ralf hat es nur noch nicht erkannt. Er seufzt und klopft sich ein paar Fusseln vom Mantel.

Den Mann im weißen Hemd fröstelt. Ewig können sie hier nicht stehen bleiben. Bald müssen sie sich entscheiden – rein, oder nicht rein.

Dr. Matthias Enderlein seufzt. Die Entscheidung wird an ihm hängen bleiben.

Fuzzy heißt er nun schon lange nicht mehr. Nur einmal pro Jahr verwandelt sich der erfolgreiche Gynäkologe in einen schmächtigen Jugendlichen zurück, der mit 16 noch in der Pubertät steckt, während seine Kumpels sich schon fast zu Männern entwickelt haben.

Am liebsten möchte er heute gar nichts mehr mit den beiden zu tun haben. Aber der Ort, in dem sie zur Schule gegangen und in dem sie alle drei schließlich wieder gelandet sind, ist zu klein, um sich aus dem Weg zu gehen.

Also die Flucht nach vorn. Einmal pro Jahr auf Männertour. Und nun nach Dresden, weil er, Fuzzy, es so wollte. Warum nur?

Schwer zu sagen. Wegen Natalie. Natürlich wegen Natalie, weshalb denn sonst?

Wegen der süßen Blonden, die er unentwegt beobachtet hat, während die anderen beiden über sie hergefallen sind.

Ihre blauen Augen haben die seinen gesucht – und als Martin und Ralf ihre Hosen wieder zuknöpfen, lächelt sie ihm dankbar zu. Ihm, der sich nicht beteiligt hat, an der makabren Orgie in der Gruft. Der aber trotzdem mit den anderen beiden weggelaufen ist, ohne das gegebene Versprechen einzulösen.

Er kann ihren enttäuschten Blick spüren, als er durch die Nacht hetzt. Er spürt ihn wie einen Stich ins Herz. Deshalb bleibt er schließlich stehen.

Und natürlich auch, weil er Ärger mit seinen Lehrern absolut nicht brauchen kann. Wen wird es später schon interessieren, ob er mitgemacht hat? Mitgefangen, mitgehangen.

Fuzzy ist ehrgeizig. Er will Medizin studieren. Kann man noch Arzt werden, wenn man von der Schule geflogen ist? Er weiß es nicht. Aber er weiß, dass Beihilfe zur Republikflucht aus der DDR in die Bundesrepublik kein Verbrechen ist.

»Ich regle das«, hört er sich sagen. »Wartet hier.«

Er lässt Ralf und Martin stehen und geht zurück zur Kirche. Natalie ist immer noch nackt. Sie tobt nicht mehr, sie weint jetzt.

»Schscht.« Fuzzy streicht ihr mit dem Finger über die Wange. Das hat er noch nie bei einem Mädchen getan. Schon gar nicht bei einem nackten. Ihm wird ziemlich heiß.

»Du hast recht«, sagt er beschwichtigend. »Martin und Ralf sind Arschlöcher. Aber ich nicht.«

Dann schmiedet er mit Natalie den Fluchtplan. Ganz einfach soll es gehen, ohne Haken und Ösen. Sie soll über Nacht bleiben, wo sie ist. Und während der morgigen Stadtrundfahrt, wenn sie bei der Ruine halten, dann wird er, Fuzzy, sie holen und im Bus verstecken. Dort muss sie den Rest des Tages verharren, bis sie über die Grenze sind. Verborgen unter einem Berg von Gepäck und Klamotten.

So haben es vor kurzem die Marburger Schüler gemacht, und es hat geklappt. Es wird auch diesmal klappen, ganz sicher.

Natalie zittert ein wenig. Aber sie ist einverstanden.

Einem merkwürdigen Impuls folgend, nimmt Fuzzy ihr Kleiderbündel an sich. Er wird es ihr morgen, wenn er sie abholt, wiedergeben. Warum er am Ende auch noch ein paar schwere Steine über die verschlossene Luke gerollt hat, kann er heute selbst nur vermuten. Weil er verhindern will, dass sie es sich anders überlegt. Weil er sie unbedingt mitnehmen will, in den Westen. Unbedingt.

Martin und Ralf fragen nicht, was zwischen ihm und Natalie vorgefallen ist. Sie fragen nicht in der Nacht – und auch nicht am nächsten Morgen, als der Bus eine Panne hat und die geplante Stadtrundfahrt ausfällt. Die Klasse 11c wird mit einem Ersatzbus ohne Zwischenstopp über die Grenze gekarrt.

Sie fragen nicht einmal, warum Fuzzy so blass ist und sich alle halbe Stunde übergibt.

»Scheiß Gummiadler«, sagt Martin irgendwann. »Ich hab auch Magendrücken davon.«

Dr. Martin *Fuzzy* Enderlein starrt wie gebannt auf die barocke Schönheit der wiederaufgebauten Frauenkirche. Ein paar schwarze Steine erinnern noch an die Ruine, an das Mahnmal, an den Brand in der Bombennacht von 1945.

An das Drama in der Nacht von 1985 erinnert gar nichts. Dr. Enderlein kann nur ahnen, wo einst die Luke war. Mit bangem Herzen hat er den Wiederaufbau verfolgt, aber von einem makabren Fund in einer alten Gruft hat er ebenso wenig gehört wie vom Verschwinden eines Mädchens, von dem er nur den Vornamen kennt.

Oft stellt er sich vor, dass sie sich befreit hat und heute ihr Leben lebt, irgendwo, im Osten, im Westen, im Ausland vielleicht.

Aber es gibt natürlich auch andere Tage. Ungewisse Tage. Schwarze Tage. Schwärzer als die schwarzen Steine im Mauerwerk der Frauenkirche.

Das Kleiderbündel ruht am Boden einer Truhe mit persönlichen Sachen, zu der seine Frau keinen Schlüssel besitzt.

Weshalb er nach Dresden gekommen ist, nach all den Jahren?

Schwer zu sagen. Um Erlösung zu finden, vermutlich. Weshalb denn sonst?

Es beginnt zu nieseln.

Dr. Enderlein schaut seine Kumpels verlegen an. »Nehmt es mir nicht übel, Jungs – aber auf Kirche hab ich jetzt echt keinen Bock. Gehen wir was trinken?«

Die beiden nicken erleichtert.

»Auf unsere Männertour!«, sagt Martin in der Kneipe und erhebt sein Glas. Sie prosten sich zu. »Nächstes Jahr«, schlägt Fuzzy vor, »könnten wir nach Berchtesgaden fahren, was meint ihr?«

AUTOREN

Nessa Altura hat viele Storys für Anthologien, zwei Kurzprosabände und den Roman »Die 13. Klasse« veröffentlicht. Sie lebt in Süddeutschland. Bibliografie, Presse, Vita und mehr unter: www.nessaaltura.de. Unter anderem gewann Nessa Altura den Friedrich-Glauser-Kurzkrimipreis und den Kurzgeschichtenpreis von Quo Vadis, der Vereinigung deutschsprachiger Verfasser historischer Romane. Seit 2011 vertreibt sie eigene Kindle E-Books über Amazon und exklusive Textgeschenke über ihr Blog autorenexpress.de.

Stefanie Barthel, geboren 1979, hat Kommunikations- und Medienwissenschaften sowie Amerikanistik in Leipzig studiert. Nach mehreren Auslandsaufenthalten war sie als freie Mitarbeiterin in TV-Auslandsredaktionen, Online- und Zeitungsredaktionen sowie kulturellen Einrichtungen im In- und Ausland tätig. Zurzeit arbeitet sie in einer Berliner Online-Redaktion.

Beate Baum ist ein Kind des Ruhrgebiets. Nach Studium und diversen Jobs in NRW und Thüringen zog es die Journalistin Mitte der 90er-Jahre nach Liverpool. Um die Jahrtausendwende siedelte sie die Handlung ihres ersten Krimis in Dresden an, wo sie mittlerweile lebte. Daraus entstand die erfolgreiche siebenteilige »Kirsten Bertram«-

Reihe. Als Reisejournalistin behielt sie Großbritannien im Blick und widmete sich mit bislang zwei Musikerromanen und zwei modernen Sherlock Holmes' der Region auch belletristisch.

Monika Buttler studierte Literaturwissenschaft und arbeitete als Wohnredakteurin. Sie veröffentlichte sechs Kriminalromane, rund 40 Kurzkrimis und Erzählungen. Sie lebt mit ihrem Mann in Hamburg.
www.monikabuttler.de

Monika Detering wollte ein Schiffsjunge werden oder eine Malerin. Vergeblich. Also wurde sie Puppenkünstlerin und arbeitete unter anderem in New York, Washington und Philadelphia, aber auch auf Langeoog, Juist und Spiekeroog. Jahre als freie Journalistin folgten. 1995 begann sie, Bücher zu schreiben. Bis heute veröffentlichte die Schriftstellerin 18 Romane. Zuletzt »Zitronenhimmel«, »Ich bin Hermann« und »Der Sommer des Raben«.
Zwischen 1997 – 2018 erschienen in Zeitschriften, Anthologien und als E-Books viele ihrer Kurzgeschichten.
Die Autorin gewann zahlreiche Preise unter anderem im Jahr 2000 mit der Kurzgeschichte »Herrin verbrannter Steine« den 1. Preis des großen Wettbewerbs für Frauen aus deutschsprachigen Ländern.

Jochen Dietel, geboren 1977, hat Ethnologie und Geschichte in Leipzig, Köln und St. Petersburg studiert. Anschließend war er als freier Mitarbeiter bei Filmproduktionsfirmen und Rundfunksendeanstalten tätig. Zurzeit arbeitet er beim Interkulturellen Forum e. V. in Leipzig.

Frank Dörfelt, Jahrgang 1963, arbeitet als Journalist bei der Tageszeitung Freie Presse und lebt in einer Kleinstadt vor den Toren Zwickaus. Dort findet er neben skurrilen Begebenheiten aus dem täglichen Leben immer wieder mörderische Geschichten. Seit ein paar Jahren sucht er zudem nach Kunstwerken, die während der NS-Zeit, aber auch in der DDR verschwanden.
www.frankdoerfelt.de

Ralf Alex Fichtner ist freiberuflicher Grafiker, Karikaturist und Pressezeichner, schreibt Gruselgeschichten und Kurzkrimis. Er kann inzwischen auf über 50 Personalausstellungen zurückblicken und gewann mehrere Preise bei Cartoonwettbewerben. Mit schneller Feder porträtiert er Erwachsene, Kinder, Haustiere, Geburtstagsgäste, Jubilare, Musikgruppen und Firmenkunden.

Edi Graf, Jahrgang 1962, studierte Literaturwissenschaft in Tübingen und arbeitet als Moderator und Redakteur bei einem Sender der ARD. Zuhause ist er in Rottenburg am Neckar. Seit über 30 Jahren bereist der Autor den afrikanischen Kontinent und lässt neben seinen Protagonisten, der Journalistin Linda Roloff und ihrer Fernliebschaft, dem Safariführer Alan Scott, die gemeinsam zwischen Schwarzwald und Afrika ermitteln, auch Tierwelt und Natur tragende Rollen zukommen. Er greift aktuelle und bewegende Themen auf und liefert dazu detailliert recherchierte Hintergründe, die er geschickt in den Plot integriert. Durch authentisch beschriebene reale Handlungsorte haucht er seinen Krimis Echtheit und Leben ein.

Anne Grießer studierte Ethnologie und Literaturwissenschaft. Nach einigen Ausflügen in die seriöse Berufswelt lebt sie heute ihre kriminelle Ader als Autorin (Krimi, historischer Roman) in Freiburg/Breisgau aus. Dort schwingt sie die Feder und als Krimi-Entertainerin auch so manches blutige Theaterrequisit.

Wolfgang Kemmer, 1966 in Simmern/Hunsrück geboren, studierte Germanistik, Anglistik und Angloamerikanische Geschichte in Köln und arbeitete anschließend als Lektor in einer Literaturagentur. Heute lebt er als freiberuflicher Autor, Lektor und Dozent mit seiner Familie in Augsburg. Er schreibt Romane und Kurzgeschichten, gibt Anthologien heraus und betreute viele Jahre den Krimi-Podcast von Jokers-Weltbild. 2011 war er nominiert für den Agatha-Christie-Preis.
www.wolfgang-kemmer.de

Claudia Puhlfürst (Hrsg.): Kriminelle Schreibtischtäterin aus Sachsen. Herrin von »Ungeheuer« und »Sensenmann«, erschuf »Bluttänzer« und »Mädchenflüsterer«. Liest, schreibt, guckt Horrorfilme, gruselt sich. Spezialgebiet: Humanethologie und nonverbale Kommunikation.
Gibt Anthologien heraus, schreibt Fachliteratur, organisiert die Ostdeutschen Krimitage (www.mord-ost.de). Mörderische Schwester, Rudelführerin eines Hundes und zweier Meerschweinchen.
Liebt und betreut das Buchvolk (www.buchvolk.de).
Bisher: elf Psychothriller, zwei Jugendthriller, drei Bücher mit authentischen Fällen, ein Kinderbuch, zahlreiche

Anthologien, Wannenbücher für Erwachsene, naturwissenschaftliche Fachbücher und Lexika.
Mehr hier: www.puhlfuerst.com

Ethel Scheffler, geboren in Leipzig, hat Finanzwirtschaft studiert. Seit 2006 schreibt sie Krimikurzgeschichten und über wahre Kriminalfälle. Auch die Menschen aus Sachsen mit ihren liebenswerten Eigenschaften und Bräuchen stehen bei ihr im literarischen Fokus. Sie ist Vorsitzende des »FürWort« e. V., dem Verein für Mitteldeutsche Literatur, und Mitglied bei den Mörderischen Schwestern sowie im »Friedrich-Bödecker-Kreise Sachsen e. V.«

Florian Scheibe, geboren 1971 in München, hat Kulturwissenschaft und Geschichte in Bremen und Filmregie in Berlin studiert. Er arbeitete als Aufnahmeleiter, Regieassistent, freier Journalist und wissenschaftlicher Mitarbeiter. Heute schreibt er Romane, Theaterstücke und Drehbücher. Zuletzt erschien sein Roman »Kollisionen« bei Klett-Cotta.

Uwe Schimunek, geboren 1969 in Erfurt, lebt als Autor und Journalist in Leipzig. Er veröffentlicht Krimis, Kinderbücher, sowie Kurz- und Sachtexte. In Krimi-Kleinkunst-Programmen bringt er seine Texte regelmäßig auf die Bühne. Der Autor ist verheiratet und hat zwei Kinder. www.uwe-schimunek.de

Angelika Schröder, Jahrgang 1955, lebt im Sauerland. Dort schreibt sie Kurzkrimis und Kriminalromane: Neben »Böses Karma« sind drei Bände der Reihe »Die schwarze Fledermaus« erschienen. Die Autorin der

»Mords«-Trilogie ist Trägerin des Alfred-Müller-Felsenburg-Preises 2005.

Petra Steps (Hrsg.), Jahrgang 1959, ist waschechte Vogtländerin, allerdings im Kuckucksnest Zwickau geboren. Das Vogtland als Grenzregion Sachsen/Thüringen/Bayern/Böhmen zieht sich wie ein roter Faden durch ihre berufliche und ehrenamtliche Tätigkeit. Derzeit ist die Diplomphilosophin und Hochschulpädagogin als Journalistin vorwiegend im lokalen Bereich tätig. Sie ist Herausgeberin einiger Anthologien über Sachsen und das Vogtland und hat in ihren eigenen und in anderen Anthologien mehrere Kurzkrimis veröffentlicht. Außerdem hat sie an verschiedenen Regionalia mitgearbeitet. Für den Förderverein Schloss Netzschkau e. V. wirkt sie als Intendantin und Organisatorin der »KrimiLiteraturTage Vogtland«. Sie ist Mitglied im Syndikat.
www.bienebissig.de

Algis Schuhknecht, geboren 1970, ist Informatik-Kauffrau und Diplom-Medienpädagogin. Zurzeit ist sie als Studio-Assistentin beim MDR Leipzig tätig und hat bereits einige Video-Dokumentationen veröffentlicht.

Maren Schwarz, Jahrgang 1964, ist eine waschechte Vogtländerin, deren Krimis auf der Insel Rügen, ihrer zweiten Heimat, oder im Vogtland spielen. Neben Kriminalromanen schreibt sie Beiträge für verschiedene Kurzkrimi-Anthologien. Demnächst erscheint mit »Inselsumpf« bereits ihr fünfter Rügenkrimi im Gmeiner-Verlag. Maren Schwarz ist Mitglied im Syndikat.

Franziska Steinhauer lebt seit mehr als 25 Jahren in Cottbus. Bei ihrem Pädagogikstudium legte sie den Schwerpunkt auf Psychologie sowie Philosophie. Ihr breites Wissen im Bereich der Kriminaltechnik erwarb sie im Rahmen eines Master-Studiums in Forensic Sciences and Engineering. Diese Kenntnisse ermöglichen es der Autorin, den Lesern tiefe Einblicke in pathologisches Denken und Agieren zu gewähren. Mit besonderem Geschick werden mörderisches Handeln, Lokalkolorit und Kritik an aktuellen gesellschaftlichen Entwicklungen verknüpft. Ihre Romane zeichnen sich vor allem durch gut recherchierte Details und eine besonders lebendige Darstellung aus. Ihre Begeisterung am Schreiben gibt sie als Dozentin an der BTU Cottbus-Senftenberg weiter.

Sylke Tannhäuser, Jahrgang 1964, wurde in Leipzig geboren, wuchs in Zittau auf und kehrte nach dem Abitur nach Leipzig zurück. Die studierte Betriebs- und Verwaltungswirtin lebt in Schkeuditz bei Leipzig. Sie betreibt eine Schreibschule und hat selbst mehrere Kriminalromane geschrieben, darunter drei Leipzig-Krimis, und zahlreiche Kurzgeschichten, die in verschiedenen Anthologien und Literaturzeitschriften erschienen sind. Tannhäuser ist Mitglied der Mörderischen Schwestern, von »FürWort« und im Syndikat. Ihre Lesungen würzt sie mit unterhaltsamen Erzählungen aus ihrem Autorenalltag.

Mario Ulbrich, Jahrgang 1964, arbeitet als Reporter bei einer großen Tageszeitung in Sachsen, erfindet aber auch ganz gerne eigene Geschichten, etwa die haarsträubenden Abenteuer aus dem »Polizeirevier Tief-Ost«, von denen

100 Kurzgeschichten in der Freien Presse Chemnitz sowie zwei Romane erschienen sind: »Die Männer vom Revier Tief-Ost« und »Die Pyramiden von Tief-Ost«. Neben der humoristischen hat Mario auch eine dunkle Seite – wie seine Kriminalgeschichten in diversen Anthologien beweisen. 2011 erschien sein Sachbuch »Rätselhafter Poppenwald« über die Suche nach dem Bernsteinzimmer im Westerzgebirge.

Weitere Titel finden Sie auf den folgenden Seiten und im Internet:

WWW.GMEINER-VERLAG.DE

Jan Hübler
Dresden
Lieblingsplätze
192 Seiten, 14 x 21 cm
Paperback
ISBN 978-3-8392-1283-7
€ 14,99 [D] / € 15,50 [A]

Zwinger, Albertinum, Frauenkirche – jeder weiß, dass von Dresden die Rede ist. Aber kennen Sie auch die Louisenstraße, die Technischen Sammlungen oder die Kaditzer Linde? Jan Hübler zeigt seine Stadt, wie es nur jemand kann, der sie noch zu DDR-Zeiten kannte – ohne diese Ära zu verklären. Augenzwinkernd nimmt er den Leser an die Hand und präsentiert ihm seine 66 Lieblingsplätze, die er persönlich fotografiert hat. Und weil Dresden nur halb so schön ohne seine Landschaft wäre, sollte man sich auch die 11 ausgewählten Erlebnistouren nicht entgehen lassen.

GMEINER KULTUR

WWW.GMEINER-VERLAG.DE
Mensch, Kultur, Region